NICOLA CORNICK

Juego de engaños

Editado por Harlequin Ibérica.
Una división de HarperCollins Ibérica, S.A.
Núñez de Balboa, 56
28001 Madrid

© 2014 Nicola Cornick
© 2014 Harlequin Ibérica, S.A.
Juego de engaños, n.º 72 - 20.11.14
Título original: Claimed by the Laird
Publicada originalmente por HQN™ Books

Todos los derechos están reservados incluidos los de reproducción, total o parcial. Esta edición ha sido publicada con autorización de Harlequin Books S.A.
Esta es una obra de ficción. Nombres, caracteres, lugares, y situaciones son producto de la imaginación del autor o son utilizados ficticiamente, y cualquier parecido con personas, vivas o muertas, establecimientos de negocios (comerciales), hechos o situaciones son pura coincidencia.
® Harlequin, HQN y logotipo Harlequin son marcas registradas por Harlequin Enterprises Limited.
® y ™ son marcas registradas por Harlequin Enterprises Limited y sus filiales, utilizadas con licencia. Las marcas que lleven ® están registradas en la Oficina Española de Patentes y Marcas y en otros países.
Imagen de cubierta utilizada con permiso de Harlequin Enterprises Limited. Todos los derechos están reservados.

I.S.B.N.: 978-84-687-4734-7
Depósito legal: M-23958-2014

Bienvenidos a Juego de engaños, *la historia del apasionado romance de la hija mayor del duque de Forres con el nuevo jardinero del castillo de Kilmory; una aventura amorosa que desafía todas las convenciones sociales y que, por lo tanto, está destinada a provocar un escándalo.*

Christina MacMorlan y Lucas Ross son dos personas maduras, con reacciones complejas, que luchan contra sus propias contradicciones y sus sentimientos.

En esta novela, no solo la construcción de los personajes es excepcional, también son maravillosos los escenarios que Nicola Cornick nos describe de las Tierras Altas de Escocia y la historia de la destilación ilegal y del contrabando de whisky que se produjo en esta zona para eludir pagar impuestos a Inglaterra.

Y por encima de todo está la historia romántica, con abundantes y sugerentes escenas sexuales, que refuerzan esa sensación de madurez emocional que transmiten nuestros protagonistas.

Por eso queremos recomendar encarecidamente a nuestros lectores Juego de engaños, *porque estamos convencidos que sorprenderá incluso a los fans de nuestra autora.*

¡Feliz lectura!

Los editores

Para Andrew, mi propio héroe, que estuvo a mi lado desde el principio. Con todo mi agradecimiento y todo mi amor.

Prólogo

Edimburgo, abril, 1817

—No sé por qué te estoy ayudando —dijo Jack Rutherford.

Lucas Black se echó a reír.

—¿Porque en mi club se sirve el mejor brandy de Edimburgo, quizá? —acercó su vaso al de su amigo.

—Es cierto lo que dices —reconoció Jack—, pero no es esa la razón.

—¿Entonces es porque me debes dinero?

Las cartas descansaban olvidadas entre ellos sobre la mesa de madera de cerezo. Estaban en una de las habitaciones de un club privado, ocupada únicamente por ellos. Tras la puerta se encontraba el salón de juego, abarrotado aquella noche por una clientela en la que estaban representados los hombres más ricos de la alta sociedad de Edimburgo. A Lucas le preocupaba poco el linaje de sus clientes, pero sí el que estuvieran en disposición de pagar sus deudas. Y su situación le permitía ser selectivo. Una invitación al club The Chequers era uno de los privilegios más buscados por la alta sociedad escocesa.

Jack sacó la cartera del bolsillo.

—Eran veinticinco guineas, ¿verdad?

Lucas las despreció con un gesto.

—Preferiría contar con tu ayuda.

Su amigo miró con el ceño fruncido el brandy que giraba lentamente en el vaso. Pero no contestó.

—¿Tienes un conflicto de lealtades? —preguntó Lucas.

Jack y Lucas eran socios. Se habían ayudado mutuamente en tantas situaciones complicadas que Lucas ya había perdido hasta la cuenta. Por eso le intrigaba que aquella vez, Jack se negara a comprometerse.

—En absoluto —Jack alzó la mirada—. No le tengo ninguna simpatía a mi suegro. Intentó forzar a mi esposa y a mi cuñada a aceptar matrimonios que podrían haberles causado daños irreparables. La gente le considera un excéntrico encantador, pero esa es una forma muy benévola de juzgarlo —se movió incómodo en su asiento—. No es el engaño lo que me preocupa. Aunque yo siempre habría pensado que preferirías plantarte ante él y dejar las cosas claras a disfrazarte como sirviente para poder espiar en el interior del castillo.

—Soy la clase de persona que prefiere un enfrentamiento directo —se mostró de acuerdo Lucas, y añadió secamente—: ¿Pero imaginas lo que pasaría si me presentara en el castillo de Kilmory diciendo que sospecho que hay ahí alguien que mató a mi hermano y estoy dispuesto a encontrarlo y llevarlo ante la justicia? Me echarían inmediatamente, o me encerrarían en un manicomio.

Se interrumpió. La dureza de su tono intentaba enmascarar todo tipo de emociones, pero Jack no se dejó engañar. Lucas vio compasión en su mirada.

—Siento mucho lo de Peter —dijo Jack con una sinceridad de la que Lucas no podía dudar—. Entiendo que quieras saber lo que pasó...

Lucas le interrumpió con un duro gesto.

—Quiero justicia —declaró entre dientes—. Sé que no fue un accidente.

Vio que Jack se esforzaba en encontrar una respuesta.

«No», pensó casi con saña, «no digas que entiendes cómo me siento. No me digas que ya investigaron la muerte de Peter y que si otros no fueron capaces de encontrar al culpable, tampoco lo seré yo».

La rabia y la frustración se inflamaban en su interior. Apretó los puños. Después de años de separación, había vuelto a encontrarse con su medio hermano siendo ya adulto. Habían forjado entonces lo que esperaban pudiera llegar a convertirse en un vínculo indestructible. Pero Peter había muerto, arrebatándoles a ambos aquella oportunidad. Peter solo tenía diecinueve años, apenas era un niño cuando había muerto.

Cuando había recibido la primera carta de Peter, en la que este le anunciaba que iba a viajar a Escocia y quería conocerle, Lucas la había ignorado. No tenía ningún contacto con su familia desde la muerte de su madre y tampoco quería tenerlo. Los recuerdos de su infancia en Rusia no eran recuerdos felices.

«Eres un bastardo y tu madre es una furcia», le susurraban los otros niños. Aquellas sórdidas palabras resultaban dolorosamente incongruentes en medio de la opulenta belleza del palacio de su padrastro. «Bastardo, bastardo...».

Resonaron las burlas en su cabeza y las apartó bruscamente, cerrándose a cualquier sentimiento, como había hecho desde la primera vez que aquellas palabras habían comenzado a tener algún significado para él. Le importaba muy poco su origen. De hecho, hasta agradecía aquellas humillaciones que al final le habían dado el incentivo que necesitaba para probarse a sí mismo. Había trabajado sin descanso para levantar un negocio que le daría más dinero e influencia de los que había tenido nunca su familia.

Pero con la llegada de Peter todo había cambiado. Evocó la imagen de su hermano en el marco de la puerta de la casa de Charlotte Square, un joven alto y desgarbado, todavía en el camino de la adultez, pero en el que se anunciaba ya el hombre en el que llegaría a convertirse. Peter se encorvaba para protegerse del viento que soplaba desde la colina en la que se alzaba el castillo de Edimburgo, recortado contra el cielo azul del otoño.

–¡Dios mío, qué país más frío!

Su hermano había entrado directamente, sin previa invitación y hablando en ruso. Había abrazado inmediatamente a Lucas, que se había quedado rígido y en un asombrado silencio. Eran pocas las cosas capaces de sorprender a Lucas, pero Peter había conseguido hacerlo en cuestión de segundos.

–¡Te escribí! –le había dicho Peter con entusiasmo.

–Lo sé –había contestado Lucas–. Y no contesté.

Pero no había nada que se le resistiera a Peter, que ocultaba una determinación de acero bajo una energía irreprimible que a Lucas le recordaba a la de un cachorro. Lucas reconoció su determinación porque era un rasgo de carácter que compartía con su hermano y no pudo resistirse al cariño Peter. Disfrutaron de dos semanas de desenfrenada diversión en Edimburgo; Peter se pilló una borrachera gloriosa y Lucas tuvo que ir a rescatarle. El joven se entregó a todo tipo de fiestas, bailes y cenas. Como príncipe ruso que era, su presencia en aquellos eventos era muy celebrada. El tutor de Peter, un hombre sufridor que acompañaba al chico y a tres jóvenes más durante aquel viaje por Europa, insistía en que asistieran a las conferencias y exposiciones que habían hecho famosa la Academia Escocesa. En medio de una conferencia, Peter se escapó para ir a un burdel. Y, también en esa ocasión, Lucas tuvo que acudir en su rescate.

Al cabo de dos semanas, Peter y sus compañeros habían salido hacia las Tierras Altas.

–¡Tengo que ver Fingals' Cave! –le había dicho Peter–. Quiero conocer ese lugar tan salvaje y romántico.

Después del viaje en barco hasta la isla de Staffa, había escrito alabando su belleza y diciéndole a Lucas que visitarían Ardnamurchan de camino hacia el sur. Quería conocer el punto más occidental de las tierras británicas.

Y, después, Lucas había recibido la noticia de su muerte. Habían encontrado su cadáver junto a un camino costero, en Kilmory, una población situada en el extremo de la península de Ardnamurchan. Sus compañeros y él habían cenado la noche anterior en el castillo de Kilmory, con el duque de Forres y su familia. Al parecer, tras la cena, Peter había regresado a la posada Kilmory y había vuelto a salir solo más tarde. Nadie sabía por qué, ni con quién pretendía reunirse, pero al día siguiente habían encontrado su cadáver. Estaba medio desnudo. Le habían dado una paliza y le habían robado todo lo que llevaba. El robo y los asesinatos no eran frecuentes en las Tierras Altas, a pesar de la fama de salvajes de aquella tierra y sus gentes, pero aquello no representaba ningún consuelo para Lucas, que había perdido a un hermano al que apenas había tenido oportunidad de conocer.

El desplome de un tronco en el hogar le hizo volver al presente. Se dio cuenta entonces de que Jack estaba hablando y se obligó a dejar de lado la tristeza y la rabia para prestarle atención.

—La verdad es que creo que lord Sidmouth te está utilizando para sus propios fines, Lucas —le estaba diciendo Jack con tacto. Había algo en sus ojos que era casi cercano a la compasión—. Está utilizando tu tristeza para manipularte.

Lucas sacudió la cabeza con cabezonería.

—Me ofrecí libremente a ayudar a Sidmouth —replicó—. Lo hice a cambio de fuentes de información y contactos.

Tras la muerte de Peter, la policía había enviado a algunos hombres desde Londres con el fin de investigar el asesinato, pero no habían averiguado nada. Lord Sidmouth estaba convencido de que el caso estaba relacionado con el comercio ilegal de whisky, una práctica muy habitual en las Tierras Altas. Estaba convencido de que Peter había coincidido casualmente con algún grupo de contrabandistas y le habían matado para asegurarse su silencio.

Lucas no tenía motivo alguno para dudar de la versión oficial e inmediatamente había crecido en él el deseo de venganza contra aquella banda de matones que había arrebatado la vida a su hermano.

–Sé que tengo pocas posibilidades de hacerlo, pero a lo mejor descubro algo que esos londinenses estúpidos no han conseguido averiguar. Si es cierto que los responsables de la muerte de Peter son contrabandistas de whisky, tendré más oportunidades de demostrarlo de las que han tenido los hombres de Sidmouth. Pero para ello, no puedo presentarme abiertamente en Kilmory.

Fijó la mirada en el fuego que ardía en el hogar, caldeando e iluminando la estancia. Pero Lucas sentía frío por dentro. No podía recordar la última vez que había sentido calor. No podía recordar siquiera haber sentido calor alguna vez. Por lo menos por dentro.

Era el hijo ilegítimo de un lord escocés y una princesa rusa. El resultado de una noche de pasión juvenil compartida por sus progenitores cuando su padre estaba viajando por Rusia. Su nacimiento había escandalizado a la alta sociedad rusa y había hecho desgraciada a su madre, que cinco años después se había visto obligada a aceptar un matrimonio dinástico con un hombre que estaba dispuesto a pasar por alto su reputación porque estaba deslumbrado por su dote.

Lucas se había ido a vivir con su madre cuando esta se había casado, pero su presencia en la casa representaba un desafío. Sabía que no era bienvenido en casa de su padrastro y desde muy pronto había sido plenamente consciente de las diferencias entre él y los otros niños. Su abuelo le había pedido a la zarina Catherine que le hiciera legítimo, pero aquello solo había servido para empeorar las cosas. Sus primos y su padrastro continuaban llamándole bastardo. Y continuaba reconociendo la vergüenza y la tristeza en los ojos de su madre cuando le miraba. Peter era el único que no parecía consciente de la oscura sombra que se cernía sobre la existencia de Lucas. Era poco más que un bebé, un niño abierto, confiado y cariñoso.

Que había perdido la vida en manos de un extraño en una tierra extraña. La frialdad volvió a invadirle, acompañada de la férrea determinación de descubrir la verdad.

–Peter se merece justicia –repitió–. No puedo dejarlo pasar. Era la única familia que me quedaba.

–Eso no es cierto –le corrigió–. Deja de compadecerte. ¿Qué me dices de tu tía?

Lucas sonrió.

–Es cierto, en eso te doy la razón.

La hermana de su padre era una fuerza de la naturaleza. Había entrado en la vida de Lucas cuando este intentaba sobrevivir a la dureza de las calles de Edimburgo. Aunque Lucas le había dicho que le dejara en paz, ella se había negado a abandonarle. Lucas era entonces un joven huraño y desagradecido, devorado por la amargura contra su familia paterna, pero ella había sabido abrirse camino a través de su resentimiento. Le había obligado a levantarse y a salir de su miseria y Lucas la quería fieramente por ello. Era la única mujer a la que había querido. La única mujer a la que podía imaginarse queriendo.

Se hizo el silencio en la habitación.

–Nunca hablas de tu padre –comentó Jack al cabo de un rato.

Lucas se encogió de hombros. Se sentía incómodo al abordar aquel tema. Se le tensaron los hombros.

–No tengo nada que decir al respecto.

–Te dejó su hacienda de Black Strath en herencia –dijo Jack–. Estoy seguro de que eso tiene que significar algo.

Para Lucas no significaba absolutamente nada. Sintió el odio y el enfado removiéndose de nuevo dentro de él. Últimamente, parecía estar siempre enfadado: le enfurecía que Peter hubiera muerto, le enfurecía que no se hubiera hecho justicia, y le enfurecía que a nadie pareciera importarle su muerte. Jack tenía razón. Sabía que lord Sidmouth le estaba utilizando. Sidmouth quería acabar con las bandas de contrabandistas de whisky capaces de burlar a sus hombres. Quería identificarlos y encarcelarlos y la muerte de Peter era una excusa muy conveniente para sumar la ayuda de Lucas a su causa. Pero si el objetivo de ambos era el mismo, a Lucas no le importaba.

–Siempre me he preguntado por qué esperó tanto tiempo tu madre para hablarte de tu herencia –comentó Jack–. Tu padre murió cuando eras muy niño.

–Creo que tenía miedo –contestó Lucas lentamente.

Recordaba todavía el sudor frío de las manos de su madre, veía la desesperación de sus ojos.

«No culpes a tu padre», le había suplicado, «era un buen hombre, y yo le amaba».

Pero Lucas había culpado a Niall Sutherland. Jamás le había perdonado el que hubiera abandonado a su madre. No podía perdonar su cobardía y su debilidad. Habían mantenido su relación en secreto y el embarazo había sido descubierto meses después de que Sutherland se hubiera marchado de Rusia. Aunque la princesa Irina le había escrito para contarle lo ocurrido, no había vuelto a buscarla. Lucas solo podía sentir desprecio por un hombre que había condenado a Irina a la vergüenza y el estigma de alumbrar un hijo ilegítimo. Y a Lucas, a las infinitas burlas y desprecios que conllevaba el ser un bastardo. Si algo tenía que agradecer a su padre era que su ejemplo le había enseñado a ser todo lo contrario que él, a convertirse en un hombre duro, fuerte y despiadado.

Jack le observaba con atención. Lucas bebió un sorbo de brandy. Le supo amargo y dejó el vaso bruscamente sobre la mesa.

–Era muy desgraciada –contestó–. Creo que tenía miedo de que la abandonara para irme a Escocia a reclamar mi herencia. Desde niño he sido muy cabezota –sonrió con pesar–. Por supuesto, estaba equivocada. Yo jamás la habría abandonado.

–Pero te fuiste cuando ella murió –apuntó Jack.

—Ya no había nada que me retuviera en Rusia.

Lucas se acercó a la chimenea y arrojó un par de leños sobre las ascuas resplandecientes. Se oyó el siseo de la madera antes de que se alzara la llama.

—Mi padrastro me echó de casa a latigazos el día que mi madre murió.

Mantenía la voz serena, aunque conservaba grabados en la memoria el azote del látigo a través de la delgada tela de la camisa, el sonido de la camisa al desgarrarse y el escozor en la espalda.

Se le tensó el pecho al recordar el terror que había experimentado al sentir el látigo alrededor del cuello, estrangulándole. Había huido a Escocia, donde había descubierto que los administradores de la hacienda de su padre no estaban dispuestos a dejarse impresionar por un muchacho de quince años que no tenía ningún medio para demostrar sus derechos sobre aquella propiedad.

Sacudió la cabeza con dureza, intentando olvidar el pasado. Su tía se había asegurado de que recibiera su herencia, pero Lucas no había querido convertirse en un hacendado. Había arrendado Black Strath desde que la había heredado. A él le interesaban los negocios, no la tierra.

—Peter te idolatraba —señaló Jack—. Es evidente que su padre no fue capaz de predisponerle en contra de ti.

Lucas sonrió con pesar.

—Peter tenía un espíritu cariñoso. Era como nuestra madre.

Jack asintió.

—Te comprendo —Jack se corrigió rápidamente—. Quiero decir que comprendo que sientas la necesidad de hacer justicia —exhaló un hondo suspiro—. Por cierto, me temo que vas a ser un pésimo sirviente.

—No sé por qué lo dices —dijo Lucas—. Soy capaz de trabajar muy duramente.

—Pero no soportas recibir órdenes —replicó Jack, vaciando su vaso—. Estás acostumbrado a darlas.

–¿Crees que no encajo en el perfil que piden? –Lucas se sentó, golpeó con el dedo el periódico que tenían doblado encima de la mesa y leyó en voz alta–: «Se precisa sirviente para trabajar en el castillo Kilmory. Debe ser diligente, digno de confianza, preparado y educado».

–Creo que no cumples ni uno solo de los requisitos.

Lucas soltó una carcajada.

–No será a ti a quién le pida referencias –levantó una carta de la baraja y comenzó a juguetear con ella, haciéndola girar entre sus dedos–. Háblame de ese castillo, así, por lo menos, estaré más preparado.

–Nunca he estado en Kilmory –comenzó a decir Jack–, pero tengo entendido que es un castillo del siglo XIV, lo que significa que ni las tuberías ni el sistema de calefacción son particularmente eficientes, así que es probable que sea de lo más incómodo. Pero así es como lo quiere el duque –se encogió de hombros–. Le gusta hacer las cosas a su manera.

–¿No vive con él nadie de su familia? –preguntó Lucas.

Sabía que parte del clan MacMorlan estaba allí cuando Peter había muerto. Se lo había dicho Sidmouth.

–La casa está a rebosar en este momento –respondió Jack. Fue contándolos con los dedos–. Te vas a tropezar con ellos a cada paso. Ahora mismo están allí Gertrude y Angus. Angus es el hermano mayor de Mairi, un hombre muy desagradable, que además es el marqués de Semple. Y su mujer es todavía peor. Angus es el heredero del título y no puede ser más presuntuoso. Creo que su hija Allegra está con ellos.

Lucas esbozó una mueca.

–¿Y se supone que voy a tener que servir a toda esa gente?

–Así lo has decidido tú –respondió Jack sin compasión alguna.

–Mmm. ¿Y alguien más?

–Lachlan –Jack sonrió–, el hermano pequeño. Es un

caso perdido. Su mujer le dejó hace unos meses y él bebe para encontrar consuelo.

Lucas silbó suavemente.

–El alcohol nunca es la solución –alzó su vaso con ironía–. ¿Y hay alguien más?

–No –respondió Jack–. O sí –se corrigió rápidamente–. Está también Christina, la hija mayor –frunció ligeramente el ceño–. Siempre nos olvidamos de Christina.

–¿Y por qué? –quiso saber Lucas.

–Porque... –se interrumpió–, es fácil pasarla por alto –añadió al cabo de un momento. Parecía ligeramente avergonzado–. Christina siempre pasa desapercibida, es la típica solterona y nadie se fija en ella.

A Lucas le resultaba difícil de creer, sobre todo teniendo en cuenta que tanto Lucy como su hermana, Mairi MacMorlan, la esposa de Jack, eran mujeres espectacularmente atractivas, diamantes de primer orden. Sintió una inesperada compasión por aquella deslucida dama que vivía entre las sombras, por la discreta hija soltera del duque.

Dejó que la carta con la que estaba jugando se deslizara entre sus dedos para terminar aterrizando en la alfombra.

En ese momento, se oyó una discreta llamada a la puerta y el gerente de Lucas, Duncan Liddell, asomó la cabeza.

–Mesa cuatro –anunció Duncan–, lord Ainsley. No puede pagar sus deudas o no está dispuesto a pagar, no estoy seguro –era hombre de pocas palabras.

Lucas asintió y se levantó. Ocurría a menudo: los nobles se excedían con la bebida y se creían con derecho a jugar a cambio de nada. Normalmente, bastaban unas cuantas palabras al oído del caballero en cuestión para resolver el problema.

–Ocúpate de ese asunto –dijo Jack. Se levantó también y le estrechó la mano a Lucas–. Te deseo la mejor de las suertes. Espero que averigües la verdad –vaciló un instante–. No me importa lo que les pueda pasar a los demás, pero no le hagas ningún daño a Christina, o Mairi me matará por haberte ayudado.

Lucas sonrió.

–Sé que tu esposa es una gran tiradora. No me gustaría conocer su lado malo –pero volvió a ponerse serio–. Te doy mi palabra, Jack. No me enfrentaré a nadie del clan Forres. De hecho, no creo que tenga mucha relación con ellos. Lo único que quiero es infiltrarme en una de esas bandas que se dedican a hacer contrabando de whisky y averiguar lo que le ocurrió realmente a Peter.

Mientras seguía a Duncan al salón, Lucas vio la carta que descansaba bajo la mesa. Se agachó para recogerla. Era la jota de diamantes. La dejó encima de la baraja. Le pareció una carta apropiada para el hijo bastardo de una princesa rusa y un señor escocés que había conseguido labrarse su propia fortuna y era tan duro como los mismísimos diamantes.

Capítulo 1

Ardnamurchan, Tierras Altas de Escocia, mayo de 1817

No era así como Lucas pretendía morir, con los ojos vendados, arrodillado en la cueva de unos contrabandistas, sintiendo el penetrante olor del pescado podrido y oyendo el rugido de las olas que chocaban contra las rocas a varios cientos de metros a sus pies.

Estaba paseando por los acantilados a la luz del anochecer para estirar las piernas tras un viaje interminable desde Edimburgo cuando de pronto se había visto en medio de aquella pesadilla de emboscada y captura. Había oído decir que las Tierras Altas eran un lugar muy agradable en el mes de mayo, pero al parecer, se había equivocado. Las Tierras Altas no eran en absoluto agradables cuando a uno le ponían una navaja al cuello.

Había sido imprudente. Aquel pensamiento le hizo enfadarse consigo mismo. Lord Sidmouth estaría orgulloso de él, pensó furioso. Su espía había sido capturado por los mismos hombres a los que había ido a investigar. Pero estaba cansado y lo último que esperaba era encontrarse con los contrabandistas justo en el momento en el que estaban trasladando su carga.

Se preguntaba si habría sido aquella la razón de la muerte de Peter. Se preguntaba si también su hermano habría visto algo que no debía, si se habría visto trágicamente envuelto en una situación que no había sido capaz de controlar. Sería irónico haber descubierto la verdad con aquella facilidad pasmosa y no vivir para contarla.

Los contrabandistas estaban discutiendo. Tenían un acento escocés tan marcado que a Lucas le costaba entender a algunos de ellos, pero el rumbo de la conversación no era en absoluto difícil de seguir.

—He dicho que le tiremos por el acantilado y no hay nada más que hablar.

—Y yo digo que lo soltemos. No ha visto nada.

—Es demasiado peligroso. Podría ser un espía. Así que tiene que morir.

—Y yo digo que esperemos a la señora. Ella sabrá lo que tenemos que hacer.

Se produjo un silencio vibrante de enfado.

—Te advertí que no enviaras a buscarla —el primer hombre soltó una maldición—. Maldita sea, ¡sabes perfectamente lo que va a decir ella!

—No le gusta que se derrame sangre de forma innecesaria —el segundo hombre parecía estar citando a la dama de la que estaban hablando.

Lucas permanecía en silencio. Tenía frío, estaba empapado, agotado y hambriento.

¿Quién sería aquella dama? ¿Alguien tan perverso como su negocio?

Sidmouth le había hecho un breve resumen sobre el problema del tráfico de whisky en las Tierras Altas. El gobierno de Londres había exigido el pago de impuestos a cualquier habitante de las Tierras Altas que destilara whisky. Los escoceses se habían negado a pagar. El gobierno había comenzado a enviar agentes para dar caza a los traficantes, razón, sin lugar a dudas, por la que sospechaban que era un espía. Y lo era. Un espía muy incompetente, por cierto.

¡Maldita fuera!

Lucas recordaba el whisky que había probado en los callejones de Edimburgo. Lo llamaban «Uisge Beatha», el agua de la vida en gaélico, pero a él le había parecido más áspero que el trasero de un hurón.

Un ligero golpe de brisa removió el viciado aire de la cueva y los contrabandistas se callaron. Se produjo un silencio receloso. Lucas notó que se le erizaba el vello de la nuca y se le ponía la piel de gallina. Se descubrió conteniendo la respiración.

El aire volvió a moverse cuando pasó alguien por delante de él. Era la dama de la que habían estado hablando. ¡Por fin había llegado! Lucas no había oído sus pasos. Ni tampoco podía ver nada tras aquella venda. La tela era gruesa y áspera. Estaba envuelto en la oscuridad. Pero podía sentir su presencia. Sabía que estaba cerca.

Intentó levantarse, pero uno de los contrabandistas posó la mano en su hombro con brusquedad, obligándole a permanecer de rodillas.

—Buenas noches, señora.

El tono de los contrabandistas había cambiado. Había respeto en su saludo y también una cierta reserva. Lucas comprendió que estaban en guardia. No podían predecir la reacción de su señora. Y en aquella inseguridad descansaba su única esperanza. Sabía que en aquel momento estaba entre la vida y la muerte.

—Caballeros...

A Lucas le latía violentamente el corazón. Tenía todos los nervios en tensión. Una sola palabra de aquella mujer y sería hombre muerto. Bastaría un navajazo entre las costillas, rápido, letal. Luchó contra el miedo sofocante que invadía sus pensamientos. No tenía ninguna razón en particular para vivir, pero tampoco tenía ganas de morir.

Sentía a la dama muy cerca de él. Podía oír el susurro de una tela que parecía cara, fina, como la seda o el terciopelo. Y llegó hasta él la más elusiva de las fragancias, un olor a campanillas, muy dulce, muy inocente. La contradicción estuvo a punto de hacerle sonreír. La infame cabecilla de una banda de delincuentes renegados olía como las flores de la primavera.

Alguien le dio una patada en las costillas y aquella primaveral imagen se desvaneció, sucumbió ante el dolor. Lucas cayó de lado por la fuerza del golpe. Le estaban rodeando como una jauría de lobos. Podía sentir su maldad. Recibió una patada, después otra. Se retorcía y rodaba en un vano intento de evitar los golpes, limitado por las muñecas atadas, ciego y completamente a su merced. Era un hombre demasiado orgulloso como para suplicar a un puñado de rufianes que le perdonaran la vida. Era consciente de que aquella debilidad podía costarle la vida, pero no le importaba.

–¡Basta!

Una sola palabra fue suficiente para que se detuvieran. Fue pronunciada con dureza y con un deje de autoridad que les hizo retroceder. En un primer momento, Lucas no pudo hacer otra cosa que concentrarse en el agudo dolor de las costillas. Después, cuando la intensidad del dolor remitió transformándolo en un dolor sordo, comenzó a respirar con dificultad.

–Vamos…

La dama le estaba ayudando a sentarse, a apoyar la espalda en la pared de la cueva. La pared estaba fría y húmeda, pero su solidez le ayudaba a mantenerse erguido. El contacto de la dama era delicado, pero firme. Lucas tenía la sensación de que se había interpuesto entre él y los hombres, a modo de escudo, como si quisiera protegerle. Le avergonzó no ser capaz de defenderse a sí mismo, al tiempo que le asaltó un apasionado sentimiento hacia aquella mujer que no fue capaz de identificar.

El silencio en la cueva era total, pero continuaba vibrando la violencia. Lucas la sentía en cada célula de su cuerpo. Y también podía sentir en aquella mujer una tensión que contradecía su aparente seguridad.

¿Era miedo? No. La dama no tenía ningún miedo de aquellos fanfarrones.

Repugnancia, quizá.

A Lucas le dio un vuelco el corazón. Por extraño que pudiera parecer, sentía en ella el odio hacia aquella brutalidad.

Cobraron entonces sentido las palabras de los contrabandistas. Aquella era la razón por la que los contrabandistas más sedientos de sangre no querían que supiera de su captura.

Tenían miedo de que decidiera salvarle.

Se sentía tan cerca de ella como si pudiera leerle los pensamientos. Más, incluso. En realidad, era como si compartiera con ella las sensaciones y emociones que dictaban su conducta.

Jamás había sentido nada parecido. Odió al instante aquel sentimiento de intimidad y se odió por no ser capaz de comprender lo que lo motivaba. Pero, por encima de todo, odió su propia impotencia.

–Perdonad, señora.

El hombre que hablaba parecía avergonzado, como un niño travieso en el colegio, pero se percibía la rebelión bajo su brusca disculpa.

–Le hemos encontrado en el camino de detrás del cobertizo. Estaba siguiéndonos.

–Espiándonos –especificó otro.

–Tenemos que deshacernos de él –se oyó un murmullo de voces mostrando su acuerdo.

–¡Tirémosle por el acantilado! –dijo el primer hombre–. ¡Inmediatamente!

–No tan rápido.

A diferencia de la de los hombres, la voz de la dama no tenía el menor rastro de acento escocés. Era una voz grave, aterciopelada, espesa y reconfortante como la miel. Era la voz de una auténtica dama por nacimiento y crianza.

–Apartaos.

Se oyó un revuelo de faldas mientras se acercaba a él. Lucas no pudo levantarse, porque volvía a estar presionado contra la pared por la bota de uno de los hombres, que se clavaba en sus doloridas costillas. El hombre aumentó la presión y Lucas tomó aire, intentando contener otra oleada de dolor.

—Por favor, intenta dominar tu tendencia a la violencia.

La dama parecía agotada, pero el contrabandista aflojó ligeramente la presión.

Lucas sintió una mano femenina bajo la barbilla. Imaginó que le estaba girando la cara para poder vérsela a la luz del anochecer. No llevaba guante, tenía la piel suave y el tacto de sus dedos resultaba delicado contra la aspereza de la incipiente barba. Por un instante, sintió el roce de los dedos en su mejilla, en una tierna caricia. Un escalofrío le recorrió la espalda, pero no fue un escalofrío provocado por el miedo. Su vida pendía de un hilo y él solo podía pensar en aquella caricia.

«Intenta controlarte, Lucas».

—¿Qué clase de espía se dejaría atrapar tan fácilmente? —había un deje burlón en su voz.

—Un mal espía —respondió uno de los hombres con acritud.

—O un viajero inocente —replicó la mujer.

Su tono era duro. Dejó caer la mano y Lucas tuvo la sensación de que se echaba hacia atrás sobre sus talones.

—Inocente o no, el mar es el mejor lugar para él —gruñó el hombre. Parecía ser el portavoz de los contrabandistas. Los demás parecían dispuestos a dejarle hablar—. Es lo único que se puede hacer, señora.

—Tonterías —parecía enfadada en aquel momento—. La discusión no consiste en si te gusta o no ese hombre y lo sabes.

—Y vos sabéis que puede representar un peligro para nosotros —respondió el hombre cortante—. No tenemos otra opción.

Se mantenía en sus trece y los demás le apoyaban. Lucas percibía su determinación y su temor. Flotaban en el aire, entre aquellos cuerpos sin lavar que cada vez estaban más cerca. Le querían muerto.

Sabía que también la dama lo percibía. Un paso en falso y tanto él como ella tendrían que enfrentarse a problemas serios. Era increíble el tener la absoluta certeza de que aquella mujer estaba de su lado.

—Nadie lo sabrá —afirmó el hombre—. ¿Quién va a echarle de menos?

—Eso solo él puede decírnoslo —la voz de la dama no traicionaba sentimiento alguno, nada, salvo el rápido y minucioso cálculo que Lucas advertía tras sus palabras—. A lo mejor ya va siendo hora de saber algo más sobre él.

Le tocó el brazo suavemente, como si quisiera advertirle de algo, aunque su tono volvió a tornarse de nuevo burlón.

—¿Cómo te llamas, guapo?

—Lucas —contestó.

Por supuesto, sabía que no era una respuesta particularmente ingeniosa.

Uno de los hombres se echó a reír.

—Podríamos estropearle esa bonita cara. Así aprendería la lección.

—Ni se te ocurra —le advirtió la mujer, aunque con ligereza—. Necesito ver algo hermoso de vez en cuando.

Hablaba con desdén, como si él no contara para nada. Lucas odiaba que le trataran con aquel desprecio, pero era consciente de la inteligente estrategia de la dama. Quería que le percibieran como algo insignificante, como si no representara ninguna amenaza.

—¿Y tu apellido? —le preguntó.

Lucas se aclaró la garganta.

—Lucas Ross, señora —respondió—. A vuestro servicio —no era del todo mentira.

—Tu forma de hablar es tan hermosa como tu rostro —hablaba con voz fría—. ¿Qué estás haciendo en Kilmory, Lucas Ross?

—Vengo a buscar trabajo como criado en el castillo —respondió Lucas—. Vengo de Edimburgo.

–Tiene los modales de un hombre de ciudad –señaló uno de los contrabandistas, y no era ningún cumplido.

–Me gustaría llegar a ser mayordomo –continuó explicando Lucas.

–Esperemos que vivas lo suficiente como para poder alcanzar tu objetivo –la dama hablaba secamente–. ¿Dónde te alojas?

–En una posada en el pueblo –contestó Lucas–. Reservé una habitación y pedí la cena. El posadero se extrañará si no vuelvo.

–Tom McArdle no representará ningún problema –fue otro de los contrabandistas el que habló en aquella ocasión–. Es muy probable que hasta esté dispuesto a entregarnos tu equipaje. ¿De dónde crees que saca el whisky?

Los demás contestaron con una sorda carcajada. Estaban acercándose otra vez a él, buscando su muerte. Lucas sabía que no era un hombre suficientemente importante como para que se vieran obligados a mantenerle vivo. No había una esposa enamorada que le echara de menos, ni padres, ni hermanos. Debería haber hecho uso de la invención y haber elaborado una conmovedora historia sobre la familia que dependía de él. Curvó los labios en una amarga parodia de una sonrisa.

–Estamos perdiendo el tiempo –uno de los hombres le tiró de los pies.

–Espera –la mujer volvió a hablar. Habían regresado la dureza y la autoridad a su voz–. Te estás precipitando, amigo. Otro cadáver por la zona atraería a las autoridades más rápidamente que el olor de la turba. ¿Acaso habéis olvidado que solo han pasado seis meses desde la última vez que apareció un muerto por aquí?

Otro cadáver.

Lucas sintió que se le helaba la sangre. Estaba hablando de Peter.

La tensión se respiraba en el ambiente. Lucas esperó con todos los músculos en tensión. Oyó los cambios de postura y los balbuceos de los hombres a su alrededor.

—Nosotros no tuvimos nada que ver con eso —el líder parecía desafiante—. Nosotros no sabemos nada de eso.

—Tanto si lo hicisteis como si no, la aparición de dos cadáveres atraería una atención que no queremos —les explicó ella pacientemente—. ¿Lo comprendéis? Además, si el señor Ross ha venido para solicitar un puesto de trabajo en el castillo, hay demasiada gente que le conoce. No podemos arriesgarnos.

—¡Maldita sea! —al hombre se le estaba acabando la paciencia—. Yo digo que tiene que morir y los demás están conmigo. Podemos deshacernos del cadáver y nadie lo encontrará.

—¡Ya basta!

Lucas la oyó moverse, oyó también el inconfundible clic de una pistola al ser amartillada. Y oyó a los hombres contener la respiración y quedarse completamente paralizados. Se estremeció de terror, pero no por sí mismo, sino por ella. Era absurdo, pero el vínculo que se había forjado entre ellos parecía cada vez más fuerte.

—Sois peligrosamente estúpidos —les reprochó la dama. Hablaba con voz queda, pero su voz tenía la dureza del acero—. ¿De verdad queréis tirar por la borda vuestra fuente de ingresos porque un pobre ignorante se ha perdido por las montañas? Pensadlo bien, amigos míos, antes de que sea demasiado tarde.

Una vez más, Lucas se descubrió a sí mismo conteniendo la respiración. La violencia llamaba a la violencia y aquella mujer estaba corriendo un grave riesgo para salvarle la vida. Había por lo menos cuatro hombres. Podían subyugarla fácilmente. Lo único que ella tenía para salvarle de la muerte era una bala.

El tiempo corría a toda velocidad. Lucas era consciente de cada segundo que pasaba.

Y, de pronto, todo cambió. Lucas lo sintió en primer lugar en los movimientos y los sonidos de los pies arrastrados de los contrabandistas. Después, en las palabras que susurraban y que no alcanzaba a comprender y, por fin, en la desaparición de la tensión. Había sido el dinero, pensó, mucho más que la demostración de fuerza de la dama, lo que les había hecho cambiar de opinión.

–Tiene razón –dijo malhumorado uno de los hombres–. Pensad en lo mucho que ganamos la última vez. No queremos a policías husmeando por aquí...

Se oyó un murmullo de acuerdo, un murmullo hosco, resignado. Alguien suspiró como si le resultara decepcionante que le privaran del derecho a matar.

Lucas sintió un inmenso alivio; las piernas le temblaban. Si se pusiera a andar en aquel momento, no tendría que fingir debilidad. Sintió también el alivio de la dama, aunque ella lo disimuló muy bien.

–¡Traedle!

Su voz le indicaba a Lucas que se había alejado, como si hubiera dado por sentada la capitulación de sus hombres.

–Mi señora... –era el portavoz, pero inmediatamente se corrigió–. Señora...

–¿Sí? –la voz de la dama sonaba fría e indiferente–. Si todavía te preocupa mi clemencia, consuélate pensando que sabremos exactamente dónde encontrarle si es suficientemente estúpido como para decir una sola palabra sobre lo que ha pasado esta noche –se volvió de nuevo hacia Lucas–. No quiero que se te escape una sola palabra, ni siquiera después de unos cuantos tragos –le advirtió–. Y ni se te ocurra decir ni una sola palabra tampoco a las autoridades. Quedarías como un estúpido si contaras una historia tan absurda. Te aconsejo que renuncies a ese trabajo en el castillo, vuelvas rápidamente a Edimburgo y te olvides de todos nosotros.

–Sí, señora –repitió Lucas.

Volvió a percibir la delicada fragancia de las campanillas agitando todos sus sentidos. Le iba a resultar imposible olvidarla. Obligó a su cuerpo a no excitarse. ¡Dios santo! ¿Quién era aquella mujer que tenía ese efecto en él cuando ni siquiera conocía su aspecto?

—Traédmelo —repitió.

Su tono fue mucho más autoritario y en aquella ocasión, nadie discutió.

Los hombres arrastraron a Lucas mientras él caminaba tambaleante hasta la boca de la cueva. Afuera ya era de noche. La oscuridad parecía presionar la venda. El frío fue como una bofetada en el rostro, una bofetada fría, intensa y acompañada del olor salino del mar. El sonido de las olas aumentó de pronto, las oía chocar contra las rocas. Tenía la sensación de estar al borde del precipicio.

—Desátalo.

La dama no quería arriesgarse a que lo empujaran cuando se diera la vuelta. Lucas lo sabía.

Alguien comenzó a desatar torpemente la cuerda que le sujetaba las muñecas. Alguien que farfullaba y maldecía porque no podía ver lo que estaba haciendo.

Por fin fue liberado. Flexionó las manos y sintió dolor cuando la sangre volvió a circular por sus venas.

—Recuerda lo que te he dicho —le advirtió la mujer.

—Gracias, señora —dijo Lucas.

Cayó la venda de sus ojos.

Tardó unos segundos en acostumbrarse a la oscuridad. No había salido la luna y la luz de las estrellas era tenue y pálida, poco más que un delicado resplandor sobre el mar. Lucas bajó la mirada y sintió el abrazo del miedo. Estaba a menos de un metro del borde del acantilado. Un paso adelante y resbalaría. Por un instante, sintió vértigo y náuseas, pero los reprimió rápidamente para retroceder en busca de un terreno más seguro. Se obligó a permanecer en silencio, respirando lentamente, y fijó la mirada en el horizonte oscuro hasta que el mundo dejó de girar.

Los contrabandistas desaparecieron, fundiéndose con las sombras a la misma velocidad con la que habían aparecido.

A lo mejor todavía estaban vigilándole. Sabía que lo único que podía hacer era regresar a la posada y comportarse como lo haría cualquier otro hombre tras un paseo como aquel. Eso probablemente significaba emborracharse con whisky malo, acordarse de mantener la boca cerrada y no decir una sola palabra de lo que le había pasado.

Giró para dar la espalda a aquella vertiginosa caída y comenzó a subir por el acantilado. No era fácil. Los rugosos tallos de los brezos le destrozaban las manos, las rocas resbalaban bajo sus pies y la turba seca se desmoronaba bajo su peso. Tardó más de diez minutos en llegar al camino y, una vez allí, se dirigió hacia la tenue luz que señalaba la ubicación del pueblo en la distancia. Estaba helado, empapado, dolorido, pero inmensamente agradecido por estar vivo. El aire le parecía más dulce, la luz y las sombras más intensas, el ulular del búho sonaba más claro. Agradecía incluso el insistente dolor de las costillas, una prueba más de que continuaba vivo.

Y fue al llegar al borde del pueblo, al pasar por delante de la iglesia oculta tras un muro cubierto de musgo, cuando el instinto que le había fallado bajo la luz del atardecer le alertó de que no estaba solo. Se detuvo bajo el tejo que había junto a la iglesia y esperó. Sintió un cosquilleo en la piel y la brisa le puso el vello de punta.

Ella estaba allí, podía sentirlo.

Un segundo después, notó la fría caricia de una pistola en el cuello.

—Recuerda lo que te he dicho. Vuelve a Edimburgo, muchacho. Este no es lugar para ti —su tono era fiero.

Lucas hizo entonces lo único que, estaba seguro, aquella mujer no podía esperar. Se volvió hacia ella y la agarró de la muñeca con tanta fuerza que la hizo jadear. La pistola cayó con un ruido metálico a sus pies. Lucas le dio una patada y estrechó a la mujer contra él con una fuerza cercana a la crueldad. La oscuridad era tal que no podía verle la cara, pero la oyó contener la respiración y sintió el movimiento de sus senos contra su pecho.

Era una sensación asombrosa la de sostener entre sus brazos a una mujer que acababa de salvarle la vida. La sangre corrió a toda velocidad por sus venas, provocándole una excitación inmediata. Todo lo que había pasado entre ellos aquella noche se fundió en una oleada de lujuria tan abrasadora como el fuego.

Lucas alzó la mano para quitarle la capucha de la capa de terciopelo. La fricción de la tela contra la palma le resultó deliciosa. Una vez descubierta la cabeza, pudo contemplar el pelo oscuro bajo la débil luz de las estrellas, una cascada de seda en la que enredó los dedos. Deslizó el pulgar por la línea de la mandíbula, haciéndola alzar la cabeza para acercarse a su boca.

Ella soltó un gemido de sorpresa que excitó a Lucas todavía más. Después, entreabrió los labios bajo la insistente presión de los de Lucas. Respondió vacilante en un primer momento, pero, después, su reacción fue dulce y apasionada, con una falta de artificios que le llegó a Lucas al corazón. La sintió relajarse y rendirse a sus caricias y el beso pareció transportarlo a un mundo completamente diferente, a un lugar habitado únicamente por el placer y el deseo. Fue algo nuevo y peligrosamente seductor. Lucas siempre se había jactado de poseer un control de acero, pero en aquel momento, corría el peligro de perderlo por completo.

Bajo las yemas de los dedos, sintió la fuerza y la delicadeza de las líneas de la mandíbula y cuando descendió a la base del cuello, notó su pulso latiendo frenético por aquel encuentro. Pensó vagamente que no tenía la menor idea de qué aspecto tenía aquella mujer, ni siquiera sabía su edad. No sabía nada de ella. Podía estar besando a una mujer que podría ser su abuela, y en ese momento no estaba seguro de que le importara. Porque besar a aquella mujer era la experiencia más explosiva y placentera que había disfrutado en su vida.

Posó los labios en el cuello de la dama y bajó hasta el hombro, donde apartó la capa y las capas de seda del vestido para poder acariciarle la clavícula con la lengua. Ella gimió suavemente. Lucas advirtió que se le debilitaban las rodillas, así que la hizo bajar hasta el suelo, a un lugar en el que el brezo les proporcionaba un blando lecho. Allí volvió a besarla, con besos lentos y profundos en aquella ocasión. Besos que hicieron detenerse el tiempo. Lucas no era consciente de nada que no fuera la intrincada danza de sus lenguas, el calor de su cuerpo, la suavidad de aquella piel bajo las yemas de los dedos.

Por encima de sus cabezas, las estrellas brillaban y la luna había comenzado a salir, pero su brillo todavía era demasiado tenue como para borrar las sombras. A Lucas no le importaba no poder verla. Aquella mujer era lo único real en aquel momento, una criatura de plata y noche. Deslizó la mano bajo el corpiño y sintió la curva de su seno desnudo contra la palma de la mano. Ella se arqueó hacia él, buscando la presión. Su inmediata respuesta provocó el endurecimiento de la erección de Lucas, que alcanzó proporciones casi insoportables. Le acarició el pezón con el pulgar y la oyó gemir. La seda y el encaje del corpiño eran telas de calidad, pero para él, el tacto de su piel era mucho más rico, más suave y más sedoso. Aquel cuerpo era un paraíso de sensualidad en el que un hombre podía perderse.

El reloj de la iglesia marcó la hora. Lucas sintió la vibración de los diez largos tañidos en todo su cuerpo, rompiendo la magia del momento. Sintió que la mujer se quedaba completamente paralizada entre sus brazos, se levantaba y volvía a cerrarse la capa.

–Espera –le pidió Lucas, y le tomó la mano.

La sintió temblar y aquella muestra de vulnerabilidad y deseo le hizo desear estrecharla de nuevo entre sus brazos para terminar lo que habían empezado. El sabor de su boca y la textura de su piel saturaban sus sentidos y no quería dejarla marchar.

–Todavía no te he dado las gracias por haberme salvado la vida –le dijo.

Ella se detuvo.

—Creo que has hecho mucho más que agradecérmelo —replicó.

Su tono era seco. Parecía haber recuperado de nuevo el control. Su voz no traicionaba ningún sentimiento.

—¿Cuándo volveré a verte otra vez? —preguntó Lucas.

—Nunca —parecía divertida—. Buenas noches, señor Ross.

Por un instante, su sombra se recortó contra la oscuridad, para desaparecer casi al instante. La noche volvió a quedar vacía y serena. Lucas se reclinó contra el muro del patio de la iglesia y esperó a que remitiera aquella insoportable excitación. Había estado a punto de hacer el amor con una mujer a la que no conocía, con una mujer a la que ni siquiera había visto. Le bastó pensar en ello para volver a excitarse. Como siguiera así, el camino de regreso a la posada iba a ser muy largo e incómodo, pero no se arrepentía. Aquella había sido una velada espectacular.

Diez minutos después, Lucas estaba de nuevo en la calle principal del pueblo y entraba en la posaba Kilmory casi tambaleante. El dueño de la posada le miró con curiosidad cuando abrió la puerta. Lucas se preguntó qué aspecto tendría con la ropa sucia y desgarrada. Además, las cuerdas le habían dejado marcas en las muñecas. No podía decirse que los contrabandistas hubieran sido muy delicados.

—¿Una copa, señor? —el tono del posadero era amable, pero había dureza en su mirada—. ¿Se ha perdido mientras paseaba?

Lucas asintió mientras se sentaba en una silla de madera junto al fuego. Las costillas protestaron ante aquella falta de comodidades, pero no creía que estuvieran rotas. No podía arriesgarse a pedir un médico y, en cualquier caso, como tenía que fingir que era un criado, tampoco debería permitirse el lujo de pagarlo. Tendría que limitarse a esperar hasta que el dolor desapareciera.

Llevaba la pistola en el bolsillo. Como si de una versión

mortífera de Cenicienta se tratara, la misteriosa mujer había dejado la pistola tras ella antes de marcharse, lo que sugería que el control que tenía sobre sus sentimientos no era tan férreo como aparentaba. Aquello le produjo a Lucas más que una ligera satisfacción. Y decidió examinar la pistola en cuanto estuviera a solas en su habitación.

Recorrió el bar de la posada con la mirada. Estaba casi lleno. En la esquina contraria había tres hombres jugando a las cartas, inclinados sobre el tablero de puntuación y completamente concentrados en el juego. Nadie le miraba. O, al menos, eso parecía. Porque estaba seguro de que había corrido ya la noticia de que había llegado un tipo de Edimburgo para trabajar en el castillo y había sido atrapado por los contrabandistas. En comunidades como aquella, la gente estaba muy unida y se guardaba lealtad. Todo el mundo estaba al tanto del contrabando de whisky.

El dueño de la posada le sirvió un vaso. Sabía a humo y a turba. Estaba tan fuerte que estuvo a punto de atragantarse. Lucas vio el brillo de diversión en los ojos del posadero. A lo mejor pensaba que era un inglés incapaz de aguantar la bebida. O a lo mejor su acento le había delatado como un habitante de las Tierras Bajas. No había muy buena relación entre los habitantes de las Tierras Altas y sus compatriotas del sur. Pero la verdad era que Lucas era una fusión de razas y una mezcla de lenguas. Su madre era una mujer cultivada que le había enseñado a hablar un francés y un inglés perfectos. Cuando le habían echado de casa y había ido a Escocia en busca de su herencia, Lucas había adoptado rápidamente el acento de las calles para no llamar la atención. Después, en cuanto había comenzado a obtener beneficios en el negocio y había ganado su primera fortuna, había ocultado el inglés callejero y había recuperado el inglés impecable de su infancia.

Permaneció sentado en silencio, pensando, dejándose envolver por el ruido del bar. El sabor del whisky iba resultándole cada vez más dulce y un agradable letargo comenzaba a extenderse por su cuerpo. El whisky estaba delicioso, cálido e intenso, por lo menos una vez se acostumbró al hecho de que fuera suficientemente fuerte como para volarle la cabeza. Evidentemente, el destilador de Kilmory era una persona de mucho talento.

Apoyó el codo en la mesa y fijó la mirada en el líquido ambarino. Giraba en el vaso como si fuera mágico. Le recordaba al hechizo de una bruja. Aquella era la cualidad del whisky, pensó. Era capaz de hacer olvidar, de alejar los recuerdos más duros y mitigar el dolor del pasado. Sin embargo, aquella noche, en Kilmory, Lucas sentía la sombra del pasado cerniéndose sobre su hombro. Era allí donde Peter había muerto. Había estado en esa misma posada con sus amigos, había cenado en el castillo y había salido a pasear por esos mismos acantilados.

Lucas pensó en la banda de contrabandistas. Había oído a esos hombres negar su participación en la muerte de Peter, pero no creía una sola palabra de aquel puñado de matones. A lo mejor se lo habían despachado antes de que la dama pudiera salvarle la vida. Sí, aquella parecía la explicación más plausible.

Aun así, sabía que la clave para descubrir la verdad era encontrar a la mujer a la que había conocido aquella noche. Jamás sería capaz de identificar a uno solo de los contrabandistas, pero la dama era un asunto muy diferente. Tendría que encontrarla y dejar que fuera ella la que le llevara a los demás. Y después los entregaría a Sidmouth.

Pensó en todo lo que había aprendido sobre aquella mujer. Pensó en la suavidad de sus caricias, en el rico y sensual roce del terciopelo, en la fragancia de su perfume. Pensó en su beso, en el calor y la dulzura de su abrazo y en la sensación de reconocimiento ciego. El recuerdo todavía le inquietaba. Si hubiera sido un soñador, habría dicho que había sido amor a primera vista.

Pero él no era un hombre soñador.

Y lo que había sentido era simple lujuria.

Lo demás, la sensación de intimidad, de comprensión, solo había sido una ilusión de los sentidos. Estaba luchando por su vida y ella le había ayudado. Habían sido el alivio y la gratitud los que le habían conmovido, nada más.

Y parecía que la dama, era exactamente eso: una aristócrata. Hablaba con confianza y autoridad aristocráticas. Había oído que uno de los hombres se dirigía a ella como «mi señora» y se había corregido rápidamente. No podía haber muchas mujeres pertenecientes a la nobleza por los alrededores. Y la lógica conducía inexorablemente a pensar que tenía que estar relacionada con el duque de Forres y vivir en el castillo Kilmory.

El posadero le llevó por fin la cena, un plato de fragante pastel de cordero con verduras al vapor que Lucas devoró con el entusiasmo de un hombre que había estado a punto de morir. Mientras comía, pensó en lo que Jack le había contado sobre las mujeres de la familia del duque. Estaba lady Semple, la esposa del heredero del duque. Era poco probable que perteneciera a una banda de delincuentes, pero podía tratarse de su hija. Necesitaba investigar a lady Allegra. Y estaba también lady Christina MacMorlan, la discreta solterona eclipsada por la belleza de sus hermanas pequeñas. Pero imaginarla como la cabecilla armada de una banda de contrabandistas resultaba, cuando menos, desconcertante.

Por otra parte, no había mejor tapadera para la cabecilla de una banda que ser la hija solterona de un duque.

Pero estaba precipitándose. Podía haber otras posibilidades. Lo primero que tenía que hacer era conseguir trabajo en el castillo. La dama que parecía dominar a los contrabandistas le había dicho que volviera inmediatamente a Edimburgo, pero él no tenía intención de obedecerla. Al día siguiente se presentaría en el castillo Kilmory como candidato para el puesto de sirviente como si no hubiera pasado nada. Pondría a prueba sus dotes de actor. No se le daba bien recibir órdenes, de modo que aquella sería una prueba para su capacidad de tolerancia. Lucas odiaba a la aristocracia, su lujosa vida y su convicción de que tenían derecho a todos sus privilegios. Ser sirviente en el castillo de un duque era el peor destino que podía imaginar.

Sonrió débilmente. Era un pequeño precio a pagar a cambio de averiguar quién había matado a su hermano. Si, además, eso significaba que podía encontrar a la misteriosa dama, mucho mejor. Sabía que la reconocería en cuanto estuviera a su lado. Un mínimo roce o la insinuación de una fragancia bastarían.

Y si de verdad era la hija del duque, no tendría compasión con ella. Porque, o bien era una joven mimada jugando a contrabandista porque lo encontraba emocionante, o era una delincuente astuta y mentirosa. O quizá fuera las dos cosas. A Lucas no le importaban cuáles pudieran ser sus motivaciones. Recordaba perfectamente lo que era tener que robar comida para sobrevivir. Tener que suplicar y robar para seguir vivo. No tenía tiempo para aquellos que disfrutaban de grandes privilegios y, aun así, se comportaban como delincuentes.

En la intimidad de su habitación, una habitación diminuta con los techos abuhardillados en la que no podía ni ponerse de pie, sacó la pistola y la examinó. Era un trabajo de calidad, caro, de bronce y bellamente grabado. Lucas sospechaba que era de finales del siglo XVIII. No estaría fuera de lugar en la colección de un aristócrata. La guardó en el fondo de la bolsa y se tumbó a dormir. Había ruido en la posada, pero él era capaz de dormir en cualquier parte, otro legado de los años que había pasado en las calles, descansando cuándo y dónde podía, siempre con un ojo abierto por si surgía algún problema. Aquella noche, sin embargo, le costó conciliar el sueño más de lo habitual. Pensaba que le perseguiría el recuerdo de Peter, pero, en cambio, la noche estuvo llena de sueños agitados, y en todos ellos había una mujer que huía. Una mujer a la que deseaba y que ocultaba su rostro.

Capítulo 2

Christina empujó la puerta de madera por la que se accedía a los terrenos que separaban el castillo Kilmory de la carretera que había detrás. Un camino a la sombra de la alta muralla de la propiedad pasaba cerca de las cabañas de los jardineros, escondidas por una fila de pinos cuyas agujas formaban un suave lecho bajo los pies de Christina. Al otro lado de los pinos se extendía una vasta pradera salpicada de cedros que bordeaba un jardín de rosas. Desde aquella pradera se accedía al tramo de escaleras que conducía a la terraza. Christina caminaba lentamente, sin prisas. Le había dicho a su familia que iba a dar un paseo después de cenar y aunque había pasado fuera más tiempo de lo previsto, sabía que no sospecharían nada. Nunca sospechaban.

La luz resplandecía tenuemente tras las ventanas del castillo. Christina no tenía muchas ganas de regresar al interior. Le encantaba salir por la noche, cuando la luna estaba en lo más alto y soplaba la brisa marina. Y suponía que le gustaba más incluso porque las damas no debían pasear solas después del anochecer. Le encantaba hacer cosas inesperadas porque sus días estaban gobernados por la rutina.

Lucas Ross había sido un acontecimiento inesperado. Todavía podía sentir el sabor de sus besos. Podía sentir la caricia de sus manos en su cuerpo. Su fragancia la impregnaba, pero no era el olor empalagoso a pomada y colonia que algunos hombres llevaban, sino una mezcla a aire fresco, a bosque y a mar. Le resultaba tan familiar que había despertado un coro de voces en algún rincón de su corazón, haciéndola estremecerse. ¿Habría sido aquella sensación peligrosa de reconocimiento la que la había impulsado a comportarse con tan imprudente abandono? No lo sabía. Lo único que sabía era que había estado a punto de hacer el amor con Lucas Ross.

Lucas era un sirviente. Un lacayo, en el caso de que fuera cierto lo que contaba, pero estaba segura de que aquel hombre era mucho más que un rostro bonito. Había demostrado ser un hombre enérgico, rápido de ingenio y valiente. Había sabido disimular su fuerte carácter ante los hombres y se había hecho el ignorante, pero a ella no la había engañado. Desde el instante en el que le había visto, Christina había sabido que era un hombre diferente.

Y había sabido también que era peligroso.

Se estremeció.

—¿Señora?

La puerta se abrió y Galloway, el mayordomo, asomó la cabeza con el rostro marcado por las arrugas de preocupación. Él sabía dónde estaba Christina aquella noche. Todos los sirvientes lo sabían. Lo sabía todo el pueblo, de hecho. Su participación en el contrabando de whisky era el secreto peor guardado de Kilmory. Los únicos que no estaban al tanto eran su propia familia, y eso era porque en realidad no sabían nada sobre quién era realmente ella, y tampoco les importaba.

—Todo ha ido bien.

La puerta se abrió del todo y la luz amarillenta del interior del castillo se derramó en la noche. Había llegado el momento de volver a convertirse en lady Christina MacMorlan.

Galloway cerró con cerrojo tras ella.

—Gracias a Dios habéis vuelto, señora.

Christina se detuvo para examinar su reflejo en el espejo. No tenía muy mal aspecto: estaba ligeramente despeinada por el viento, quizá, y la arena se había pegado al dobladillo del vestido, pero aquella no era ninguna sorpresa en un lugar como aquel. Tenía el rostro sonrojado, y también el cuello. Recordó entonces la deliciosa caricia de la barba de Lucas contra su piel. Afortunadamente, podría fingir que el rubor se debía a la frialdad de la brisa. Sería más difícil explicar el rosa intenso de sus labios, ligeramente hinchados por los besos de Lucas. Rezó para que las sombras del vestíbulo disimularan el daño, puesto que tendría serios problemas para explicar sus hazañas ante su familia. Todos la consideraban una mujer fría, casi asexuada. La eficiente Christina, capaz de ocuparse de todos aquellos detalles de la vida diaria de los que preferían no tener que preocuparse. Una apreciada ama de llaves capaz de mantener la casa, la familia y el clan unidos sin pronunciar queja alguna.

Si ellos supieran…

Por un instante, sintió el eco del beso de Lucas en la sangre y se llevó la mano al pecho. Había pasado mucho tiempo desde la última vez que la habían besado, que la habían acariciado. Había desterrado la pasión de su vida. La pasión pertenecía al pasado, a una época de su vida que había olvidado y en la que se había jurado no volver a pensar. Sin embargo, en aquel momento, al recordar las caricias de Lucas se sentía inquieta. El deseo dormido había vuelto a despertar.

Reprimió un escalofrío, se apartó del espejo y se quitó los guantes y la capa.

—¿Ha habido algún problema, Galloway? —preguntó.

—Sí, mi señora.

El mayordomo estaba temblando y Christina fue repentina y obligadamente consciente de su edad y su debilidad. Esa era la razón por la que necesitaban contratar rápidamente a un mayordomo inteligente y más joven que pudiera sustituirlo. Pero no podía ser el hombre que había conocido aquella noche. Lucas Ross habría sido el mayordomo ideal: un hombre fuerte, práctico, inteligente. Pero no podía contratar a un hombre que la había besado hasta hacerla perder el sentido. Un hombre que la reconocería como la mujer que estaba al mando de la banda de contrabandistas. Sería desastroso.

–Su Excelencia ha perdido el último encargo de libros de la Royal Society de Edimburgo –dijo Galloway–. Ha vuelto la biblioteca del revés buscando los libros y está fuera de sí –un ruido amortiguado procedente de detrás de la puerta de la biblioteca subrayó sus palabras.

–Yo encontraré los libros –se ofreció Christina.

–Lady Semple ha bajado a la cocina para quejarse porque la cena estaba quemada –continuó Galloway–. Ahora el cocinero amenaza con marcharse, y ya sabéis que no es fácil conseguir buenos empleados aquí, en medio de la nada.

–Intentaré tranquilizar al cocinero –dijo Christina–. Y hablaré con lady Semple.

El hermano de Christina, el marqués de Semple, y su esposa, Gertrude, eran los huéspedes más exigentes imaginables. Le encontraban defectos a todo. Parecían disfrutar molestando a cuanta más gente posible. Aquel parecía el único deporte que les gustaba.

–Lady Semple también ha comentado que el agua estaba fría esta mañana. Y lord Semple se queja porque dice que en su dormitorio entra una corriente de aire glacial –añadió Galloway.

–Procuro no entrometerme en los asuntos maritales de mi hermano –bromeó Christina. Y cuando Galloway la miró con extrañeza, añadió–: No importa, Galloway. Supongo que la estufa ha vuelto a apagarse.

–Sí, señora –respondió Galloway–. Siempre se apaga cuando sopla viento del noroeste.

Christina exhaló un largo suspiro. Kilmory era un castillo del siglo XIV y el sistema de calefacción era casi tan antiguo como él. Era el lugar menos apropiado para atender las necesidades de huéspedes como los Semple, que insistían en disponer siempre de lo mejor. Durante los últimos tres años, su padre, con su típica cabezonería y su particular excentricidad, había insistido en convertirlo en su hogar. Ya apenas pasaban tiempo en Forres. Cuando le habían preguntado el por qué de aquel traslado, había musitado algo sobre que el paisaje salvaje de la costa oeste le inspiraba para sus artículos académicos.

–Lord Lachlan... –Galloway se interrumpió y apretó los labios con un gesto de desaprobación.

–¿Ha vuelto a beber? –preguntó Christina con compasión–. Subiré y le tiraré una jarra de agua encima. Y si eso no sirve de nada, le pegaré un tiro.

Galloway contestó con una sonrisa. Sabía que estaba bromeando, pero la verdad era que la opción era tentadora. La mujer de Lachlan, Dulcibella, le había abandonado seis meses atrás y desde entonces, Lachlan se pasaba el día envuelto en un sopor etílico. Christina estaba empezando a perder la paciencia con él.

Sabía que las culpas estaban repartidas, pero Lachlan no había hecho nada para salvar la brecha que se había abierto entre él y su esposa. Esta estaba en el castillo de Cardross, contándole a cualquiera que quisiera escucharle lo tosco y grosero que había sido su marido con ella.

Pero... pero no podía disparar a Lachlan... porque había perdido la pistola. Se le había caído cuando Lucas la había besado y, hasta ese momento, el recuerdo del beso la había hecho olvidarlo por completo. Se sintió enferma, intensamente desazonada. Estaba convencida de que a Lucas no le habría pasado por alto aquella pérdida. Y estaba dispuesta a apostar cualquier cosa a que se había apoderado de la hermosa pistola de cobre.

Una razón más para deshacerse de él. Si Lucas se atrevía a presentarse en Kilmory al día siguiente, y sospechaba que se atrevería, le enviaría inmediatamente a Edimburgo, aunque tuviera que meterle ella misma en el coche.

Galloway esperaba mirándola con atención. Parecía cansado. Christina quería enviarle a descansar a sus habitaciones, pero sabía que él se negaría. Siempre pensaba que tenía tareas pendientes.

—¿Ha surgido algún otro problema, Galloway? —le preguntó Christina.

—No, señora —respondió el mayordomo agradecido.

Christina asintió.

—Mañana tienes que entrevistar a los nuevos candidatos a sirvientes —le dijo—. Me han hablado de uno de ellos. El señor Lucas Ross... no nos conviene. Me gustaría pedirte que no le ofrecieras el puesto.

Galloway la miró con cierta altivez y se irguió ligeramente.

—¿Señora?

Christina sabía que estaba traspasando sus límites. El funcionamiento de la servidumbre era algo que estaba completamente a cargo de Galloway y del ama de llaves, la señora Parmenter. Al interferir en su posible elección, estaba insinuando que le consideraba incompetente. Como siguiera así, Galloway iba a ser el siguiente en renunciar.

—Quiero asegurarme de que cualquier persona que contratemos encaje en un lugar como Kilmory —le explicó con tacto—. Como bien sabes, mi padre es cada vez más excéntrico y no quisiera que nadie pudiera afectar a su salud.

—Su Excelencia no tendrá por qué mantener relación alguna con el futuro sirviente —Galloway se mostraba indignado ante la posibilidad de que el duque pudiera rebajarse hasta ese punto—. Estoy convencido de que podéis confiar en mi criterio a la hora de elegir al candidato apropiado, lady Christina.

—Por supuesto —contestó Christina con un suspiro—. Te suplico que me perdones, Galloway.

Sabía que era preferible no seguir presionando en aquel

momento, con Galloway en pleno despliegue de dignidad. Al día siguiente volvería a planteárselo y estaba segura de que entonces atendería a razones.

–El señor Bevan solicita una reunión para mañana por la mañana –le informó Galloway, refiriéndose al administrador de fincas del duque–. Dice que hay ciertas cuestiones sobre las que le gustaría hablar con vos.

–Le veré a las once en punto –respondió Christina–. En el estudio.

Galloway asintió. La tensión había desaparecido de su rostro.

–Gracias, mi señora –tomó la capa y los guantes–. Os subiré la cena en una bandeja.

El reloj del la escalera marcó las diez y media con un suave retoque. En el castillo Kilmory mantenían un horario campestre y se cenaba a las seis. Así lo prefería el duque. El ritual de las cenas en bandeja se había convertido en una tradición para Christina desde que era niña. Le servían la cena después de que todo el mundo se hubiera retirado a sus habitaciones y eso le proporcionaba a Christina la oportunidad ideal para ocuparse de su negocio de contrabando.

Christina se alisó la falda del vestido de terciopelo. No podía entrar en el salón con el dobladillo lleno de arena. Gertrude, con su mirada penetrante y su lengua de víbora, lo señalaría. Debería haberse cambiado antes de salir a encontrarse con sus hombres, pero el mensaje que le habían enviado reclamaba su presencia con urgencia y no había querido retrasarse y darles a los contrabandistas la oportunidad de hacer algo violento y de lo que después se arrepentirían.

Se estremeció. Odiaba la violencia. Odiaba la crueldad y el placer que los hombres parecían encontrar en ella. Durante toda su vida, se había dedicado a cuidar de los demás, a educarlos y a protegerlos, ya fuera a sus hermanos pequeños, a familiares menos cercanos o a lo poco que quedaba del clan Forres. Esa era la razón por la que había comenzado a colaborar con los contrabandistas en un primer momento. Había visto la cruel explotación a la que les sometían los recaudadores, exigiendo impuestos exorbitantes que obligaban a pagar a familias que apenas conseguían arañar la comida del día a sus tierras. Aquel grado de explotación la indignaba y se había sentido espoleada por la necesidad de protegerlos. Nadie había querido escucharla cuando había expresado sus protestas de manera convencional. Era una mujer y las mujeres no debían inmiscuirse ni en la política ni en la economía. O, al menos, eso era lo que le habían contestado en los términos más educados posibles cuando había escrito al gobierno para mostrar sus quejas. Había sabido entonces que era un caso desesperado y de que solo la acción directa serviría para solucionarlo. Y así, con su pragmatismo habitual, se había descubierto organizando a los contrabandistas y convirtiéndolos en una banda implacable y eficiente, capaz de engañar a los agentes del fisco. Ella era la culpable de que últimamente estuvieran mostrando su lado más despiadado.

Se abrió la puerta del salón y salió Gertrude. Pequeña y enérgica, la cuñada de Christina parecía dispuesta a atacar a cualquiera que tuviera la desgracia de interponerse en su camino. Tras ella salía la sobrina de Christina, lady Allegra MacMorlan. Allegra, de dieciocho años, poseía toda la belleza de los MacMorlan, pero aquella belleza languidecía a la sombra de su constante aburrimiento y su falta de objetivos vitales. Gertrude hablaba de casar a su hija durante la temporada de invierno de Edimburgo, pero Allegra mostraba tan poco entusiasmo ante esa perspectiva como por todo lo demás. Christina se preguntaba a veces qué podía apasionar a su sobrina. Estaba segura de que tenía que haber algo que le gustara.

–¡Aquí estás! –exclamó Gertrude con su desagradable tono de voz–. Cualquiera diría que has entrado cruzando los setos –recorrió con su intensa mirada a su cuñada, haciendo recuento de los daños infligidos por la arena, el viento y los besos de Lucas–. De hecho, tienes un aspecto absurdamente salvaje, teniendo en cuenta que solo has salido a dar un paseo por el jardín. Esa es la razón por la que nunca le dejo a Allegra salir a pasear a ninguna parte. No es bueno para el cutis.

–Es cierto –respondió Christina–. Pero yo ya soy demasiado vieja como para prestar atención a esos asuntos.

–A tu edad, el daño ya está hecho –se mostró de acuerdo Gertrude–. Tengo una tarea para ti. Quiero que le des una buena reprimenda a la segunda doncella. Ha estado dirigiéndole miradas a Lachlan y, teniendo en cuenta el estado de precariedad de su matrimonio con Dulcibella, no dudo de que, a poco que le anime, será capaz de fugarse con ella.

–Preferiría regañar a Lachlan –repuso Christina–. En el castillo resulta mucho menos útil que Annie. ¿Dónde voy a encontrar otra doncella? No es fácil encontrar sirvientes que estén dispuestos a trabajar aquí.

–Tienes un sentido del humor de lo más inapropiado –la regañó Gertrude con frialdad–. Ya he perdido toda esperanza contigo.

–Hablaré con Annie –cedió Christina con un suspiro–, pero estoy segura de que te equivocas.

Gertrude la miró con desdén.

–Eres tan ingenua como Allegra –le espetó–. Eres incapaz de ver lo que tienes delante de tus narices.

–Eso parece –se mostró de acuerdo Christina–. ¿Me perdonas, Gertrude? Tengo que cambiarme de ropa antes de cenar.

El sonido metálico de la bandeja llevó de nuevo a Gertrude al interior del salón. Allegra subió las escaleras delante de Christina y al llegar al final de la escalera, permaneció oculta tras las sombras, como un espectro. Christina siguió lentamente a su sobrina. Cuando llegó al final, se detuvo junto a la estatua de Hermes que su padre había comprado al final de su gran viaje. Apenas se había fijado en ella. Todos los castillos de la familia estaban llenos de estatuas. Su padre era un coleccionista de obras de artes, documentos y esculturas clásicas. Hermes llevaba formando parte del mobiliario del castillo desde que Christina podía recordar, y no una parte que admirara de forma particular. Sin embargo, en aquel momento, se descubrió contemplando la estatua, comparando la marmórea perfección de sus pómulos y la potencia escultural de sus músculos con la viva masculinidad de Lucas Ross.

Sintió un intenso calor arremolinándose en su vientre y giró precipitadamente, consciente de que Allegra se había detenido en la puerta de su dormitorio y estaba observándola. No estaba segura de lo que había revelado su rostro; esperaba que no fuera una expresión que su sobrina reconociera o entendiera. Cuando la puerta se cerró suavemente tras Allegra, Christina se dirigió lentamente hacia su dormitorio. Tenía el mismo aspecto de siempre y, sin embargo, lo sentía diferente. Lo encontraba insatisfactorio, aunque de una forma que no era capaz de precisar. Era como si estuviera anhelando algo y no supiera exactamente lo que era. En una ocasión, mucho tiempo atrás, cuando todavía era joven, se había comportado como una mujer alocada. «Lasciva», habría dicho Gertrude. Nadie se había enterado. Nadie lo habría creído tras haber conocido a la mujer seria y formal en la que se había convertido.

Pero al conocer a Lucas habían revivido los deseos de una auténtica vida. Deseos indignos de una dama, deseos deliciosos, perversos, deseos que se había negado a sí misma porque pertenecían a una etapa de su vida que había dado por concluida. Recordó aquella época y la brusquedad con la que había terminado y sintió un frío que la hizo estremecerse. No se abriría nunca más a un dolor como aquel, porque sabía que la próxima vez, el sufrimiento podría destrozarla.

Capítulo 3

La entrevista iba progresando de forma plenamente satisfactoria para Lucas. Galloway, el mayordomo, parecía impresionado por sus excelentes referencias, su buena disposición hacia el trabajo y sus modales educados. La señora Parmenter, el ama de llaves, parecía admirar su fortaleza física. Lucas la había descubierto mirando fijamente sus piernas, y esperaba que fuera solamente para analizar el aspecto que tendría con la librea. Pero no estaba seguro de que el interés fuera impersonal. El brillo de sus ojos resultaba desconcertante en la respetable imagen de aquella ama de llaves tan tradicional.

Había otros dos candidatos al puesto, pero Lucas estaba convencido de que podía superarlos. Si podría asumir o no todo el trabajo era una cuestión diferente. No tenía la menor idea de que la labor de un sirviente pudiera ser tan compleja. Él pensaba que lo único que tenían que hacer era adornar la parte trasera de los carruajes, mantenerse atractivos y fugarse con la dama de la casa a la primera oportunidad. Pero, al parecer, no podía estar más equivocado. Ir a buscar el carbón, sacar brillo a la plata, limpiar botas y zapatos, correr las cortinas, ayudar a servir la cena... Todas aquellas tareas podían formar parte de su trabajo. Parecía tremendamente aburrido, pero nada que no pudiera manejar, siempre que se levantara a las cinco de la madrugada y se acostara a medianoche.

—¿Tenéis experiencia en doblar servilletas con la forma de un nenúfar? —preguntó la señora Parmenter.

—Me temo que no, señora —respondió Lucas.

Sus verdaderos talentos no tenían ninguna utilidad en aquel lugar. Tenía una tremenda facilidad para ganar a las cartas, por ejemplo, y había ganado su primera fortuna en las mesas de juego. La segunda la había hecho invirtiendo en una compañía de construcción de barcos fundada por Jack Rutherford. Tenía otros negocios, había hecho otras inversiones. Pero no se le daba bien doblar servilletas.

El rostro de la señora Parmenter reflejó su enorme decepción.

—¿Pero estáis acostumbrado a servir cenas? ¿Conocéis las normas de la etiqueta?

—Por supuesto, señora —respondió Lucas con amabilidad, en respuesta a la segunda pregunta, al menos.

Había aprendido las normas de la etiqueta en el palacio de su padrastro, aunque nunca hubiera tenido que servir una cena. En ciertos aspectos, había llevado una existencia dorada. Pero el problema de los baños de oro era que cuando desaparecían, siempre aparecía la fealdad que escondían.

Galloway se removió en su asiento. Parecía tener información suficiente como para estar satisfecho con las credenciales de Lucas y estaba a punto de ofrecerle alguna información sobre la vida en Kilmory. Lucas escuchó con atención.

—A pesar de ser una casa ducal —comenzó a decir Galloway—, la residencia es pequeña. Durante los últimos años, Su Excelencia ha preferido instalarse aquí en vez de en la casa principal de Forres. Es un lugar más pequeño y además...

—Más acogedor —le interrumpió la señora Parmenter, taladrando al mayordomo con la mirada—. Kilmory es más... confortable.

Lucas esperaba ser capaz de disimular su incredulidad. Si Kilmory era más confortable que Forres, entonces, Forres debía de ser prácticamente inhabitable. Por lo que había visto, la mitad del castillo Kilmory estaba en ruinas y la otra mitad tenía un origen medieval. Era un edificio achaparrado y feo que parecía mantenerse igual desde hacía siglos. En Escocia había castillos muy hermosos, pero aquel no era uno de ellos. En eso Jack no se había equivocado.

Lo que no sabía Jack era que, a pesar de todas sus incomodidades, el lugar tenía un aire hogareño. Transmitía una calidez mucho más importante que cualquier elegancia superficial. La habitación en la que estaban en aquel momento, por ejemplo, probablemente el segundo mejor salón del castillo, tenía un enorme encanto a pesar de las butacas ligeramente desvencijadas y los cojines descoloridos. Había un jarrón con flores en la repisa de la chimenea y varias revistas y documentos dejados descuidadamente sobre la mesa. Lucas consiguió leerlas a pesar de que estaban del revés. Un ejemplar de *Caledonian Mercury* de tres semanas atrás, el *Lady's Monthly Museum*...

Se preguntó si habrían sido motivos económicos los que habían llevado al duque a cerrar el castillo Forres. Seguramente Kilmory era más fácil de mantener. Pero era extraño, teniendo en cuenta que el duque de Forres era considerado uno de los hombres más ricos de Escocia. Aun así, merecería la pena investigarlo. Había hombres que fingían ser muy ricos cuando estaban peor de dinero. Le sería útil conocer el estado económico de los Forres. A lo mejor el duque también estaba relacionado con el contrabando de whisky.

—Lady Christina MacMorlan es la que dirige la propiedad —le explicó la señora Parmenter—. A efectos prácticos, ella es la cabeza de familia.

Lady Christina.

Lucas sintió un hormigueo en la piel. Christina MacMorlan. ¿Sería la mujer que había conocido la noche anterior? Cada vez le parecía más probable. Una mujer capaz de llevar una propiedad tenía que tener toda la habilidad, la eficiencia y los contactos necesarios como para dedicarse al contrabando de whisky. Y si la señora Parmenter estaba en lo cierto, lady Christina no solo dirigiría la propiedad, sino que era probable que supiera lo que le había pasado a Peter. Lucas sintió que se le aceleraba el pulso y se obligó a mantener una expresión de educada indiferencia.

–En realidad, es el administrador de fincas el que dirige la propiedad –la corrigió Galloway–. No sería adecuado que una dama trabajara.

La señora Parmenter soltó un sonido burlón, que amortiguó casi inmediatamente. Estaba bastante claro lo que pensaba sobre quién hacía el trabajo duro en Kilmory. El interés de Lucas por Christina MacMorlan era cada vez mayor.

–Hablando de trabajo –añadió Galloway, dirigiéndole una mirada reprobadora al ama de llaves–, es posible que tengáis que echar una mano en todas y cada una de las tareas que se llevan a cabo en Kilmory, señor Ross. Algunos sirvientes consideran que hay trabajos que están por debajo de su estatus.

Con su tono dejaba bien claro lo mucho que le desagradaban aquellas exigencias modernas.

–Aquí el servicio no es lo suficientemente numeroso como para poder soportar tamaña pretensión.

–Estaré encantado de ayudar en cualquier tarea que se me pida, señor Galloway –dijo Lucas.

Galloway asintió. Estudió los documentos que tenía en la mesa, delante de él, y frunció el ceño, como si hubiera algo que le preocupara. Lucas estaba desconcertado, no conseguía averiguar qué era lo que retenía al mayordomo.

–Vuestras referencias son impecables –dijo Galloway lentamente–. Sois la persona adecuada para el puesto.

Lucas inclinó la cabeza. Desde luego, los empleados de Sidmouth habían hecho un buen trabajo. Le habían conseguido referencias que eran suficientemente convincentes sin resultar halagadoras en exceso.

—Perdonadme —se disculpó Galloway lentamente.

Reunió la documentación y salió a grandes zancadas del salón. Lucas desvió la mirada hacia la señora Parmenter. Esta le sonrió automáticamente, pero había cierta incomodidad en su mirada. Estuvieron hablando de Edimburgo, de donde era la familia del ama de llaves, pero era evidente que esta estaba distraída. Al cabo de un par de minutos, ella también se excusó precipitadamente y salió.

Una vez a solas, Lucas esperó un momento, se levantó y se acercó lentamente al escritorio. Los cajones estaban llenos de los libros de contabilidad de Kilmory. No se molestó en revisarlos. Dudaba de que lady Christina mantuviera los recibos por destilar aquel brebaje a mano, o que guardara en aquellos cajones algo que pudiera delatar la muerte de Peter. Y si le sorprendían rebuscando en los cajones de la casa, pensarían que era un ladrón y le echarían inmediatamente.

De manera que regresó a su asiento, estiró las piernas, se reclinó contra el respaldo y se permitió disfrutar del calor y el confort de aquella habitación. Se parecía muy poco a la casa que él tenía en Edimburgo. Una casa con pocas habitaciones, elegante y lujosamente decoradas, pero que carecían de personalidad. El desorden y la cualidad acogedora de Kilmory le atraían, una sensación que le desconcertaba. Jamás en su vida había aspirado a algo más que a tener un simple techo sobre su cabeza.

Pasaron diez minutos. Lucas comenzó a sospechar. Estaba prácticamente seguro de que lady Cristina MacMorlan se le había adelantado. La noche anterior le había advertido que se fuera, pero él sospechaba que también había tenido la precaución de advertirle a Galloway que no le contratara.

Se levantó y se acercó sigilosamente hacia la puerta. La señora Parmenter la había dejado entreabierta y Lucas acercó el oído para escuchar. Oyó el débil sonido de las voces en el vestíbulo. Era Galloway el que estaba hablando, parecía nervioso.

–Lady Christina, debo protestar. No hay nada en el señor Ross que sugiera que podría no ser la persona adecuada para realizar ese trabajo. Todo lo contrario, parece precisamente el hombre que estamos buscando. No comprendo vuestras objeciones, señora. Deberíais entender el dilema en el que me encuentro...

–Comprendo perfectamente las dificultades de atraer empleados eficientes a Kilmory –era una voz femenina, fresca y con un filo de autoridad.

Lucas intentó averiguar si era la misma mujer de la noche anterior. Se acercó un poco más para abrir la puerta.

–En esta ocasión, debo pedirte que aceptes mi palabra, Galloway –oyó decir a lady Christina–. No quiero que el señor Ross trabaje en Kilmory. Lo siento si eso puede ocasionarte problemas. Thomas Wallace puede hacer el trabajo tan bien como él y su familia necesita el dinero. De modo que debemos prescindir del señor Ross.

Las motas de polvo bailaban en el haz de luz que se filtraba por la ventana. Lucas se apartó precipitadamente de la puerta al ver que alguien pasaba. Consiguió distinguir un retazo de muselina color violeta y llegó hasta él la fragancia de un perfume. Era el olor de las campanillas. El reconocimiento fue tan impactante que tuvo que hacer un enorme esfuerzo para no abrir la puerta y enfrentarse a ella.

Para cuando Galloway y la señora Parmenter regresaron al salón, él ya estaba de nuevo en su asiento. Se volvió hacia ellos con fingida inocencia.

Galloway cerró la puerta con un ligero portazo. Con las mejillas encendidas, le tendió la mano a Lucas.

–Gracias, señor Ross. Esto ha sido todo.

–¡Oh! –exclamó Lucas. Y añadió, fingiendo cierta perplejidad–: Esperaba tener respuesta a la entrevista inmediatamente... –se interrumpió.

Galloway estaba rígido como un soldado y la señora Parmenter parecía nerviosa y muy afectada.

—¿Preferís que espere noticias vuestras en la posada? —preguntó Lucas.

—No será necesario, señor Ross —Galloway le acompañó a la puerta—. Gracias por haber solicitado este trabajo. Sentimos no haber podido ofrecéroslo y esperamos que tengáis más suerte en el futuro —parecía que las palabras le atenazaran la garganta.

Segunda victoria para lady Christina MacMorlan. Lucas curvó los labios en una sonrisa de pesar. Aquella dama le había derrotado la noche anterior y en aquel momento creía haberse desecho para siempre de él. Tendría que elevar el nivel del juego.

Galloway le acompañó a la entrada con expresión de querer verle salir sano y salvo de la propiedad. Le recibió un glorioso día de principios de verano, con el cielo radiante, sin una sola nube. La brisa marina llevaba hasta él la caricia de la sal y el olor empalagoso de genista. Al final de aquella hermosa pradera, Lucas distinguió tres figuras a la sombra de un cedro. Una de ellas era la de un hombre de pelo gris, delgado, que se apoyaba en un bastón. Pensó que debía de ser el mismísimo duque de Forres. Parecía pequeño, disminuido en cierta manera por la edad.

Al verle, Lucas comprendió los motivos por los que era su hija la que dirigía la propiedad.

Las personas que le acompañaban eran dos mujeres, una de ellas rubia, delgada, y muy joven. La otra, la mayor, era una mujer alta y elegante, ataviada con un vestido de muselina color violeta. Ella también le había visto a él y pareció quedarse paralizada, como si estuviera conteniendo la respiración.

Lucas miró a Galloway, que esperaba con actitud de educada impaciencia para cerrar la puerta tras él.

Sin vacilar, Lucas cruzó la distancia que los separaba, dispuesto a enfrentarse a lady Christina MacMorlan. Puesto que no tenía nada que perder, podía probar a chantajearla.

Capítulo 4

—¿Pero qué demonios es eso? –preguntó Allegra.

Christina había estado escuchando vagamente a su padre mientras este le explicaba su proyecto de colocar una fuente italiana de seis metros en medio del jardín al tiempo que calculaba qué podría llevarle de la vaquería a la señora McAlpine aquella tarde. La pobre mujer acababa de dar a luz a su sexto hijo, todos ellos chicos, y su marido había muerto en medio de una tormenta que había arrastrado a su embarcación ocho semanas antes. Cuando Allegra se detuvo bruscamente y miró hacia la entrada del castillo, prácticamente tropezó con ella.

—Cuida ese lenguaje, Allegra —le pidió Christina automáticamente.

Desde el primer momento había sido consciente de que tener a Lachlan cerca sería una mala influencia para la joven. Gertrude se desmayaría si oyera a su hija hablando como un dandy de Edimburgo. Y ahí se le planteaba a Christina otro problema. No tenía la menor idea de lo que iba a hacer con Lachlan. Sabía que necesitaba que alguien le hiciera reaccionar y le enviara de nuevo con su esposa para que dejara de pasarse el día enfurruñado en Kilmory.

—Las damas no utilizan esa expresión —la regañó—. Es extraordinariamente vulgar.

—¿Ni siquiera cuando ven una cosa así? —preguntó Allegra—. ¿Quién es ese hombre?

Christina miró hacia donde estaba señalando con el dedo su sobrina, otro pecado contra la etiqueta que Christina no tuvo energía para corregir, porque se encontró con la figura de un hombre alto en la entrada del castillo.

Lucas Ross.

El corazón comenzó a latirle a toda velocidad y sintió la presión de la respiración en el pecho. De pronto, el sol parecía arder con demasiada intensidad.

—¡Maldita sea! —exclamó involuntariamente.

Allegra se echó a reír.

—¡Tía Christina! Qué extraordinariamente vulgar.

—A veces —respondió Christina—, el vocabulario de una dama no es suficientemente vehemente como para expresar la fuerza de sus sentimientos.

Y fijar la mirada de aquella manera en un hombre también era algo impropio de una dama, pensó, pero había ocasiones en las que resultaba imposible evitarlo. Ningún hombre tenía derecho a ser tan indecentemente atractivo como Lucas Ross.

En la penumbra de la cueva, Lucas le había parecido espectacular, con aquellas cejas tan marcadas, la hendidura en la barbilla y el pelo oscuro. Había algo especial en él, un aire de arrogante distinción que le era innato y le diferenciaba de la mayoría de los hombres. Era alto, de hombros anchos, y tenía una complexión que exudaba una masculinidad con la que Christina jamás se había encontrado en los salones de baile o en las exclusivas bibliotecas de la academia de Edimburgo. Los maridos de sus hermanas también eran hombres intensos y con carisma. Christina había llegado a sentir celos al ver a Lucy y a Mairi. Pero en aquel momento, pensó que aquella falta de piedad y aquella fuerza desbordante en un hombre debían de ser muy difíciles de manejar.

Le parecía ridículo que Ross fuera un sirviente. Era demasiado enérgico, le gustaba demasiado controlar como para ponerse al servicio de otros. Lo imaginaba más como un soldado, un marinero, un aventurero. Como alguien que daba órdenes en vez de recibirlas. Era un hombre nacido para ser líder, no para seguir a los demás. Pero estaba divagando, se recordó Christina. Un hombre no podía elegir su posición en la vida, y tampoco podía cambiarla.

Un escalofrío le recorrió la espalda. Lucas había bajado los escalones del castillo y caminaba a grandes zancadas hacia ellas. Parecía tener una clara intención y Christina sintió la necesidad desesperada de salir corriendo. Era ridículo, pero no pudo evitar que el pánico le atenazara la garganta. Lucas no había seguido las instrucciones que le había dado la noche anterior. Aquello debería haberle indicado algo sobre el hombre que era. Debería habérselo pensado dos veces antes de decirle nada a Galloway.

Pero el mal ya estaba hecho y Lucas tendría que aceptarlo. Ella era la hija del duque de Forres y no estaba dispuesta a permitir que un sirviente la obligara a justificar sus decisiones. Aun así, mientras Lucas se acercaba a ellas, sintió que la respiración se le paralizaba en la garganta y tuvo que reprimirse para no llevarse la mano al corazón, que le latía a toda velocidad, como si hubiera estado corriendo.

Lucas se plantó directamente frente a ella. Su presencia física era tan poderosa que Christina retrocedió, aunque no había nada ni remotamente amenazador en su actitud. Se miraron a los ojos. Los de Lucas eran de un marrón que parecía casi negro, un marrón oscuro como las noches de invierno bajo las negras cejas. Su expresión era indescifrable. El resto de su rostro resultaba igualmente sobrecogedor. No había calor ni amabilidad en sus facciones. Todo eran ángulos marcados y oscuridad. Le sostuvo a Christina la mirada. Ella intentó desviarla, pero descubrió que le resultaba imposible. Estaba paralizada por la misma conciencia de su presencia física, fieramente intensa, que se había apoderado de ella la noche anterior.

Pero de pronto, todo aquello desapareció como si nunca hubiera existido y Lucas se inclinó con una elegante reverencia.

—¿Lady Christina? —preguntó. Su tono deferente contradecía la expresión de sus ojos, que ni remotamente podría haber sido descrita como respetuosa—. Me llamo Lucas Ross. Creo que no nos hemos visto antes, a no ser que vos tengáis esa ventaja sobre mí...

Dejó que las palabras quedaran flotando en el aire y a Christina le dio un vuelco el corazón.

La había reconocido. Sabía que era la misma mujer a la que había besado la noche anterior.

Christina enderezó la espalda.

—No —contestó fríamente—, no he tenido ese placer, señor Ross.

En los ojos de Lucas brilló una chispa de diversión al pensar en lo placentero que había sido su encuentro, en cómo se había derretido Christina en sus brazos, en cómo había abierto los labios bajo los suyos cuando la había besado con ardor, pasión y la habilidad adquirida con la experiencia. Christina sintió un fogonazo de ese mismo calor en el vientre. ¡Maldita fuera! En lo único en lo que tenía que pensar en aquel momento era en comportarse como una dama desdeñosa y fría, aunque lo último que sintiera en aquel momento fuera frío.

—Este comportamiento es del todo punto irregular —le reprochó—. ¿En qué puedo ayudaros, señor Ross?

Lucas esbozó una fugaz sonrisa de agradecimiento que transformó todo su rostro, imprimiéndole calor, aunque solo fuera durante un breve instante.

—He solicitado el puesto de lacayo —le explicó él—. Desgraciadamente, mi solicitud no ha tenido éxito. Me preguntaba si tendríais la amabilidad de explicarme por qué.

—El señor Galloway es el responsable de las entrevistas

con el servicio, señor Ross –contestó Christina–. Es a él a quien deberíais pedir explicaciones.

–Pero fuisteis vos la que os negasteis a ofrecerme el puesto –replicó Lucas–. Os oí decirle al señor Galloway que no me aceptara.

Se produjo un tenso silencio durante el que pasaron por la cabeza de Christina un buen número de adjetivos impropios de una dama. No había sido en absoluto consciente de que les estaban oyendo.

–Lo siento, señor Ross –dijo al final–, pero no tengo por costumbre dar explicaciones a nadie sobre las decisiones que tomo.

El gesto con el que Lucas arqueó las cejas estuvo muy cerca de resultar burlón.

–Sí, lo entiendo –contestó, y Christina se sonrojó al darse cuenta de lo arrogante que debía de haber sonado–. ¿Pero cómo voy a mejorar si no me decís cuáles son mis carencias?

Galloway llegó en aquel momento. Parecía indignado.

–¡Señor Ross! ¿Cómo os atrevéis a acercaros a lady Christina con esos modales?

–No pretendía ser irrespetuoso –respondió Lucas Ross. No desviaba la mirada de Christina–. Me he limitado a preguntar los motivos por los que mi solicitud había sido rechazada. ¿No merezco al menos una explicación?

Hablaba mirando a Christina, de modo que solo ella pudiera advertir la disimulada diversión de su mirada. Lucas sabía perfectamente por qué le había rechazado y Christina tenía el presentimiento de que, a menos que ella cambiara de opinión, estaba dispuesto a compartir esas razones con todo el mundo. Allegra les estaba mirando alternativamente con expresión especulativa. Incluso el duque parecía interesado en lo que estaba ocurriendo. En cuanto a Galloway, se mostraba ávido por conocer los motivos de la decisión de Christina, puesto que se había negado a darle ninguno a él.

Christina no estaba segura de qué era peor, si el hecho de que Lucas diera a conocer que era contrabandista de whisky o que descubriera que habían estado retozando sobre el brezo. Lo primero podría llevarla a la cárcel, lo segundo, arruinar por completo su reputación.

Estaba atrapada.

–Supongo que mi tía Christina decidió rechazar vuestra solicitud porque sois demasiado atractivo, señor Ross –intervino Allegra, acudiendo inesperadamente a su rescate. Recorría con sus ojos azules a Lucas sin disimular su admiración–. Mi pobre tía tiene que pensar en la dirección de la casa y vuestro aspecto causaría estragos en los pisos inferiores y escándalo en los superiores.

–¡Allegra! –exclamó Christina, debatiéndose entre el alivio y la vergüenza provocados por la intervención de su sobrina.

–¿Qué ocurre? –hubo cierta petulancia infantil en la forma en la que Allegra se encogió de hombros–. Sabes que estoy diciendo la verdad.

Lucas sonrió con amabilidad.

–Sí, siempre ha representado un terrible inconveniente para mí tener este aspecto.

Christina estuvo a punto de sonreír ante la mordacidad de su tono.

–Estoy segura de que vuestra situación suscita una gran compasión, señor Ross –respondió con idéntica ironía–. Debe de ser una terrible carga el haber sido maldecido con un aspecto tan atractivo.

En los ojos de Lucas apareció un brillo de admiración.

–Sí, lo es. Pero me cuesta creer que sea esa la razón por la que me habéis rechazado, lady Christina. ¿Estáis dispuesta a darme una explicación o voy a verme obligado a especular?

Christina tomó aire. Era obvio que aquello era una amenaza, pero no iba a dejarse intimidar. Lucas Ross tenía que comprender que no iba a permitir que la chantajeara.

—Creo que sería un error, señor Ross —respondió—. Y creo que deberíais considerarlo detenidamente antes de decir algo de lo que podáis arrepentiros.

Lucas la miraba como si estuviera desafiándola a que descubriera sus cartas.

—¿Tenéis miedo de la verdad, lady Christina? ¿No queréis que salga a la luz?

Aquel hombre era un auténtico canalla. Se merecía todo lo que pudiera pasarle.

—Muy bien —dijo Christina, imprimiendo a su voz lo que esperaba fuera un tono de sincero arrepentimiento—. Yo solo pretendía proteger vuestra reputación, señor Ross, pero puesto que sois tan persistente, veo que nada salvo la verdad bastará —tomó aire—. Me temo que ha surgido un problema con una de vuestras referencias.

Advirtió que Lucas no esperaba aquella respuesta. Una sombra de recelo oscureció su expresión. Perfecto. Estaba demasiado seguro de sí mismo.

—Esperaba no tener que sacar esto a la luz —continuó Christina, entrando en materia—. Imagino que es un tema incómodo para vos, señor Ross...

Se arriesgó a mirar a Lucas y descubrió que la estaba mirando con tan traviesa diversión con aquellos ojos oscuros que casi se olvidó de lo que estaba diciendo.

—Todo lo contrario, lady Christina —musitó—. Estoy ansioso por oír lo que tenéis que decir.

—Conozco a sir Geoffrey MacIntyre, para el que estuvisteis trabajando —dijo Christina—. Vuestras referencias de esa casa os son incuestionablemente favorables. Sin embargo... —le dirigió a Lucas una mirada de absoluta inocencia—, cuando le conocí el invierno pasado en Edimburgo, me dio a entender que se había visto obligado a despedir a un lacayo por comportarse de manera impropia. De ahí que me vea obligada a dudar de la autenticidad de vuestras referencias, señor Ross.

Por un momento, Lucas pareció quedarse completamente paralizado, lo que le produjo a Christina una inmensa satisfacción. Después, le vio tensar los labios.

–Creo que me estáis acusando de haber falsificado mis referencias –le dijo.

–Yo jamás haría nada tan grosero como acusaros de fraude –le corrigió Christina–. Me he limitado a señalar que eso ha despertado en mí cierta preocupación.

–¿Qué clase de conducta impropia? –terció Allegra. Parecía fascinada–. ¿Os escapasteis con lady MacIntyre, señor Ross? ¡Qué barbaridad!

–Estoy seguro de que lady Christina podrá informaros con precisión de en qué consistió lo impropio de mi conducta –respondió, y le dirigió a Christina una mirada desafiante–. ¿Y bien, lady Christina?

–Me temo que fue un problema económico –respondió Christina muy seria–. Lo siento, señor Ross –le miró con compasión–. Supongo que no era esto lo que esperabais.

–No, ciertamente, no era esto lo que esperaba –respondió–. Sin embargo, os aseguro que tiene que haber sido un malentendido. Jamás en mi vida he sido acusado de nada parecido. Quizá me hayáis confundido con otro de los sirvientes del señor Ross.

–Dudo que pueda haberos confundido con nadie, señor Ross –respondió Christina, y era absolutamente cierto–. De eso ya os habéis asegurado.

Volvió a distinguir un brillo de diversión en la mirada de Lucas.

–Creo que me siento halagado.

–Pues no deberíais –replicó Christina–. Sin embargo, espero que comprendáis que ni todas vuestras dotes de... persuasión, servirán para hacerme cambiar de opinión.

Sus miradas se fundieron. El frío azul y el negro insondable. Christina sintió que se le aceleraba el corazón. Después, Lucas inclinó la cabeza.

–Os pido mis disculpas –le dijo–. Ha sido un error por mi parte.

Cambió repentinamente de tono, adoptando uno más pragmático y respetuoso.

—Pero puedo ofreceros otros testimonios. La duquesa de Strathspey hablará a mi favor. Me conoce bien y puede aseguraros mi honradez.

Christina arqueó las cejas.

—¿Ahora pretendéis darme órdenes, señor Ross?

Lucas volvió a sonreír. Resultaba difícil resistirse a esa sonrisa. Era tan sensual que elevaba la temperatura de todo su cuerpo.

—Solo era una sugerencia —musitó.

Y entonces, y de forma completamente inesperada, habló el duque. Christina ya casi se había olvidado de que estaba allí. Durante toda la conversación, el duque había permanecido con la mirada perdida en los jardines, como si su mente estuviera absorta en su último proyecto académico o en algún diseño arquitectónico ridículo. Pero en aquel momento, desvió sus ojos de color azul claro hacia su hija y sonrió con expresión benévola.

—Hemmings y Grant necesitan ayuda en el jardín y en el huerto, querida. Una especie de ayudante —se volvió hacia Lucas—. Tú podrías ser la ayuda ideal, joven. Puesto que mi hija no parece quererte dentro de casa, podrías quedarte fuera.

—¡Papá!

Christina estaba avergonzada. Se debatía entre la furia por el hecho de que su padre estuviera minando su autoridad y la mortificación de que le hablara a Lucas como si le importara menos que cualquiera de los caballos de su establo.

—Gracias, Excelencia —aceptó Lucas rápidamente, socavando aún más la autoridad de Christina—. Estaría encantado de aceptar.

—Bien, bien —dijo el duque con aire ausente—. Encontrarás a Hemmings en los invernaderos. Él te dirá lo que tienes que hacer.

—Papá —volvió a decir Christina—. No puedes contratar al señor Ross como ayudante de jardinería a tu antojo.

El duque volvió sus ojos claros y miopes hacia ella.

—¿Por qué no? Es mi jardín —hablaba como un niño mimado.

Christina reprimió una respuesta cortante. Aquella era la propiedad de su padre cuando a este se le ocurría hacer algo en un impulso. Durante el resto del tiempo, cuando estaba concentrado en sus estudios, era únicamente responsabilidad de ella.

—Sé que el señor Hemmings y el señor Grant necesitan ayuda. Pero el señor Ross ha solicitado trabajo como lacayo. No creo que esté cualificado...

—A mí me parece que está perfectamente cualificado —respondió el duque con irritación—. ¿Qué dificultades puede encontrar para hacer su trabajo?

—Os estoy muy agradecido, Excelencia —intervino Lucas, ignorando el ceño fruncido de Christina—. Estoy ansioso por encontrar trabajo en Kilmory y estoy encantado de aceptar cualquier puesto que se me ofrezca.

—Espléndido, espléndido —dijo el duque, sonriendo otra vez.

Le palmeó a Lucas el hombro y se alejó lentamente hacia la casa.

Christina cerró la boca bruscamente. Podía ver a Lucas tensando los labios para evitar echarse a reír. Era evidente que la había aventajado en astucia.

—En ese caso —dijo, disimulando su irritación—, como bien os ha dicho el duque, encontraréis al señor Hemmings en el invernadero, señor Ross. Él os dará las instrucciones pertinentes sobre vuestro trabajo y os encontrará alojamiento. Los sirvientes que trabajan fuera del castillo se alojan en las cabañas de los establos, pero comen en el salón de los sirvientes —hizo un gesto vago con la mano—. El señor Galloway podrá aconsejaros sobre cualquier otra cosa que necesitéis saber. Galloway... —se volvió hacia el mayordomo–, haz el favor de enviar un mensaje al castillo Strathspey pidiendo referencias del señor Ross.

–Señora –el mayordomo inclinó la cabeza con rígida educación.

Su expresión malhumorada sugería que deploraba absolutamente el curso que habían tomado los acontecimientos. Christina compartía sus sentimientos, pero sabía que no serviría de nada protestar. Al duque le gustaba pensar que era él quien dirigía la casa, y podía llegar a ser muy terco cuando le contradecían.

–Gracias, mi señora –dijo Lucas–. Señor Galloway...

–¡Qué divertido ha sido todo esto! –exclamó Allegra–. Bienvenido a Kilmory, señor Ross.

–Allegra –le dijo Christina, a punto ya de perder la paciencia–, ¿no es esta la hora de tu clase de piano? Señor Ross –se volvió hacia Lucas–, quisiera hablar con vos.

Allegra exhaló un exagerado suspiro y se fue caminando lentamente, tras dirigirle a Lucas una última y provocativa mirada que él ignoró. Porque tenía la mirada fija en Christina, que jamás en su vida había sido centro de tanta atención por parte de un hombre. Aquello la ponía nerviosa. Tenía la boca completamente seca.

–¿Volveremos a chantajearnos, lady Christina? –preguntó Lucas perezosamente, cuando estuvo seguro de que ya nadie podía oírlos. Bajó la voz para adaptar un tono más íntimo–. Irregularidades financieras... una excusa de lo más imaginativa. Os felicito.

–Permitid que os dé un consejo, señor Ross –respondió Christina con vigor–. Ayer noche os di un consejo que habéis preferido ignorar. Esta vez os sugiero que reflexionéis antes de volver a hacerlo. Si no queréis que vuestra estancia en Kilmory sea más corta de lo debido, procurad no cometer ningún error. Debéis comportaros con absoluto decoro. ¿Está claro?

–Claro como el cristal –respondió Lucas.

–Y no debéis hablar con nadie de lo que ocurrió ayer por la noche –continuó Christina.

–¿De qué aspecto de lo ocurrido? –preguntó Lucas.

–De cualquiera de ellos –respondió Christina cortante–. Y no volveremos a mencionarlo nunca más. Además –añadió–, me gustaría recuperar mi pistola.

–Por supuesto, señora –dijo Lucas.

–Gracias –respondió Christina–. Buenos días, señor Ross.

No miró atrás mientras regresaba de nuevo a la casa, pero estaba segura de que Lucas la estaba mirando.

Problemas, problemas y más problemas.

No necesitaba una bola de cristal para saber que la llegada de Lucas Ross era una mala noticia. No estaba segura de qué era exactamente aquel hombre, además de peligroso, pero tenía la sensación de que pronto iba a averiguarlo.

Lucas soltó la respiración que había estado conteniendo con un largo y silencioso suspiro.

Así que aquel era el aspecto que tenía aquella dama que lideraba una banda de contrabandistas. Desde el momento en el que había pasado por delante de él en el castillo había sabido que se trataba de la mujer que había conocido la noche anterior. En cuanto se había acercado a ella, el reconocimiento, la conciencia del vínculo había vuelto a cobrar vida.

Vio que Christina se alejaba por el césped sin mirar atrás. Lucas sonrió. Claro que no iba a volver la mirada, aunque él estaba dispuesto a apostar cualquier cosa a que ardía en deseos de mirar hacia atrás para comprobar si la estaba observando.

Y sí, lo estaba haciendo. Porque no era capaz de despegar la mirada de ella. La observó durante todo el trayecto hasta la casa. Christina no corría, pero inclinó la sombrilla para impedir que pudiera ver su rostro. Lucas habría jurado que había sido un gesto intencionado que no tenía nada que ver con la inclinación del sol. La sombrilla estaba hecha de muselina color violeta y ribeteada de encaje, a juego con el vestido. Parecía un complemento frívolo, pero Christina no era una mujer en absoluto frívola. Todo en ella, desde su altura hasta sus modales autoritarios, hablaba de una fría y competente calma.

Lucas estimaba que debía de tener al menos seis años más que él. No era una abuela, pero tampoco una debutante. Entendía que los demás no se fijaran en ella, porque la mayoría de la gente juzgaba a los demás por su aspecto y Christina MacMorlan no tenía nada que destacara de manera particular. Tenía el pelo de diferentes tonos de color castaño y lo llevaba recogido en un discreto moño en la nuca. Vestía de manera muy sencilla. Cualquier hombre podía cometer el error de pensar que sus facciones no tenían nada de especial. Pero Lucas era capaz de ver más allá de lo evidente. Tenía un cutis sin mácula, pálido, rosado y cremoso, un cutis típicamente escocés, salpicado de unas pecas adorables. Sus ojos azules tenían una expresión soñadora que resultaba al mismo tiempo desconcertante y sensual.

Cuando le había mirado a los ojos, Lucas había sentido el impacto de su mirada como un golpe que había reverberado en todo su cuerpo. Pero había sido su boca llena y carnosa la que le había hecho recordar sus besos. Cambió ligeramente de postura. Encontraba a Christina MacMorlan ridículamente seductora y no era capaz de comprender por qué. Pero podría serle útil. Era más que evidente que Christina era la mano de hierro que dirigía Kilmory mientras su padre se entregaba a cualquiera de los estrafalarios proyectos con los que se encaprichaba. También lideraba una banda de contrabandistas y, a aquellas alturas, Lucas estaba ya plenamente convencido de que los contrabandistas estaban directamente involucrados en la muerte de Peter.

Hacia el oeste, más allá de los bordes perfectamente podados del parterre, vio al duque de Forres paseando por la rosaleda. Parecía estar hablando con las plantas, algo verdaderamente singular. Lucas le vio acercarse al reloj solar que había en medio del jardín e inclinarse para comprobar la hora. Era obvio que aquel hombre era un excéntrico que vivía encerrado en su propio mundo. Lucas pensó que era bastante improbable que fuera consciente de nada de lo que ocurría en aquel lugar, y menos aún del hecho de que su hija dirigiera una banda de contrabandistas.

Había tenido suerte de que el duque le ofreciera trabajo. Lady Christina no estaba dispuesta a ceder a su chantaje. En cuanto él había ejercido una mínima presión, ella había respondido presionando a su vez. Había sido una desgraciada coincidencia que Sidmouth le hubiera dado a sir Geoffrey MacIntyre como referencia y que ella le conociera. Aunque, en realidad, dudaba de que fuera cierto lo que Christina le había dicho. Sospechaba que lo había inventado para deshacerse de él.

Apretó los labios con un gesto de irónica apreciación. No debía subestimar a lady Christina MacMorlan. Era una mujer fuerte, decidida y capaz de retarle intelectualmente.

Y sería perfectamente capaz de ocultar un asesinato.

No podía olvidarlo y permitir que la ciega atracción que sentía por ella le nublara el juicio. Asomó a sus labios una sonrisa al pensar en la distinción con la que la hija del duque se había deshecho de él. Le sería muy útil que lady Christina le considerara suficientemente inferior como para no prestarle la menor atención. Los sirvientes debían ser invisibles. De esa forma, él podría investigar sin que nadie le observara.

Más allá de los pinos que bordeaban la terraza, distinguió la esquina de un edificio y el brillo del sol reflejándose en unos enormes ventanales de cristal. Aquel debía de ser el invernadero en el que encontraría a Hemmings, el jardinero. Trabajar al aire libre y realizando una tarea física era preferible a estar en el interior del castillo, al servicio de los caprichos de los nobles. Lucas se enderezó y cuadró los hombros. Había llegado la hora de ponerse a trabajar.

Capítulo 5

¡Maldición!

Christina quería a su padre, pero había ocasiones en las que le habría encantado retorcerle el cuello, y aquella era una de ellas. Cerró la puerta de su salón privado tras ella y se dejó caer en su butaca favorita. Cerró los ojos y respiró hondo, inhalando la fragancia de la cera para los muebles y el olor de las rosas entremezclados con el olor del polvo y la ceniza de la chimenea. Era un olor que le resultaba reconfortante, tranquilizador. Durante unos minutos, sintió un agradable sosiego fluyendo en su interior y aliviando la tensión de sus músculos. Pero recordó después la sonrisa de Lucas, y el hecho de que había pasado a formar parte del servicio del castillo Kilmory, que era, precisamente, lo último que ella quería.

Abrió los ojos, parpadeó y se frotó la frente. Estaba empezando a dolerle la cabeza. Se dijo a sí misma que no importaba. Estaba claro que Lucas tenía muchas ganas de trabajar en el castillo. No haría nada que pusiera en riesgo su trabajo.

Era una estupidez pensar que arriesgaría su futuro besándola otra vez. Lucas Ross era notablemente más joven que ella y atractivo como un pecado. No iba a sentirse atraído por una vieja dama. Su apasionado encuentro de la noche anterior había sido inducido por el alivio salvaje y la emoción de estar vivo. Horas después, a la luz del día, todo era diferente, y ella debería agradecerlo, porque la lujuria y la pasión no formaban parte de su vida.

No había espejos en su salón. De hecho, cuando se habían trasladado al castillo Kilmory, ella había hecho quitar algunos de los antiguos espejos que colgaban de las paredes porque no quería ver continuamente su reflejo devolviéndole la mirada. Sabía el aspecto que tenía: el de una solterona de treinta y tres años, vestida de manera elegante, pero sin prestar gran atención a las modas, cuyo pelo no era ni caoba, ni castaño, ni rubio, sino una curiosa mezcla de los tres tonos. Cuyos ojos, de color azul claro, estaban rodeados de pequeñas arrugas que iban ganando profundidad a medida que los años pasaban, con un cutis que había perdido el resplandor de la juventud y cuya barbilla había comenzado a perder parte de su firmeza. De hecho, todo comenzaba a perder firmeza, como correspondía a su edad. Christina no tenía ilusiones y, hasta la noche anterior, no había deseado nunca tener un aspecto diferente. Su apariencia física era casi irrelevante para ella. Siempre había sabido que eran sus hermanas las verdaderamente atractivas.

En aquel momento, sin embargo, la juventud y la vitalidad de Lucas la hicieron profundamente consciente del paso de los años. Se sentía vieja, marchita, y avergonzada por sentirse tan fieramente atraída por él. Sabía que la amiga más querida de su fallecida madre, lady Kenton, se reiría de aquellos escrúpulos. Lady Kenton creía firmemente que las cosas bellas debían ser admiradas. Christina no quería sentir nada por Lucas. No quería sentir nada por ningún hombre.

Era demasiado arriesgado. Ella, que arriesgaba su vida y su seguridad cada día al engañar a los agentes del fisco, tenía miedo de volver a arriesgar su corazón.

Una educada llamada a la puerta la sacó de su ensimismamiento. Debía de ser el señor Bevan, el administrador de fincas, que llegaba antes de lo previsto a la reunión. Pero antes de que Christina pudiera invitarle a pasar, se abrió la puerta y Galloway asomó la cabeza.

–Os suplico que me perdonéis, señora, pero el señor Eyre ha venido a veros.

A Christina se le despertaron todas las alarmas. El señor Eyre era el recaudador de impuestos del gobierno. Acosaba sin piedad a las familias de la zona, reclamando hasta el último penique que le debían. Impulsado por un fervoroso deseo de hacer pagar sus deudas a los granjeros y habitantes de Kilmory, había amenazado con arrestar y colgar a todos los destiladores ilegales de whisky.

–Por favor, dile que tengo una cita dentro de diez minutos y no puedo dedicarle mi tiempo...

Pero Eyre pasó por delante de Galloway e irrumpió en la habitación.

–Esto no durará mucho, lady Christina.

Era un hombre grande, rubicundo, de pequeños ojos grises en un rostro carnoso. Escrutó la habitación con la mirada, como si quisiera asegurarse de que no había escondido whisky destilado de manera ilegal bajo la mesa.

–He oído que continuáis relacionándoos con delincuentes y contrabandistas.

–¿Perdón? –preguntó Christina con voz glacial.

Pero Eyre no era un hombre que se dejara intimidar.

Hundió las manos en los bolsillos y se balanceó sonriendo sobre los talones.

–Ayer os vi entrando en la cabaña de la señora Keen. Su hijo fue arrestado por destilar whisky de manera ilegal el año pasado.

–Y esa es una de las razones por las que fui a visitarla –Christina no tenía problema alguno para mostrar su desagrado–. Es una mujer mayor, de salud muy precaria, está sola en el mundo, apenas tiene ingresos y está siendo perseguida de manera implacable por las autoridades.

Eyre chasqueó los dedos.

–En ese caso, no debería haber amparado a un reconocido delincuente.

Christina sentía crecer su genio. Sabía que Eyre la provocaba de manera deliberada. Desde que Christina había escrito a lord Sidmouth para quejarse de sus métodos y denunciarle por ser un empleado corrupto, se había convertido en su enemigo. Y tenía que hacer verdaderos esfuerzos para no caer en sus provocaciones.

–¿Hay algún motivo que justifique vuestra visita, señor Eyre? –le preguntó educadamente.

–Por supuesto –le brillaron los ojos–. Estoy aquí para presentaros a mi sobrino, Richard Bryson, el hijo de mi hermana, que ha venido a ayudarme a dar caza a todos los malhechores que habitan por esta zona. Confío en que con su ayuda y los refuerzos que lord Sidmouth me ha garantizado, pronto podamos ver entre rejas a la banda de contrabandistas de Kilmory.

–Qué gratificante debe de ser para vos –dijo Christina.

Hasta entonces no había visto al joven que se refugiaba bajo la sombra de su tío, pero en aquel momento, el joven dio un paso adelante e hizo una reverencia.

–Me pongo a vuestro servicio, lady Christina.

Aquel hombre era muy diferente a su tío. Era joven, no tendría más de veinte años. Era rubio, delgado, tenía los ojos castaños, de expresión soñadora, y las manos de un músico. Su reverencia fue elegante, parecía salido de uno de los salones de Edimburgo. Su tío le estaba mirando con mal disimulado desprecio. Christina no pudo evitar preguntarse cómo iban a poder trabajar juntos y cómo era posible que un hombre como Bryson se mostrara dispuesto a asumir la sucia labor de la policía del fisco. Pero, a lo mejor, no tenía otra opción. Pensó otra vez en Lucas Ross y en lo poco apropiado que le parecía como sirviente. Pero los hombres tenían que ganarse la vida, sin importar lo incongruente que pudiera parecer el medio con el que lo hacían o lo poco que pudieran encajar en un puesto.

–Os deseo éxito en vuestro trabajo, señor Bryson –le dirigió una fría sonrisa a su tío–. Si me perdonáis.

Mientras Galloway los urgía a abandonar la habitación, Christina pensó en Eyre. No había un mínimo de amabilidad en todo su cuerpo. Sabía que su visita tenía un propósito distinto al anunciado. Lo único que quería era advertirla de que estaba incrementando sus esfuerzos para atrapar a los contrabandistas de whisky. Él sospechaba que su relación con aquella banda de contrabandistas iba más allá de la mera simpatía.

Se estremeció. Sí, aquella visita había sido una amenaza, de eso no tenía duda. De modo que estaba obligada a tener más cuidado.

La luz del sol comenzaba a caer cuando Lucas abandonó el comedor de los sirvientes y regresó a la cabaña situada en los terrenos del castillo. La cena había sido deliciosa, un sabroso guiso de cordero acompañado de bolas de harina hervida, que era justo lo que necesitaba para saciar el apetito tras haber pasado el día cavando sobre un lecho de flores. Llevaba ya tres días en Kilmory y comenzaba a acostumbrarse a la rutina del trabajo. Era un trabajo duro físicamente, pero no representaba un desafío en ningún otro aspecto. Lo único que tenía que hacer era mantener la cabeza gacha, observar, escuchar y no hacer nada que pudiera llamar la atención.

Los demás sirvientes le miraban con recelo. A un desconocido que tenía el aspecto de alguien que debería estar sirviendo el té en los salones de Edimburgo, y no sembrando nabos en las Tierras Altas, había que tratarle con cierta precaución. Había corrido entre el servicio la noticia de que no había conseguido el puesto de lacayo. Un chico llamado Thomas Wallace, resplandeciente con su nueva librea, era el orgulloso ocupante de aquel puesto. Había curiosidad por el pasado de Lucas, que él prefirió no contar, aunque las referencias de la duquesa de Strathspey que habían llegado aquella tarde habían ayudado a aplacar algunas preocupaciones. Galloway por lo menos había dejado de tratarle como si temiera que pudiera robar la plata.

Lucas estaba encantado de que los demás le consideraran un hombre severo y poco comunicativo, aunque se quedaba a compartir el té después de la cena, cuando todo el mundo se relajaba un poco y fluían las conversaciones. Gracias a esas conversaciones había obtenido informaciones sobre la familia que, aunque no eran directamente útiles para su objetivo, sí eran interesantes. Angus, el heredero del duque, era un hombre que generaba un desagrado general por su carácter agresivo. Su esposa, Gertrude, era activamente odiada por sus constantes intromisiones. Todo el mundo sacudía la cabeza cuando salía a relucir el nombre de Lachlan. Tenía un problema con la bebida, se decía, y también con su esposa, una bruja dominante y controladora llamada Dulcibella más gritona que un vendedor ambulante de Glasgow. La mención del duque les hacía sonreír con exasperación. Pero a Christina la adoraban. Su afecto hacia ella era tan sincero que a Lucas le sorprendió. Mientras regresaba a la cabaña cruzando el césped del castillo, se preguntaba qué habría hecho Christina para ganarse su lealtad.

Cuando llegó a la relativa intimidad de la cabaña en la que se alojaba, sacó del bolsillo la carta que Galloway le había pasado después de la cena.

—De la mismísima duquesa de Strathspey —le había dicho Galloway con una mezcla de respeto y desaprobación.

Parecía pensar que Lucas era de una condición demasiado humilde como para que una duquesa pudiera fijarse siquiera en él.

Una vez en el interior de la cabaña, desdobló la carta y la leyó. No encendió la lámpara, sino que inclinó la carta para intentar aprovechar las últimas luces del anochecer. Su tía le había escrito con su franqueza habitual.

Lucas
¿Qué te propones? Naturalmente, te he escrito las mejores referencias posibles, pero agradecería algún tipo de explicación acerca de tu reciente interés por la horticultura. ¿Acaso has perdido todo tu dinero? ¿De verdad vas a trabajar para el duque de Forres? ¿No crees que estás en condiciones de hacer algo mejor? Por favor, intenta recordar que eres mi sobrino, y un príncipe, por cierto, y apuntar un poco más alto.

Y terminaba la carta con su historiada y firme rúbrica.
Lucas sonrió. Sabía que su tía no le abandonaría. Y también que no era una esnob. Y que le debía una explicación. Sacó una pluma del bolsillo y respondió a la carta:

Gracias, señora. Estoy en deuda con vos, como siempre. Me han traído aquí ciertos asuntos, pero considero que es más útil de momento mantenerlos en secreto, de ahí que haya aceptado trabajar como jardinero. Lo único que espero es no acabar involuntariamente con todas las flores del duque en el proceso.

Firmó y dejó la carta bajo la jarra descascarillada que había sobre la cómoda. Al día siguiente buscaría una excusa para acercarse al pueblo y le pediría a algún carretero que llevara la carta hasta Strathspey. No quería enviarla desde el castillo. Era demasiado peligroso.

Se dirigió hacia la habitación interior de la cabaña y se tumbó en el estrecho jergón. Su tía no era ninguna estúpida. Sabía de la muerte de Peter y no tardaría en averiguar lo que estaba haciendo en Kilmory. No lo aprobaría, por supuesto. No le traicionaría, pero estaba seguro de que, al igual que Jack Rutherford, pensaría que era una locura, que la tristeza le impedía aceptar la muerte de su hermano y dejar en paz todo aquel asunto.

Su tía se reiría de él si le viera en aquel momento, pensó mientras alzaba la mirada hacia el techo encalado. No podía decirse que su residencia fuera principesca. Dos habitaciones, una de ellas con un baúl de madera y un colchón y la otra con dos sillas, una mesa y una cómoda. Afuera había un fregadero de piedra para lavarse. No podía haber nada más distinto del palacio de su padre. Y, sin embargo, era un lugar limpio y cálido. Habían puesto unas bonitas cortinas a juego con los cojines de las sillas. Sobre el suelo había un par de alfombras. Lucas se preguntaba quién se habría tomado la molestia de decorar y amueblar aquellas cabañas, como si los sirvientes le preocuparan lo suficiente como para asegurarse de que estuvieran cómodos.

Pensó en Christina MacMorlan. Le había prometido a Jack que no la involucraría en sus asuntos, pero eso había sido antes de enterarse de que estaba metida hasta al cuello en el contrabando de whisky. Y tenía algo que él necesitaba: información.

No le remordía en absoluto la conciencia. La conciencia era algo que rara vez le preocupaba. Solía sentirse cómodo con las decisiones que tomaba y aquella no era una excepción.

No haría ningún daño a nadie aprovechándose de la atracción que lady Christina sentía hacia él. Ella intentaba mostrarse altiva y distante, pero ni siquiera así había sido capaz de disimular aquel sentimiento. Y eso era muy conveniente para él. Podría explotar aquella atracción para conseguir información. Podría utilizar a Christina.

Aquella noche, durmió muy bien.

Capítulo 6

—Qué vista tan maravillosa –dijo lady Allegra MacMorlan, apoyándose contra la aspillera de la ventana de piedra y mirando hacia el jardín.

—Las mañanas de verano en Kilmory siempre han sido maravillosas –se mostró de acuerdo Christina sin alzar la mirada de la carta que estaba leyendo.

El desayuno había terminado. Solo se habían presentado cuatro miembros de la familia. El duque todavía no se había levantado y Gertrude prefería desayunar en la cama.

Angus y Lachlan ya habían salido a los establos con intención de disfrutar de un paseo matutino. Christina esperaba que Lachlan fuera capaz de sostenerse en la silla. La noche anterior había bebido hasta quedar inconsciente y se había presentado en el desayuno con los ojos hinchados y sin afeitar. Su ayuda de cámara había renunciado a su puesto la semana anterior, después de que Lachlan le arrojara una jarra de agua. Desde entonces, no había nadie que le atendiera. Christina no soportaba ver a Lachlan sumido en aquella espiral de desesperación, constantemente enfadado, deprimido y sin dinero, pero no sabía qué hacer para ayudarle.

—No estoy hablando de la vista del mar –le aclaró Allegra, medio volviéndose hacia ella y señalando con mano lánguida el paseo de las lilas–. Estoy hablando de esa vista.

Con un suspiro, Christina dejó la carta sobre las migas del desayuno y se acercó a su sobrina. Hacía una mañana clara como el cristal. El cielo era de un azul intenso, sin nubes, y el mar distante se dibujaba como una línea más oscura en el horizonte. Siguiendo la dirección que Allegra indicaba con la cabeza, Christina desvió la mirada hacia los pinos que había tras la terraza, la deslizó por el reloj de sol y la posó en el torso desnudo de Lucas Ross mientras este se estiraba para podar las lilas. Contempló su espalda ancha y musculosa y el sol haciendo destellar su pelo negro.

–¡Dios mío! –exclamó.

Observó a Lucas estirándose para cortar las flores marchitas, blandiendo las podaderas y tensando los músculos de los hombros con aquel movimiento. Llevaba unos pantalones escoceses con la cintura a la altura de las caderas, permitiendo ver sus pantorrillas desnudas y los pies enfundados en unas botas desgastadas.

–¡Allegra, desvía la mirada! –le ordenó a su sobrina cuando recobró la compostura.

–Ya la estoy desviando, tía Christina –respondió Allegra con coqueta timidez. Deslizó los dedos por el borde de la aspillera mientras miraba de nuevo hacia Lucas–. El señor Ross es un hombre con una figura envidiable.

–No debería exhibirse de esa forma –dijo Christina enfadada.

Se volvió e intentó concentrarse en volver a llenar su taza.

–Deberías obligarle a ponerse la librea para trabajar en el jardín - propuso Allegra riendo.

Tenía el rostro dulce y sonrosado como una rosa. Christina sintió una violenta oleada de envidia por la juventud y la belleza de su sobrina, y, un segundo después, una punzada de vergüenza por aquella envidia.

–De pronto, la idea de escaparme con uno de los sirvientes empieza a tener cierto atractivo –dijo Allegra–.

¿Crees que mi madre se enfadaría? Creo que merecería la pena aunque solo fuera por eso, pero confieso que el aspecto del señor Ross también es un tremendo incentivo.

—No creo que disfrutaras viviendo con el salario de un jardinero, que es de doce chelines a la semana —respondió Christina cortante.

No le habló a Allegra de su apasionado encuentro con Lucas el día que había llegado y tenía la esperanza de que la alocada mente decidiera fijarse en otra cosa.

—El amor raras veces sobrevive al duro realismo de la economía —dijo Christina—. Deberías pensar en ello.

Allegra parecía perpleja.

—¿Doce chelines a la semana? Yo me gasté más en mi último sombrero.

—En ese caso, arruinarías a tu marido antes de que se hubiera secado la tinta del contrato matrimonial —comentó Christina—. La democracia en el amor puede parecer algo muy atractivo cuando tiene ese aspecto —señaló hacia Lucas—, pero te aseguro que pronto perdería su brillo.

—No tienes ni un ápice de romanticismo, tía Christina —protestó Allegra con gesto malhumorado.

—Soy una persona pragmática —respondió Christina.

Disimuló una sonrisa. Allegra, en tanto que hija única, había sido una niña mimada a la que habían concedido todos sus caprichos. Cuando veía algo que le gustaba, no veía ningún motivo para privarse de ello y prohibirle algo solo servía para que se obstinara en conseguirlo. Hacerla consciente de la dureza económica de la situación era mucho más efectivo.

—Bueno —Allegra pareció animarse—, por lo menos mirar es gratis. Saldré a dar un paseo. Seguro que es bueno para mi salud —y abandonó la habitación.

Suspirando, Christina fue a buscar la sombrilla y el chal. Alguien tendría que decirle a Lucas que se vistiera. Era una falta de decoro que permitiera que le vieran en tal estado de desnudez. Con un poco de suerte, se encontraría antes con el señor Hemmings y le pediría que advirtiera a su ayudante de que se comportara adecuadamente. De esa forma no tendría que enfrentarse a un Lucas medio desnudo.

Sin embargo, la suerte no estuvo de su lado. No localizó al señor Hemmings ni en los invernaderos ni en los cobertizos. Escrutó el jardín con la mirada, pero tampoco le vio en ninguno de los caminos. Iba a tener que abordar a Lucas en solitario.

Lucas estaba de espalda y no pareció percibir el sonido de sus pasos sobre la grava. Tarareaba una canción mientras trabajaba, una canción tradicional con una melodía que no parecía escocesa. Con aquella profunda voz de barítono, resultaba muy agradable. Christina se detuvo un momento para escucharle y disfrutar al mismo tiempo de la elegancia y la economía de sus movimientos mientras trabajaba, y también del brillo del sol en su piel. Cuando fue consciente de que llevaba más tiempo mirando del que se consideraría apropiado, se aclaró la garganta. Lucas no se volvió. Parecía absorto en sus pensamientos, así que Christina alargó la mano para tocarle el brazo desnudo con un gesto vacilante. Palpó su piel cálida y sedosa. Y los dedos le cosquillearon ante aquel contacto.

Lucas se volvió entonces.

–Lady Christina.

La vista de frente, pensó Christina, era incluso más espectacular que de espaldas. Tenía el pecho ancho y musculoso. Los pantalones escoceses le llegaban a la altura de las caderas, dejando al descubierto una línea de sedoso vello a la altura del ombligo. A Christina se le secó la garganta. A su cabeza afloraron todo tipo de imágenes impropias de una dama. Deseaba presionar los labios contra la piel caliente de su vientre, dibujar la línea de sus caderas...

Lucas hizo una reverencia y con lo que a Christina le pareció una lentitud innecesaria, comenzó a ponerse la camisa por encima de la cabeza.

—Os pido que me disculpéis por haberme encontrado sin la camisa puesta. Hace mucho calor.

—Me alegro de que os deis cuenta de que no es adecuado exhibiros en ese estado de desnudez, señor Ross —le dijo Christina. Sabía que sonaba ridículamente pomposa, pero era la única manera de defenderse que tenía—. Y no os he encontrado por casualidad. Os he visto desde la ventana del salón.

Lucas arqueó una ceja.

—Así que me habéis visto sin camisa y habéis venido a buscarme —musitó.

—Sí —contestó Christina—. ¡No! Mi sobrina...

Se interrumpió azorada. Lucas la estaba provocando, estaba tergiversando sus palabras y haciéndola decir cosas que no pretendía decir.

—Parecéis tener muy poca idea de lo que es una conducta propia de un sirviente, señor Ross. Es absolutamente inadecuado que os quitéis la camisa, incluso cuando hace calor. En Kilmory tenemos unas normas que esperamos respeten todos nuestros sirvientes —se interrumpió.

Lucas había alargado la mano para alcanzar la botella que había dejado sobre el muro que tenía a su lado. Se la llevó a los labios sin apartar la mirada del rostro de Christina. Esta observó el movimiento de su garganta mientras bebía.

—¡También es indecoroso beber cuando os estoy hablando!

—Os suplico que me perdonéis —había una chispa de diversión en la mirada de Lucas—. Por supuesto, debería haberos ofrecido a vos primero.

Secó el cuello de la botella y se la tendió.

—No, gracias —Christina rechazó el ofrecimiento llevándose las manos a la espalda.

—¿No os gusta la cerveza? Resulta muy refrescante en días tan calurosos como este.

Christina también estaba acalorada. Y sentía el hormigueo provocado por el enfado y la conciencia de su cercanía.

–Señor Ross, tengo el convencimiento de que me estáis malinterpretando de manera deliberada. ¿Debería deletrearlo? No deberíais pasearos medio desnudo. Y tampoco es apropiado que bebáis cerveza mientras me estoy dirigiendo a vos. Cerveza o cualquier otro brebaje –añadió precipitadamente–. Y, para terminar, no os corresponde a vos ofrecerme una bebida.

–¿Bajo ninguna circunstancia? –preguntó Lucas.

–¡Bajo ninguna!

–¿Incluso en el caso de que os estéis muriendo de sed?

–Esa situación no va a producirse –le espetó Christina–. Señor Ross, estáis provocándome deliberadamente.

–Y supongo que eso también está prohibido –dedujo Lucas.

Sostenía la botella entre los dedos mientras la miraba. Christina sabía que su altivez le divertía y también que no le intimidaba lo más mínimo. No había nada respetuoso en su forma de mirarla. Todo lo contrario, lo hacía con expresión descarada y desafiante, y Christina se descubrió temblando ligeramente.

–¿A qué estáis esperando? –le preguntó nerviosa.

–Estoy esperando a que me ordenéis volver a mi trabajo –respondió Lucas–. Entiendo que esa es la conducta adecuada.

–Podéis volver a trabajar –dijo Christina. Y recordó entonces que tenía otra pregunta para él–. Por cierto, señor Ross...

Lucas había vuelto a agarrar las podaderas y estaba retomando el trabajo. El viento le sacudía los pliegues de la camisa, estrechándola contra su pecho. Y el aspecto no era menos atractivo que el de su torso desnudo.

–Lady Christina –se interrumpió y la miró con expresión burlona–, ¿en qué puedo serviros?

–¿Dónde está el señor Hemmings? –preguntó Christina,

ignorando que había formulado la pregunta con la única intención de provocarla–. Esperaba encontrarle en el invernadero. Los árboles en espaldera son su orgullo y su alegría.

–El señor Hemmings tiene un ataque de gota –informó Lucas–. Hoy se ha quedado en la cama.

–Pobre hombre –dijo Christina.

Se preguntó por qué la señora Parmenter no le habría dicho nada sobre el empeoramiento de la salud del jardinero.

–Le llevaré hielo para aliviar la inflamación y un poco de extracto de azafrán.

–¿Azafrán? –Lucas arqueó una ceja–. El señor Hemmings sufrirá una recaída si desenterráis sus bulbos.

Christina soltó una carcajada.

–El azafrán de otoño es un remedio ideal contra la gota. Gracias, señor Ross –se volvió para marcharse.

–Mi señora...

Lucas le tocó ligeramente el brazo y ella se detuvo, plenamente consciente de él y de la marca que parecían estar dejando sus dedos sobre su piel.

–Me pregunto si podríais mostrarme los planos de la gruta del duque –le pidió Lucas–. El señor Hemmings me ha pedido que trabajara en ella, pero no ha podido mostrarme lo que tengo que hacer. Si fuerais tan amable...

Christina no tenía ninguna intención de ser amable. Lo último que pretendía era verse atrapada con Lucas Ross en el estudio. Era demasiado pequeño y él le resultaba demasiado intimidante. Sintió pánico solo de pensarlo.

–Tendréis que hablar con mi padre –contestó–. O quizá con el señor Bevan, el administrador de fincas.

–Ninguno de ellos estará disponible hasta última hora del día –respondió Lucas. Cambió de tono–. Por favor, lady Christina. Soy consciente de que estáis muy ocupada, pero solo os pido cinco minutos de vuestro tiempo.

–Yo...

Christina estaba buscando palabras para negarse, pero las palabras se mostraban extrañamente elusivas.

–Por favor....

Lucas volvió a dirigirle una sonrisa cálida y seductora. Christina se sentía acalorada y confundida.

–¡Oh, muy bien! –cedió a regañadientes, como si lamentara que Lucas pareciera capaz de convencerla de cualquier cosa–. Pero solo podré dedicaros unos minutos, y tengo muy poca información sobre esos planos.

En los ojos de Lucas apareció un brillo inquietante y Christina se arrepintió inmediatamente de haberse mostrado de acuerdo.

–Gracias, señora.

La siguió por el camino. Las rosas, que soportaban el peso de la lluvia nocturna, se inclinaban sobre la grava. Lucas las iba apartando para abrirle el paso con ejemplar cortesía. Christina no podía encontrar ningún defecto a sus modales y le resultaba extrañamente agradable que la trataran con tanto mimo. Normalmente, todo el mundo daba por sentado que podía cuidar de sí misma y nadie se tomaba la molestia de sujetarle una puerta o de ofrecerle la mano al caminar por un camino empedrado. Y, por supuesto, ella era perfectamente capaz de cuidar de sí misma, pero... sí, era agradable sentir que alguien se preocupaba por ella. De hecho, era peligrosamente seductor, pero permitió que aquella sensación la envolviera, aunque fuera por una sola vez.

El estudio estaba en una esquina del antiguo patio. Era allí donde estaban los establos originales, sin tejado y con las vigas al descubierto. Solo habían reparado el ala sur, donde guardaban los sementales de Lachlan y Angus.

–¿Montáis a caballo, señora? –preguntó Lucas mientras se detenía para acariciar el hocico del caballo bayo de Lachlan, que asomaba la cabeza con curiosidad.

–No –contestó Christina–. No se me da bien montar y la propiedad es muy pequeña, de modo que suelo ir andando o utilizo el carro del pony –observó a Lucas mientras este le acariciaba el cuello al caballo–. Parecéis sentiros cómodos con los caballos, señor Ross. ¿Habéis trabajado con ellos?

–Montaba cuando era niño –contestó Lucas.

Su tono fue cortante. Y su mirada se tornó insondable, como si hubiera cerrado una puerta. Christina sintió el rechazo que Lucas no había expresado con palabras. No quería hablar del pasado. Perfecto. Y a ella le parecía bien. No tenía ningún motivo para hacerlo. Lucas dejó caer la mano y cruzó el patio en silencio. Sus pasos resonaban sobre los adoquines del patio. Le sostuvo la puerta para que entrara en el estudio. La habitación olía a cerrado, a polvo, a libros viejos. La penumbra que la recibió después de la intensa luz del exterior le produjo un ligero mareo. Sobre la mesa había una serie de planos y mapas de los jardines y los huertos sujetos con una larga regla de madera. Al abrir la puerta, lo bordes se agitaron ligeramente por el viento.

–El señor Bevan, el administrador de fincas, tiene un despacho más grande en el castillo –le explicó Christina–, pero le gusta dejar aquí los planos para que cualquiera que esté trabajando en la propiedad pueda consultarlos.

Dejó la puerta abierta, de manera que los rayos del sol se derramaban sobre las baldosas.

–Podéis venir aquí siempre que queráis, señor Ross, para consultar los diseños de mi padre para el jardín gótico.

–Este es el plano para la gruta –dijo Lucas.

Apoyó la mano en la mesa y se inclinó hacia delante para estudiar unos dibujos a lápiz.

–Sí –dijo Christina. Suspiró–. A mi padre se le ha ocurrido crear una serie de espacios conectados entre sí con una cascada y una fuente. El interior estaría forrado de caracolas y decorado con estatuas y el exterior cubierto de hiedra.

–¿No aprobáis sus planes? –Lucas se volvió para mirarla.

—Es un capricho muy caro —respondió Christina.

Para su sorpresa, Lucas sonrió.

—¿No aprobáis los excesos, lady Christina? ¿Consideráis que concederse un capricho es un pecado?

Lo dijo con voz muy queda y poniendo un énfasis especial en la palabra «pecado». Y bastó aquella palabra para que se desencadenara un torbellino de imágenes sensuales en la mente de Christina, despertando todos los pensamientos lujuriosos que hasta entonces había estado reprimiendo. Podía sentir cómo volvía a encenderse su cuerpo. Luchó contra aquella sensación pensando en los inviernos escoceses e imaginando el hielo descendiendo por su cuello, una imagen suficientemente incómoda como para borrar los sueños más persistentes.

—Son muchas las necesidades de la gente de Kilmory —ella misma percibía la tensión de su tono—. Muchas familias de la propiedad y del pueblo son desesperadamente pobres. En esas circunstancias, satisfacer las fantasías de mi padre no es para mí una prioridad.

—Pero siempre tiene que haber un lugar y un momento para satisfacer las fantasías.

Las palabras de Lucas la hicieron estremecerse. En menos de un segundo, la imagen de la nieve pura y fría sucumbió bajo otra mucho más tórrida, una imagen de piernas y brazos desnudos, de sábanas sedosas y respiraciones agitadas.

Apartó inmediatamente aquel pensamiento caprichoso, ignoró el comentario de Lucas y regresó a la mesa.

—En la zona en la que pretende levantar el jardín ya hay un manantial —señaló con energía—. Hace falta canalizar el agua en una cascada que terminará en un estanque —señaló el plano y advirtió que le temblaba ligeramente la mano.

—Me cuesta imaginar que el señor Hemmings tenga la fuerza necesaria como para construir algo así —dijo Lucas.

Inclinó la cabeza para examinar el plano de cerca y le cayó un mechón de pelo oscuro en la frente. Cuando alzó la mano para apartarlo, rozó con la manga el seno de Christina.

Christina contuvo la respiración. No pudo evitarlo. El sonido fue casi inaudible, pero Lucas lo oyó. Se enderezó lentamente. De pronto, Christina no oía nada más que el sonido de su corazón en los oídos y el de la respiración de Lucas. Era agudamente consciente de su cercanía. Su cuerpo firme y musculoso estaba a menos de veinte centímetros del suyo. La miró con los ojos entrecerrados. Como en un fogonazo, Christina recordó el roce de la palma de su mano contra su seno y la diestra caricia del pulgar sobre el pezón. Sintió que el calor se arremolinaba en su vientre.

No sabría nunca cuánto tiempo permanecieron mirándose en silencio el uno al otro. Haciendo un gran esfuerzo, interrumpió el contacto visual y bajó la mirada hacia los dibujos, que parecían bailar ante sus ojos y a los que no era capaz de encontrar ningún sentido.

–El encargado del trabajo de construcción era un hombre del pueblo –contestó con voz ronca. Se aclaró la garganta, como si nada hubiera sucedido–. Desgraciadamente, le... le arrestaron hace unos meses y desde entonces no ha podido hacerse ningún trabajo en la cueva artificial. Pero ahora que ha mejorado el tiempo, quizá podríais comenzar vos.

–¿Qué delito cometió? –preguntó Lucas.

–Contrabando de whisky –le miró directamente a los ojos. La mirada de Lucas era oscura, insondable–. Su detención fue de lo más inconveniente.

La sonrisa que asomó a los ojos de Lucas la hizo todavía más consciente de que estaba atrapada y apenas podía respirar.

–Debe de ser una ocupación arriesgada –musitó–. ¿No teméis que ese sea también vuestro destino?

Lucas dio un paso hacia ella. Christina retrocedió y sintió una de las esquinas de la mesa presionándole la cadera.

–No –respondió–. Nunca me descubrirán en una destilería de whisky y esa sería la única manera que tendrían de arrestarme. Ni siquiera son capaces de encontrar la destilería –tomó aire–. Señor Ross, espero que no sigáis pensando en la experiencia que sufristeis la noche que vinisteis a Kilmory. Ambos convenimos que sería mejor olvidarla, aunque solo sea por vuestro bien.

Lucas permaneció durante unos segundos en silencio con expresión sombría.

–Esos hombres eran peligrosos –señaló.

–Y esa es precisamente la razón por la que deberíais olvidar lo que ocurrió –dijo Christina.

El corazón había comenzado a latirle violentamente en el pecho.

–¿Han matado alguna vez a alguien? –preguntó Lucas.

–No –contestó Christina con prontitud–, en el fondo, son todos mucho menos agresivos de lo que parece.

Y era casi del todo cierto. Podían mostrarse ariscos pero, en circunstancias normales, a Christina le resultaba bastante fácil tratar con ellos. Vio un brillo de diversión en la mirada de Lucas.

–Una frase muy descriptiva, pero a mí no me parecieron tan inofensivos –se llevó la mano a un costado.

Christina recordó las patadas que había recibido en las costillas. Esbozó una mueca.

–Siento lo que ocurrió –se disculpó–. A veces se dejan llevar por las circunstancias.

–Mientras que vos detestáis la violencia –señaló Lucas lentamente–. Lo cual hace que me sorprenda todavía más el que participéis en algo como el contrabando.

Christina se quedó estupefacta. Lucas Ross era demasiado perspicaz. Le resultaba desconcertante.

–No sé cómo podéis saber que... –comenzó a decir, antes de interrumpirse y morderse el labio.

Apenas conocía a aquel hombre y, sin embargo, tenía la sensación de que Lucas conocía todos los secretos que escondía, sus más profundos pensamientos y sentimientos.

–Lo sentí –dijo Lucas.

Acercó la mano a la de Christina. Esta no había sido tan consciente de la cercanía de alguien jamás en su vida.

–Aquella primera noche –continuó diciendo Lucas sin apartar la mirada de su rostro–, cuando me estaban pegando, para vos fue algo terrible. Sentí la repugnancia que os causaba la violencia.

Christina volvió ligeramente la cabeza. No podía mirarle. Se sentía demasiado expuesta.

–Sí, la odio –admitió–. Odio que los hombres recurran a la brutalidad para conseguir lo que quieren. Odio la crueldad y la sed de sangre –se estremeció ligeramente.

Aquella conversación se estaba transformando en algo peligrosamente personal y ella se había prometido guardar las distancias con Lucas Ross.

–Señor Ross, como ya os he dicho, es preferible olvidarse de lo ocurrido.

–¿De todo?

Lo dijo en un tono que la obligó a alzar la mirada. Sintió entonces una nueva oleada de calor y una acusada conciencia de su sexualidad. Sabía que Lucas ya no estaba hablando del contrabando, que estaba haciendo referencia al apasionado encuentro que había tenido lugar junto a la iglesia.

–Sí –contestó, ignorando el ardiente palpitar que había respondido a aquel recuerdo en lo más profundo de ella–. Por lo menos, deberíamos intentarlo.

Esperó un momento y vio asomar a los labios de Lucas una sonrisa de pesar.

–Supongo que la memoria es algo muy maleable –respondió.

–Estupendo –dijo Christina–. En ese caso, intentad transformarla. Y ahora, perdonadme, señor Ross. En cuestión de minutos tengo que reunirme con el señor Bevan.

Lucas asintió.

–Por supuesto. Gracias por haberme dedicado vuestro

tiempo, lady Christina. Comenzaré a trabajar en la cueva inmediatamente.

–Si necesitáis cualquier cosa, estoy segura de que el señor Bevan podrá ayudaros –dijo Christina–. Y como el señor Hemmings ahora no está en condiciones de supervisar vuestro trabajo, le pediré al señor Bevan que...

–¿Que me vigile? –Lucas arqueó una ceja–. ¿Por si acaso me fugo con las estatuas?

–Que esté disponible para vos –le corrigió Christina.

Su voz sonaba altiva y enérgica. Era obvio que Lucas encontraba divertida su rigidez, pero ella no se atrevía a mantener otra actitud con él. De hecho, tenía miedo de haber sido demasiado transparente, de que su atracción fuera demasiado obvia.

–No imaginaba que supervisaríais vos misma mi trabajo –la provocó Lucas.

–Es al señor Bevan a quien corresponde supervisar todos los aspectos del trabajo relacionado con la propiedad –dijo Christina–. Además, jamás se me ocurriría... –se interrumpió bruscamente.

–¿Mostrar interés alguno por el trabajo de un humilde jardinero? –terminó Lucas por ella.

A Christina le dolió lo injusto de aquellas palabras, cuando su padre no prestaba la menor atención a aquella propiedad y era ella la que tenía que esforzarse por estar pendiente de hasta el último detalle.

–Procuro tomarme el mismo interés por el trabajo y el bienestar de todos los que viven en Kilmory.

–Estoy seguro de que así es –dijo Lucas, con un ligero deje de insolencia.

Christina perdió entonces el control.

–¡Realmente, señor Ross, sois muy poco respetuoso! Tenéis suerte de haber conseguido trabajo en Kilmory. Yo no quería veros aquí y si habéis podido quedaros, ha sido únicamente por la intromisión de mi padre... –se interrumpió horrorizada.

Había permitido que la provocara hasta el punto de estar cometiendo la terrible indiscreción de criticar al duque delante de un jardinero.

–Soy consciente de que no me queréis aquí –respondió Lucas, cambiando de postura–. Y me pregunto por qué, aparte de por lo embarazoso que debe resultar para vos que yo sepa que os dedicáis al contrabando de whisky, queréis deshaceros de mí.

Volvió a mirarla a los ojos. El fuego que vio Christina en los de Lucas le robó el aliento. No podía admitir que había una parte de sí misma, una parte que ocupaba un espacio considerable, que quería que se fuera por su propia paz mental. Una parte a la que lo último que le importaba era el contrabando de whisky. Quería que se fuera por la forma en la que la estaba mirando en aquel momento y por cómo la hacía sentirse. No podía sentirse atraída por un sirviente más joven que ella. Era un sentimiento escandaloso. No estaba bien. No lo quería.

Tomó aire, intentando apaciguar su errático pulso.

–No tengo por costumbre el permitir que mis sirvientes me chantajeen, señor Ross –respondió fríamente–. Teniendo en cuenta que fue eso precisamente lo que intentasteis hacer para conseguir trabajo, ¿os extraña que no confíe en vos?

Lucas sonrió. La blancura de sus dientes resaltaba contra el bronceado de su rostro.

–Así expresado, comprendo vuestro punto de vista.

–Gracias –dijo Christina cortante.

–Pero podéis confiar en mí –Lucas había vuelto la cara, de manera que Christina no podía ver su expresión–. Ahora trabajo para Kilmory.

–Me satisface oírlo –dijo Christina secamente–. Pero si intentáis chantajearme otra vez, os echaré de aquí. Y me importará muy poco cuáles puedan ser las consecuencias.

En aquella ocasión, Lucas la miró. Había admiración en sus ojos. Y también algo más. Algo que, por un momento, se pareció extraordinariamente al arrepentimiento. Se hizo un tenso silencio entre ellos.

—Si vuelvo a cometer el mismo error, lo tendré merecido.

El repiqueteo de los cascos de los caballos en el patio le recordó a Christina que podían ser interrumpidos en cualquier momento. Ya iba siendo hora de que pusiera fin a aquella conversación.

—Buenos días, señor Ross —se despidió de él.

Giró sobre sus talones para marcharse, pero al hacerlo, el chal se enganchó con un clavo que sobresalía de la pared. Se oyó el desgarro de la tela.

—Esperad un momento.

Lucas se acercó rápidamente a ella para liberar el delicado material antes de que el daño fuera mayor.

—Estáis atrapada.

Por un instante, Christina se sintió tan abrumada por su cercanía que estuvo a punto de desgarrar completamente el chal para escapar. Necesitó de un gran esfuerzo de voluntad para reprimir aquella urgencia y permanecer donde estaba mientras, con dedos diestros, Lucas liberaba la delicada tela. Había algo perturbador en la visión de aquellas manos fuertes y morenas. Una nueva oleada de calor la envolvió y fijó la mirada en el pecho de Lucas.

Lucas parecía estar tardando una eternidad en liberarla. El corazón de Christina latía a toda velocidad. El ambiente en los estrechos límites de aquella habitación diminuta era cada vez más tenso, resultaba opresivo como un día de tormenta. Ni siquiera se atrevía a alzar la mirada hacia los ojos intensos de Lucas.

—Gracias —le dijo, susurrando apenas.

Lucas retrocedió.

—Ha sido un placer, señora —contestó Lucas con una voz que pareció vibrar dentro de ella.

Christina se cerró con fuerza el chal y, prácticamente, salió corriendo al patio. En cuanto estuvo fuera, alzó la mirada hacia el sol y tomó aire varias veces, intentando sosegar su agitada respiración. Se sentía como si hubiera estado corriendo. Estaba temblando. A pesar de que no había pasado nada.

Lucas permaneció en el marco de la puerta mientras Christina se alejaba. La veía moverse con su innata dignidad, con elegancia, sin prisas, como si aquel largo y turbulento encuentro no hubiera tenido lugar. Pero era consciente de hasta qué punto la había conmovido. Había sido testigo del palpitar frenético de su pulso en la base del cuello. Había sentido el temblor de sus manos y había experimentado la misma atracción irresistible que ella.

Era desconcertante sentir aquella atracción hacia una mujer cuando, al mismo tiempo, sospechaba que estaba involucrada en la muerte de su hermano. Y lo más desconcertante de todo era que la intuición le decía que era inocente. Siendo él un hombre que operaba basándose en las frías pruebas y no en los sentimientos, aquella seguridad le resultaba incluso más irritante. No tenía motivo alguno para librarla de culpa y tenía todas las razones del mundo para desconfiar de ella. Le fascinaba el odio que profesaba hacia toda forma de violencia. Sí, le había salvado la vida, pero era posible que no hubiera podido salvar la de Peter y fuera esa la razón por la que se revolvía contra el salvajismo de sus compinches. No lo sabía, pero lo averiguaría.

Esperó a perderla de vista para entrar de nuevo en el estudio, cerró la puerta tras él y buscó rápida y concienzudamente en todos los cajones y armarios. Encontró todo tipo de dibujos y diseños que rendían tributo a los extravagantes planes del duque y a los vuelos desbocados de su imaginación, pero no había nada relacionado con Peter o con el contrabando de whisky. Tampoco lo esperaba, pero comenzaba a resultar frustrante lo poco que estaba progresando. En toda la semana anterior, no había oído ni una sola palabra sobre la muerte de su hermano. Tenía pensado salir esa misma noche a buscar la cueva en la que los contrabandistas le habían retenido la primera noche. Era peligroso, pero, en aquella ocasión, tendría más cuidado.

Lachlan y Angus MacMorlan estaban entregando los caballos a uno de los mozos cuando Lucas cerró la puerta de la habitación tras él y comenzó a caminar hacia el patio. Era la primera vez que Luchas veía a Lachlan, del que se rumoreaba que normalmente estaba tan bebido que rara vez se levantaba hasta después del mediodía. Lachlan tenía el atractivo característico de la familia MacMorlan, pero tenía los ojos inyectados en sangre y los andares un tanto inestables. Angus era un hombre grande, rollizo, con un aire de superioridad y una nariz larga que parecía intencionadamente diseñada para mirar hacia abajo. Ninguno de ellos le dio las gracias al mozo, ni dieron señal alguna de reconocer la presencia de Lucas. El mozo captó la mirada de Lucas y entornó los ojos de manera muy elocuente. Lucas sonrió.

Cuando los dos hombres desaparecieron por la arcada, Lucas se volvió para mirarlos. Por un momento, tuvo la sensación de que la mirada de Lachlan perdía la confusión provocada por la embriaguez y se tornaba firme y severa mientras la fijaba en él. Pero casi al instante, Lachlan dio media vuelta y se dirigió tambaleándose hacia la casa como si aquel extraño instante no hubiera tenido nunca lugar.

Capítulo 7

Allegra oyó la música cuando bajaba hacia la bahía. Era el sonido fino y agudo del violín que la brisa trasladaba hasta ella y desviaba después al mar. Corrió. La arena y los guijarros se deslizaban bajo las finas suelas de sus zapatos. Mientras ella corría tambaleante por la playa, la música se detuvo bruscamente y alguien la agarró con brazos fuertes y la empujó detrás de las rocas.

No perdieron el tiempo con palabras. Casi inmediatamente estaba en sus brazos y él la besaba como un hombre hambriento. Tiró de los lazos del sombrero y se lo quitó. El viento sacudió el pelo de Allegra, enredando sus mechones y él gimió mientras hundía la mano en aquel oro resplandeciente. Ella le devolvió el beso con pasión, temblando de impotencia. Sentía que el corazón iba a estallarle de amor y de placer. Cuando él la abrazaba, Allegra era capaz de olvidar todas las barreras a las que se enfrentaban. Nada importaba, salvo el hecho de que estaban juntos otra vez.

–Has venido a buscarme –susurró Allegra cuando la soltó.

–¿Dudabas de mí? –parecía divertido, pero la pasión oscurecía sus ojos.

Volvió a besarla otra vez y Allegra sintió que se le aflojaban las rodillas. Se aferró a su chaqueta mientras se hundían los dos en la arena. Estaba caliente gracias al sol y ellos estaban protegidos por las rocas, pero cuando él comenzó a bajarle el vestido por los hombros, Allegra se estremeció al sentir la brisa sobre la piel. Notaba la roca caliente bajo la espalda desnuda y la caricia del sol sobre los párpados. Mantenía los ojos cerrados porque, aunque no era la primera vez que él la veía desnuda, continuaba siendo pudorosa. Le gustaba la pecaminosa sensualidad de aquel momento, el frescor de la brisa, el calor del sol y la caricia de su boca sobre los senos, pero todavía no estaba preparada para admitirlo. Todo era demasiado nuevo para ella, cada paso que daba en aquella intimidad le resultaba impactante y delicioso al mismo tiempo.

Abrió los ojos y contempló la masculina cabeza sobre su seno. Su pelo, de un intenso castaño bajo la luz del sol, le acariciaba la piel y ella se estremeció con profundo placer. Aquel hombre obraba magia con los labios y los dedos. Sintió su propio cuerpo arder, derretirse. Y un dulce anhelo en el vientre que la hizo gemir. Él le lamió el pezón, tentándola, y su cuerpo entero se arqueó en desinhibida respuesta. Abrió los ojos. Aquella era una de las cosas que más le gustaban de él, que pareciera tan frío, tan controlado, y escondiera bajo aquella fachada un fuego capaz de hacerla arder. Estaba completamente perdida en aquellas sensaciones, embriagada y entregada a ellas.

–Tómame.

Era una mujer de naturaleza autoritaria y en aquel momento, la picardía iba imponiéndose sobre las inhibiciones. Se subió la falda mientras lo decía y abrió las piernas, disfrutando de la fría presión del aire sobre su piel. No llevaba ropa interior debajo y le oyó contener la respiración.

–Allegra... –parecía estremecido.

Era gratificante. Siempre había sido él el que había tenido el control cuando habían hecho el amor. Y era mucho más excitante saber que era capaz de sorprenderle, de excitarle.

Arrodillado entre sus muslos, comenzó a desabrocharse

los pantalones con dedos torpes. La impaciencia se apoderó de Allegra junto a un deseo voraz. Sintió la punta de su erección y, casi inmediatamente, le sintió completamente dentro de ella. Jadeó y arqueó la espalda sobre la piedra mientras él se hundía en ella con un deseo desesperado, descontrolado casi. Allegra le igualaba en su desesperación y le devolvía caricia por caricia, arrastrada por una tensa espiral de excitación y deseo. Un ciego placer se apoderó de ella y gritó, dejando que su voz se fundiera con el incesante romper de las olas de la playa y los gritos de las gaviotas que volaban en círculo sobre sus cabezas.

Casi inmediatamente, él la presionó contra la curva de su hombro; tenía la respiración agitada y se cubría la cara con un brazo.

Allegra esperó a que dijera algo dulce, algo cariñoso.

–Tendrás que decírselo a tu madre –dijo en cambio. Se sentó y la agarró por las muñecas–. Allegra, tienes que decirle a tu madre que estamos casados.

Allegra intentó apartarse, sintiéndose extrañamente herida, dolida. Sabía que tenía razón, que era posible que llevara un hijo suyo dentro de ella. No tenía la menor idea de cómo iba a poder explicarlo. Pero su mente rechazaba la idea de contarle a su familia la verdad. Se enfadarían con ella. Por un terrible instante, no estuvo segura de que su amor por Richard fuera tan fuerte como para soportar aquella prueba.

Se apartó de su abrazo, se colocó el vestido, dobló las rodillas y se abrazó a ellas como si fuera una niña.

–Es demasiado pronto, Richard.

Richard sacudió delicadamente la cabeza.

–No, no es demasiado pronto. Ya llevamos un mes casados y cuanto más tiempo pase, más difícil será.

Se hizo el silencio. El rugido constante del mar adquirió el tono de un susurro. Los gritos quejumbrosos de las gaviotas perdieron fuerza. Al cabo de un momento, Richard suspiró.

—A lo mejor tu padre...
—No —Allegra fue tajante.

De todas las personas que podían estar dispuestas a ayudarla, su padre era el último de la lista.

Normalmente, no mostraba el menor interés por ella, pero se mostraría muy interesado si supiera que ella, la heredera de todos los títulos, la fortuna y las propiedades de los Forres se había arrojado a los brazos de un policía fiscal, sin un solo penique, sin buenas relaciones ni planes de futuro. No solo se mostraría interesado, sino que se indignaría y se pondría furioso. Se estremeció.

—En ese caso, díselo a tu tía Christina —Richard hablaba en tono paciente, intentando convencerla—. La he conocido hoy. Parece muy amable. Estoy seguro de que ella podrá ayudarnos.

Allegra consideró aquella posibilidad mientras observaba a los pájaros volando cada vez más alto y más rápido en el azul del cielo. Christina era la tía a la que más apreciaba. Por supuesto, era una mujer mayor y no podía tener la menor idea de lo que era estar desesperadamente enamorada, no sabía lo que era hacer nada alocado, salvaje y apasionado. Pero Allegra sabía que era una mujer que se preocupaba por los demás e intentaba ayudarlos. Había visto la amabilidad con la que Christina trataba a los arrendatarios de su padre, especialmente a aquellos que estaban enfermos, a los más pobres, a las personas más solas y desesperadas. Christina era una persona cariñosa, mientras que sus padres eran personas frías y carentes de toda humanidad.

Consideró la posibilidad de contarle a Christina lo que había hecho y eso bastó para que se sintiera más segura. Sí, de eso sería capaz. Pero la idea de ir junto a Christina a contárselo a su madre la hizo temblar. El miedo le devoró las entrañas.

Richard continuaba hablando.

—Ahora que me han ascendido a policía montado, tengo algo más que ofrecerte. A lo mejor, si consigo capturar a la banda de contrabandistas de Kilmory, es posible que Sidmouth me entregue una recompensa y tu familia se sienta más inclinada a aceptarme.

Él mismo se interrumpió, como si acabara de darse cuenta de lo absurdas que eran sus palabras. Los dos sabían que nada, salvo que heredara de pronto un ducado, representaría diferencia alguna para los padres de Allegra.

Allegra se levantó de un salto. Tenía el vestido arrugado y manchado. De pronto, se sintió avergonzada y al borde de la desesperación. Ella no pretendía que fueran así las cosas. Había conocido a Richard y había llegado a desearle con tanta fuerza que se había casado con él en secreto. Cuando lo había hecho, todo le había parecido muy sencillo.

–Tengo que irme –le dijo.

Richard susurró un juramento mientras se abrochaba los pantalones con la misma torpeza con la que se los había desabrochado. Aquella imagen le produjo a Allegra un inmenso amor y una inmensa tristeza, aunque no tenía la menor idea de por qué. Ella no pensaba que el amor pudiera doler tanto.

–Se lo diré –anunció precipitadamente, deseando mejorar las cosas entre ellos, deseando que se sintiera feliz–. Te lo prometo.

Se acercó a él y le acarició el brazo. Durante un breve segundo, Richard posó la mano sobre la suya.

Los dos sabían que estaba mintiendo.

Christina cerró la puerta suavemente y se apoyó contra ella, sintiendo su aspereza contra las palmas de las manos. Allí, en el calor y en aquella oscuridad cargada de olor a whisky, encontró por fin la paz que había estado buscando a lo largo del día. Durante doce horas, había trabajado sin descanso, intentando no pensar en Lucas.

Sabía que la atracción que sentía hacia él no respetaba

ni su edad ni su condición. Más aún, la inquietaba sentirse atraída por un hombre más joven que ella y que no la convenía de ninguna de las maneras. Era un sentimiento que no le gustaba, que no comprendía y que no deseaba. Pero había una parte de ella a la que Lucas le gustaba. La parte que había negado durante años y que la urgía a hacer realidad sus fantasías.

Era una locura. No podía suceder y no sucedería.

Cerró los ojos e inhaló con fuerza el olor del whisky, permitiendo que llenara sus sentidos y sus sentimientos. El aire tenía una cualidad espesa e intensa. La fragancia del whisky se mezclaba con el olor a humo del fuego de turba. Era un olor caliente y denso, y Christina tenía la sensación de que podría emborracharse únicamente con los vapores del whisky.

–Buenas noches, señora.

Seumas Mor MacFarlane entró con agua del arroyo. La vertió por un lateral del cubo, mojando el suelo. Su tarea consistía en mantener el fuego ardiendo y el whisky destilándose a la temperatura exacta. Su hermano Niall era el encargado de remover la cebada durante la fermentación, otra parte del proceso que requería maña y delicadeza. Cada miembro del grupo tenía su función, bien fuera para producir el licor o para embarcar el whisky bajo las mismísimas narices de la policía.

–Lo he destilado ya cuatro veces –dijo Seumas–. Debería estar listo.

Christina asintió. Cada remesa de aquel brebaje se destilaba cuatro veces, buscando el mejor sabor y la mayor pureza. Conocido como el «Usige bea' ba' ol», aquel whisky alcanzaba un alto precio. Una parte la distribuían a nivel local y otra la enviaban desde la cueva a clientes más lejanos.

La luz artificial iluminaba el whisky con un brillo profundo, dándole el color del oro. Christina olió y asintió. El sabor le estalló en la lengua, fuerte, potente, y pareció subírsele a la cabeza, provocándole un pequeño mareo. Sintió una repentina debilidad en las piernas y le entraron ganas de seguir bebiendo y dejarse perder en aquella languidez.

–Está perfecto –dijo.

Seumas Mor relajó el rostro en una expresión de placer. Era un hombre de pocas palabras, aunque de aristas afiladas, pero tenía una sensibilidad especial para el whisky, un rasgo que habían compartido su padre y su abuelo antes que él.

–Gracias –le dijo Christina–. Ya está preparado para meterlo en los barriles y transportarlo. ¿La última remesa pudo sacarse con éxito?

Seumas ensombreció su expresión.

–Apenas. Tuvimos a la policía husmeando por los alrededores.

–¿Cuándo no? –preguntó Christina con cansancio.

Seumas Mor negó con la cabeza.

–Esta vez es peor, estamos peor que antes, señora. El señor Eyre encontró a Niall en la playa con su chico justo después de que saliera el bote. Los llevaron a los dos a la cárcel de Fort William.

Christina alzó bruscamente la cabeza. El horror le cerraba la garganta.

–¿También se llevaron a Callum? ¡Pero si solo tiene ocho años!

Seumas Mor se encogió de hombros.

–No podéis hacer nada, señora. Ninguno de nosotros puede hacer nada. Fueron directamente a la cabaña de Niall y la quemaron.

Christina se frotó los ojos para aliviar el escozor de las lágrimas. Estaba destrozada. Sabía que Niall no hablaría y que Callum no sabía nada del contrabando, pero esa no era la cuestión. Pensó en el niño, encerrado en una celda oscura y húmeda, probablemente separado de su padre, solo y asustado. Pensó en su casa destrozada y en sus posesiones pisoteadas. Eyre era un monstruo capaz de servirse de todo y de todos para acabar con el contrabando. No tenía escrúpulos.

Cada vez que detenían a un hombre, Christina consideraba la posibilidad de dejar de destilar whisky, pero su firme determinación siempre la obligaba a continuar. Si renunciaban por culpa de Eyre, perderían el fiero orgullo de las Tierras Altas que bullía en su destilado, los derechos que habían defendido desafiando las leyes del gobierno de Londres y el dinero que habían reunido para combatir la devastadora pobreza de su existencia. Pero aquello excedía todo lo ocurrido hasta entonces. Si Eyre emprendía una guerra contra niños y mujeres, entonces no tendría otra opción.

Volvió a llenar un vaso, se lo acercó a los labios y lo vació de un solo trago. A ese ritmo iba a poder competir con Lachlan como bebedora, pero lo necesitaba. Estaba cansada de tener que luchar sola por la gente de Kilmory. A nadie más parecía importarle nada. Tanto su padre como su hermano estaban más preocupados por lo que podían arrebatar a aquellas tierras que por lo que podían entregar a sus gentes.

—Hablaré con Eyre —le dijo—. No pueden destrozar de esa manera las vidas de tanta gente.

Seumas volvió a sacudir la cabeza.

—Sois vos la única a la que quiere Eyre, señora —dijo con rudeza—. Y acabará con cuantos haga falta para llegar hasta vos.

Christina sintió el frío navajazo del miedo. Hacía tiempo que sabía que Eyre sospechaba que podía estar protegiendo a los contrabandistas. Pero no sabía que la considerara parte de la banda, y todavía menos que estuviera deseando arrestarla.

—¿Por qué podría querer...? —comenzó a preguntar.

Pero se interrumpió al comprender su ingenuidad. Eyre era un hombre ambicioso y no tenía ningún interés en congraciarse con la nobleza. Más bien al contrario, odiaba los privilegios con los que habían nacido personas como ella. Y la odiaba a ella particularmente porque se había quejado a Sidmouth de sus prácticas. Desmantelar la banda de Kilmory y detenerla a ella como líder sería un golpe inmejorable.

Dejó el vaso suavemente. El alcohol, muy fuerte, comenzaba a restar dureza a sus pensamientos. Sentía calor y un ligero mareo. Ya pensaría en Eyre y en el problema que representaba al día siguiente por la mañana. Le hizo un gesto con la cabeza a Seumas, que la observaba sombrío.

—Haré lo que pueda —le dijo.

—Sí, señora —hundió la cabeza—, sabemos que lo haréis.

Le tendió a Christina una pequeña botella de piedra. Ella sabía que debía entregársela como regalo a su padre, el noble que había hecho la vista gorda ante las actividades de los contrabandistas. Por primera vez, la recibió con amargura. Su padre no había hecho nada para ayudarlos. Había hecho la vista gorda porque sus actividades le resultaban del todo indiferentes. No se merecía ningún agradecimiento.

La recibió en el exterior una noche cálida y estrellada. El viento acariciaba los pinos y mecía el brezo. El cobertizo en el que se encontraban estaba al borde del lago Gyle, oculto por una pequeña elevación en un prado en el que corría el arroyo y desde donde el humo no podía ser visto.

Christina regresó caminando lentamente por el borde del lago, cuyas aguas plateadas resplandecían bajo la luz de la luna. Desde allí tomó el camino que atravesaba el valle para llegar al castillo. Se detuvo en medio del camino para abrir la botella de whisky y darle un largo trago. En realidad, aquel licor no le gustaba de manera particular. Aparte de para probarlo, ella jamás lo tomaba. Sin embargo, aquella noche prefería pensar que podía encontrar en el whisky algún consuelo. La ayudaba a mitigar el dolor provocado por la detención de Niall y Callum, pero bajo el sabor de la bebida, continuaba doliéndole el corazón.

No se cruzó con nadie en el camino del castillo. Cruzó los patios y caminó sobre la grava hasta la base de la torre oeste. Disponía de una llave para las ocasiones en las que estaba fuera hasta tarde y el castillo estaba cerrado. No siempre le gustaba pedirle a Galloway que dejara una puerta abierta hasta que llegara.

Se inclinó para buscar la llave entre los adoquines de la base de la torre. Pero fue un error. La cabeza comenzó a darle vueltas, resultado de la combinación de la bebida y el cansancio. Alargó la mano para no perder el equilibrio y consiguió rozar con las yemas de los dedos la rugosa piedra de la pared. Pero terminó cayendo con la misma gracia de un globo al derrumbarse y la botella de whisky rodó sobre la grava.

—¡Maldita sea! —intentó agarrarla, pero no lo consiguió.

Continuó sentada sobre el duro suelo, con las faldas del vestido hinchadas a su alrededor.

Oyó un sonido tras ella, un paso. Y vio una sombra.

—¡Caramba! —era la voz de Lucas, una voz grave, baja y en tono de evidente diversión—. ¿Puedo ayudaros de alguna manera, lady Christina?

Estaba bebida.

Lady Christina MacMorlan estaba indiscutiblemente involucrada en el contrabando de whisky. Pero de todas las personas de las que podía haber sospechado que hacían de catadoras de whisky o se dedicaban directamente a su producción, Christina era la última de la lista. Pero era evidente que tras sus educados modales y su rigidez se escondía un alma rebelde.

Y en aquel momento, estaba borracha como cualquier lord y sentada en la grava, junto a la puerta, aturdida, confundida y curiosamente atractiva. La falda se le subía hasta la altura de las rodillas, mostrando unas virginales enaguas, la tentadora curva del muslo y una liga de color rojo pasión, otro signo que mostraba que estaba muy lejos de ser la formal y respetable dama que pretendía.

Lucas disimuló una sonrisa y le ofreció educadamente la mano para ayudarla a levantarse.

—Señor Ross —le saludó Christina—, ¡qué sorpresa!

—Desde luego —se mostró de acuerdo Lucas.

Pero lo cierto era que había estado esperando noche tras noche a que Christina dejara el castillo para ir a atender sus negocios como contrabandista. Aquella noche la había seguido. Había descubierto la ubicación exacta de la destilería, una valiosa información que podría transmitirle a Sidmouth.

Christina aceptó la mano y se impulsó para levantarse con más entusiasmo que elegancia. Lucas se descubrió de pronto con los brazos plenos de su cálida y complaciente suavidad. El olor a humo que impregnaba su ropa casi se perdía bajo el olor intenso a mar de su cabello. Christina alzó la cabeza y las ganas de sonreír de Lucas sucumbieron bajo el peso de un deseo tan violento que fue casi como un puñetazo. Christina tenía los ojos brillantes y los labios entreabiertos. Y Lucas deseaba besarla como si en ello le fuera la vida.

Peter.

El recuerdo de su hermano bastó para romper el hechizo. Aquella mujer podía haber matado a Peter. No podía permitirse el lujo de sentir nada por ella. La ardiente atracción que había entre ellos, y que pensaba utilizar contra lady Christina, comenzaba a trabajar en su contra también. Por un breve instante, le había hecho olvidar que aquella mujer representaba todo aquello que le disgustaba y en lo que desconfiaba, un mundo de desigualdades y privilegios que le había tratado brutalmente.

Apartó a Christina con delicadeza, se agachó para agarrar la botella de whisky y se la tendió. Christina la tomó, pero cuando cerró los dedos sobre los de Lucas, no le soltó. Sorprendido, él alzó la mirada. Se encontró con los ojos de Christina y vio que no estaba tan bebida como en un principio había pensado. O en el caso de que lo estuviera, no lo estaba tanto como para no recelar de él. Lucas iba a tener que ser más cuidadoso.

–¿Qué estáis haciendo aquí? –le preguntó.

–Os he visto cuando regresaba de la posada de Kilmory y he pensado que podríais necesitar ayuda –contestó Lucas.

Le costó más mentir de lo que le habría gustado. De alguna manera, sintiendo la mano de Christina sobre la suya, le resultaba difícil engañarla. Su mirada, su contacto, le exigían sinceridad. Se aclaró la garganta.

–Deberíais ser más discreta, lady Christina –le aconsejó–. Si deseáis no llamar la atención, os sugiero que retraséis vuestras actividades hasta la hora en la que se cierra la posada. Los recaudadores y los policías también beben allí.

Se produjo un momento de silencio mientras Christina sopesaba sus palabras. Después, dejó caer la mano a un lado y asintió.

–Es un buen consejo –le dijo–. Pero me sorprende. Yo pensaba que los recaudadores y los policías no eran bien recibidos en la posada.

–Pero sí lo es su dinero –repuso Lucas–, y a Eyre le importa muy poco no ser bien recibido. Su sobrino es diferente, pero esta noche no estaba allí.

Christina volvió a escrutar su rostro como si estuviera intentando sopesar su sinceridad. A Lucas comenzó a latirle violentamente el corazón. Christina debería estar ridícula al intentar demostrar dignidad y autoridad estando tan desaliñada, pero, aun así, tenía algo que resultaba adorable. Bajo la luz de la luna, sus ojos parecían enormes y oscuros. Había un aire particularmente inocente y vulnerable en su expresión y él era perfectamente consciente de la suavidad de sus femeninas curvas bajo la capa oscura. Sintió renacer de nuevo el deseo y lo combatió sin piedad.

–¿Puedo hacer algo más para ayudaros, mi señora? –le preguntó.

–Os agradecería que me ayudarais a encontrar la llave –contestó. Señaló con la botella hacia un montón de piedras–. La dejé por ahí.

Lucas no tardó mucho en localizarla. La llave encajó limpiamente en la puerta que se abrió sin ruido, pues habían engrasado recientemente las bisagras. No podía esperarse menos de Christina. Siempre era una persona eficiente, o al menos, cuando estaba sobria. Aquella noche la había sentido cálida y vibrante entre sus brazos. Se retorció ligeramente cuando Lucas le pasó el brazo por los hombros para ayudarla a subir. Le resultaba delicioso el contacto de su cuerpo contra el suyo, y la suavidad resbaladiza de la seda del vestido. Apretó los dientes.

–¿Por qué estáis bebida? –le preguntó.

–Por culpa del whisky –susurró ella contra su piel.

Lucas sintió el calor de su aliento. Y el roce de sus labios en la mandíbula. Se estremeció. Tuvo que hacer un esfuerzo sobrehumano para no volver la cabeza y saborear aquella boca carnosa que estaba tan cerca de la suya. Imaginó el sabor a whisky mezclado con su dulzura y deseó besarla con todas sus fuerzas, pero combatió de nuevo aquel impulso. Necesitaba aquella noche para obtener información y conseguir que Christina confiara en él.

–Sí, me lo he imaginado –contestó–. Pero no sabía que además de comerciar con whisky, lo bebíais y lo destilabais. Lo que en realidad quería saber es por qué habéis sentido la necesidad de emborracharos.

–Normalmente no bebo –contestó con ligera altivez–, pero esta noche...

Dejó caer los hombros. La luz y el calor que reflejaban sus ojos se apagaron como la llama de una vela bajo una corriente de aire.

–Han detenido a un niño –le explicó suavemente–. Eyre ha arrestado al hijo de uno de mis hombres. A un niño de ocho años.

Lucas reconoció el dolor de su voz. Un dolor inconfundiblemente sincero. Lady Christina se preocupaba por los demás. Se preocupaba por lo que le ocurría a la gente de su banda. El daño que le infligían a cualquiera de ellos también le dolía a ella. No era una aristócrata privilegiada jugando a hacer las veces de contrabandista porque se aburría.

–Eyre es un hombre terrible –Lucas la sintió estremecerse–. Disfruta con la violencia. Es uno de los hombres más violentos y peligrosos que conozco.

Lucas todavía no había tenido oportunidad de encontrarse con Eyre, pero había oído hablar de él en abundancia. Sidmouth le había asegurado que Eyre se pondría en contacto con él y le ayudaría, pero hasta ese momento, le había ignorado por completo. No estaba seguro de si le molestaba que se hubiera entrometido en su camino, pero sería propio de un hombre tan orgulloso como Eyre el querer reservarse cualquier posible información. En la posada siempre se oían quejas expresadas entre susurros sobre los métodos de aquel hombre y su forma de presionar a la gente del pueblo para recaudar hasta el último penique. Registraba casas, asaltaba establos, pisoteaba cosechas o espantaba al ganado sin que le importaran ni las vidas de la gente ni acabar con los medios de los que disponían para ganársela.

–El contrabando es un negocio muy duro, lady Christina. No es ningún juego.

–Lo sé.

Hablaba con dureza, pero Lucas sentía la vulnerabilidad que tanto se esforzaba Christina en esconder. No quería que supiera lo asustada que estaba. No quería desnudar sus sentimientos ante él.

La luz del fanal le iluminó el rostro. Había arrugas de cansancio y tristeza en su expresión, y Lucas sintió que algo se movía muy dentro de él.

–Os culpáis de lo ocurrido, ¿verdad? –preguntó bruscamente–. Os culpáis de lo que le ha ocurrido a ese niño.

Sintió que Christina volvía a estremecerse.

–Por supuesto –se llevó la botella a sus labios otra vez–. Tengo la obligación de proteger a la gente de Kilmory. No de ponerla en peligro.

–¿Y qué pensáis hacer? –preguntó Lucas.

–Ir a ver a Eyre, por supuesto –contestó Christina, arrastrando ligeramente las palabras–. Le suplicaré que libere a Callum MacFarlane. Sospecho que disfrutará al verme suplicar.

Habían llegado al final de la escalera. Christina se puso de puntillas para sacar la llave del dintel de la puerta. Por un instante, se meció ligeramente, rozando con el pelo el hombro de Lucas y presionando su pecho contra su brazo. Olía a campanillas, al terroso olor de la turba y ligeramente a whisky. El cuerpo entero de Lucas se tensó, obligándole a hundir las manos en los bolsillos para evitar tocarla.

Christina estuvo manipulando la llave durante tanto tiempo y con tanta torpeza y que Lucas avanzó un paso, se la quitó, la metió en la cerradura y la giró. La puerta se abrió en silencio, revelando una pequeña habitación con dos cómodas butacas y una gruesa alfombra en el suelo. Tras ella había una puerta abierta que mostraba la esquina de una enorme cama con dosel y una chimenea encendida. La habitación tenía el mismo aspecto acogedor que caracterizaba al resto de la casa. Lucas experimentó una extraña sensación de bienvenida y calor que le arrastró al interior. Él, que jamás había tenido un verdadero hogar y jamás lo había querido, descubría de pronto su atractivo.

–Gracias por vuestra ayuda, señor Ross –dijo Christina.

Se quitó la capa de los hombros y la dejó en el respaldo de una de las butacas. Tenía el vestido ligeramente ladeado, mostrando la curva de su hombro izquierdo. Lucas la miró fascinado. Tenía la piel pálida, cremosa, salpicada de pecas y oscurecida por la delicada sombra que proyectaba la clavícula. Deseó presionar los labios contra la elegante curva en la que se unían el hombro y el cuello. Y deseó comprobar si el resto de su cuerpo estaba tan tentadoramente salpicado de pecas. Deseaba saberlo con todas sus fuerzas.

–Debéis iros, señor Ross –le advirtió Christina, interrumpiendo el curso de sus pensamientos–. Por favor, cerrad la puerta al iros y esconded la llave.

Le miró fijamente a los ojos, o, por lo menos, lo intentó. Parecía tener problemas para enfocar la mirada.

–Confío en que no le contéis a nadie nada de esto.

–Podéis confiar en mí –respondió Lucas.

Otra mentira.

Y le inquietó sentir una punzada de culpabilidad. Había algo en aquella mujer que parecía exigir honestidad y él no podía dársela. Y tampoco comprendía por qué sentía aquella necesidad. Lo único que sabía era que Christina estaba embriagada, que era particularmente vulnerable en aquel momento, y que, por aquella razón, necesitaba protegerla.

Se obligó a sí mismo a pensar en Peter. Al igual que Callum MacFarlane, Peter también era el hijo de alguien, también tenía hermanos, y apenas era más que un niño. Se preguntó si a Christina eso le habría importado.

–Antes de marcharme, me gustaría que contestarais a una pregunta. Me lo debéis.

Christina abrió los ojos como platos. Parpadeó.

–Yo no os debo nada, señor Ross.

Estaba intentando mostrarse fría, recordarle cuál era su lugar, mantener una actitud de dignidad que resultaba cómica teniendo en cuenta su aspecto desaliñado.

–Creo que me debéis mucho por la ayuda que os he prestado esta noche.

–Yo creo que sois muy presuntuoso –le reprochó Christina.

Lucas sonrió.

–Sí, es cierto, lo soy –se interrumpió–. ¿Y si lo pregunto amablemente?

Christina suspiró.

–¿Qué queréis saber?

–No comprendo cómo una mujer como vos ha podido involucrarse en algo así –dijo Lucas. Miró a su alrededor–. No necesitáis el dinero, y después de lo que me habéis contado esta noche, sé que no lo hacéis por disfrutar de emociones fuertes. ¿Por qué lo hacéis, entonces?

Se produjo un silencio. Al cabo de un momento, Christina se sentó en una de las butacas, dándole ligeramente la espalda.

Lucas observó el juego de las sombras proyectadas por el fuego en su rostro. Sabía que Christina estaba suficientemente bebida como para ser indiscreta, pero, al mismo tiempo, lo bastante sobria como para ser coherente. Aquello podía llegar a ser muy interesante.

–Se me da bien –contestó al cabo de unos segundos, alzando la barbilla con expresión desafiante–. Soy la catadora, la única realmente capacitada para decidir cuándo está preparado el whisky. Es importante, es un trabajo que requiere… cualificación.

–A mí se me da muy bien robar carteras, pero eso no significa que deba hacerlo.

–¿Eso es cierto? –por un momento, pareció intrigada–. ¡Qué extraordinario talento! ¿Cómo lo adquiristeis?

–Pasé una dura juventud en las calles –contestó Lucas.

No pretendía hablar de sí mismo, pero con Christina le resultaba demasiado fácil bajar la guardia y olvidar. Vio que le miraba con curiosidad, pero no era lástima lo que veía en sus ojos, sino una solidaria compasión.

–Me quedé huérfano –añadió con dureza.

Jamás le había hablado a nadie, salvo a Jack, de su infancia, y a él mismo le asombró oírse hablar de ella en aquel momento.

–Tuve que aprender muchos trucos para sobrevivir.

–Lo siento –Christina suavizó la voz–. Vuestros padres…

–No hablo nunca de ellos –se cerró antes de terminar

traicionándose a sí mismo por completo–. Vuestra vida ha sido muy diferente –dijo, tanto para recordárselo a sí mismo como para provocarla a ella.

–Por supuesto –había un deje defensivo en su voz–. Yo no tengo que luchar para sobrevivir. Pero, en cualquier caso, no me dedico a esto para ganar dinero. Es el resto de la banda el que se reparte los beneficios –en su prisa por justificarse, hablaba precipitadamente, atropellando las palabras–. Ya habéis visto la pobreza del pueblo, señor Ross. Muchos de nuestros jóvenes tienen que marcharse para unirse a los regimientos de las Tierras Altas y otras familias se ven obligadas a marchar al extranjero. No hay trabajo, no hay nada que retenga aquí a la gente desde que mi abuelo subió las rentas hace sesenta años y ofreció sus tierras al mejor postor. Él echó a la gente de sus tierras.

Lucas había sido testigo de la pobreza de aquel lugar desde el primer día. Lo que Christina decía era cierto. Había pocas tierras para cultivar, los hombres de aquel lugar tenían muy pocas formas de ganarse la vida. Y la pérdida del trabajo implicaba la pérdida del respeto por sí mismos. Él lo comprendía. Sabía hasta qué punto estaban vinculados el honor y la independencia de un hombre con su capacidad para alimentar a su familia. El abuelo de Christina había destrozado los vínculos tradicionales entre el señor y su pueblo y, al parecer, su padre no había hecho nada para intentar mejorar sus vidas, a pesar de que era un hombre muy rico.

–¿Y ya es demasiado tarde para revertir ese proceso? –preguntó.

Christina se encogió de hombros.

–No lo sé, pero mi padre...

Vaciló un instante, como si estuviera considerando la deslealtad que implicaba el hablar mal del duque.

–Bueno, él no tiene ningún interés en la tierra, lo único que a él le interesan son sus estudios. Para cuando heredó estas tierras, el daño ya estaba hecho y lo único que él hizo fue ponerlas en manos de aquellos que podían ayudarle a obtener más beneficios.

—Parece como si a vuestro padre no le preocupara el futuro de su gente, mientras que vos trabajáis para limitar el daño intentando proporcionarles lo que necesitan para alimentarse y conservar un techo sobre sus cabezas.

—¡Oh! —parecía avergonzada—. Yo no diría que mi padre no se preocupa por su gente. La verdad es que... ni siquiera es consciente de su existencia. Él es un erudito, vive inmerso en sus estudios... —se le quebró la voz.

Su padre se dedicaba a tocar el violín mientras Roma ardía, pensó Lucas. Tenía la sensación de que el duque de Forres era como un niño grande que se permitía todos sus caprichos sin pensar en el peaje que tendrían que pagar otros por ellos. No era suficiente justificación el atribuir su negligencia a su excentricidad o a su dedicación a los estudios. Estaba agotando aquellas tierras y a su gente en su propio beneficio.

—Así que habéis sido vos la que habéis decidido que la gente de Kilmory recupere el respeto por sí misma —aventuró Lucas—. Supongo que haréis lo mismo en Forres y en todas las propiedades del duque.

—No, allí no dirijo ninguna banda de contrabandistas —contestó Christina—, pero intento ayudar a los demás a ganarse la vida.

—De manera deshonesta en el caso de Kilmory —señaló Lucas.

Christina curvó los labios en una encantadora sonrisa.

—¿Debo inferir que desaprobáis mi conducta, señor Ross? No sabía que fuerais un hombre tan incorruptible.

—El contrabando es ilegal —le recordó Lucas.

Christina arqueó una ceja ante la brusquedad de su tono.

—Bueno, teóricamente, sí.

—No existen delincuentes teóricos. O se es delincuente o no se es.

Christina se encogió de hombros.

–Leyes perniciosas hechas por hombres igualmente perniciosos –le dirigió otra sonrisa–. Y mujeres –se llevó la botella a los labios–. Mi sueño sería tener mi propia destilería –dijo al cabo de un momento–. Creo que sería muy buena.

–Una idea espléndida –respondió Lucas.

Le quitó la botella y la dejó en una estantería, junto a una pila de libros cubiertos de polvo.

–Pero hasta entonces, creo que ya habéis bebido suficiente whisky.

Christina hizo algo parecido a un puchero.

–Soy yo la que da las órdenes aquí. Devolvédmela.

Lucas se echó a reír.

–No –respondió–. Mañana por la mañana tendréis un dolor de cabeza terrible. Es posible que ahora estéis disfrutando del sabor, pero el whisky tiene unos efectos muy desagradables. Bebed mucha agua –le recomendó–. Y mañana por la mañana, aunque no os encontréis bien, intentad comer algo.

Christina arqueó las cejas con una mueca burlona.

–Y ahora me aconsejáis lo que tengo que comer. ¿Cómo sabéis todas esas cosas, señor Ross?

–Vuelvo a debérselo a mi malgastada juventud –respondió Lucas–. Hubo muchas mañanas en las que me desperté sintiéndome muy mal por haber bebido.

Christina sonrió débilmente.

–Es fascinante. Deberíais hablarme de vuestra juventud en algún momento.

Agarró la capa y la dobló en su brazo. A la luz de las velas, se vio un resplandor, el brillo de un broche en el cuello. Lucas no se había fijado antes en él porque la luz era demasiado tenue, pero lo reconoció en aquel momento. La última vez que había visto aquel broche había sido en el cuello de terciopelo del abrigo de Peter, mientras este permanecía en la puerta de su casa de Edimburgo.

Se quedó sin respiración. La luz comenzó a girar ante sus ojos como si fuera él el que estaba borracho. Tuvo que alargar la mano y agarrarse al respaldo de la butaca para no perder el equilibrio.

–Un broche muy peculiar –su voz le sonaba extraña. Y se dio cuenta de que estaba temblando.

Vio que Christina bajaba la mirada y sonreía mientras acariciaba la superficie plateada del broche.

–Es precioso, ¿verdad? –preguntó. Su voz reflejaba una sencilla alegría–. Me lo regaló mi padre hace dos meses por mi cumpleaños. Me dijo que las piedras eran de la India. Allí tienen unas amatistas preciosas.

Sí, era posible, pero aquellas amatistas procedían de las minas de Siberia y habían sido engastadas en un broche de plata que había pertenecido a su abuelo. En él estaban grabados el blasón y el lema de la familia.

Sintió una extraña presión en el pecho. Uno de los objetos que le habían robado a Peter estaba precisamente en el castillo Kilmory. Era un regalo del duque, acababa de decirle Christina.

¿Estaría el duque de Forres involucrado en el asesinato de Peter? Le parecía imposible. ¿Pero era más posible acaso que Christina, que parecía tan sincera y había hablado tan apasionadamente de la necesidad de proteger a su clan, fuera una mentirosa y una asesina? La intuición le decía que no, que ella no podía estar involucrada en un crimen tan vil. Pero la intuición no siempre era de fiar.

–Buenas noches, señor Ross –Christina se acercó a él–. Gracias por haberme ayudado esta noche.

Se puso de puntillas y le dio un beso en la mejilla. Estaba realmente bebida, pensó Lucas. Al día siguiente por la mañana, se arrepentiría al recordar las libertades que se había tomado con él, cuando normalmente procuraba comportarse de manera tan rígida y educada.

Le tomó las manos para sostenerla y ella le miró a los ojos. Algo se movió en el interior de Lucas. Experimentó un sentimiento que no reconoció. Era presa de una desacostumbrada sensación de vulnerabilidad que le hizo tensar las manos alrededor de las de Christina.

Vio que cambiaba la expresión de su mirada. Pudo ver en sus ojos la confusión que reflejaban sus profundidades y la compasión que había mostrado cuando había cometido el error de hablar de su infancia. De pronto, la deseaba desesperadamente. Inclinó la cabeza y la besó y ella respondió dulcemente, abriendo la boca sin reservas.

El calor atravesó su cuerpo y el deseo, un deseo violento y ardiente, le golpeó con tanta fuerza que se quedó absolutamente desconcertado. Bajo aquella pasión latía la misma sensación de reconocimiento ciego que había experimentado la noche que se habían conocido, una sensación fiera y devastadoramente bienvenida. Había algo en Christina MacMorlan que llegaba muy dentro de él y despertaba sentimientos que creía muertos mucho tiempo atrás. No podía comprenderlo, no podía explicarlo, pero en aquel momento, tampoco quería hacerlo. Solo la deseaba a ella.

Cuando la soltó, ambos tenían la respiración agitada. Lucas temblaba, impactado por su propia reacción, por los sentimientos que aquella mujer desataba en su interior. Y reconoció el mismo asombro en los ojos de Christina. Esta se llevó la mano a los labios y bastó aquel gesto para provocarle a Lucas una nueva oleada de deseo.

—Eso ha sido un error —susurró.

—Sí —dijo Lucas muy serio.

El dormitorio iluminado al otro lado de la puerta parecía estar invitándole, con su enorme cama y la intimidad de la luz del fuego. Tragó saliva. Tenía la boca seca.

—Debería marcharme —dijo.

—Sí.

Christina le miró desolada y a Lucas le entraron ganas de estrecharla de nuevo entre sus brazos. Apretó los puños a ambos lados de su cuerpo. Le gustaba estar con ella, sí, pero era imposible. La luz que destellaba en el broche le recordaba quién era Christina y su posible culpabilidad.

–Buenas noches, señora –se despidió.

Y giró la llave en la cerradura sin darse tiempo a cambiar de opinión. No quería terminar suplicándole que le permitiera quedarse.

Capítulo 8

—¿Qué te parece, querida? —el duque de Forres, con el rostro resplandeciente de infantil alegría se volvió hacia Christina—. Este hombre ha hecho un trabajo condenadamente bueno, ¿verdad? —le palmeó la espalda a Lucas—. Condenadamente bueno, sí —repitió—. ¿No te parece, Christina?

—Es preciosa, papá —contestó Christina obediente.

Estaban en la gruta del jardín. La luz era tenue y el aire fresco. Afuera, la lluvia caía con una fuerza imparable y parecía repiquetear en la cabeza de Christina. Lucas no se había equivocado. Se había levantado con un dolor de cabeza terrible.

La gruta estaba lejos de estar terminada, pero era cierto que Lucas había hecho grandes progresos. El estanque había sido vaciado y bordeado con una piedra que el duque había hecho traer especialmente desde Italia. Desde el bancal que había sobre ellos caía en cascada el agua del manantial.

Christina se volvió para admirar la forma en la que la luz jugaba con la ondulante cascada. Su padre continuaba hablando, pero ella dejaba que sus palabras fluyeran sobre ella mientras contemplaba el reflejo de Lucas en el agua. Era una sensación extraña, muy íntima. Sabía que no podía mirarle directamente. En el reducido espacio de la gruta era insoportablemente consciente de su cercanía, del roce de su brazo contra el suyo, de la mirada que buscaba su rostro. Se había despertado tarde, con retazos de lo ocurrido la noche anterior flotando en su mente. Habría preferido no recordar nada, pero, desgraciadamente, su memoria no estaba dispuesta a olvidar. Recordaba con perfecta claridad que Lucas la había ayudado a levantarse del suelo cuando se había caído, que había subido con ella las escaleras y que, en medio de su embriaguez, ella le había confesado las razones por las que se dedicaba al contrabando de whisky. Recordaba también que Lucas la había besado con fiera pasión y que ella habría estado encantada si la hubiera llevado a la cama. A pesar del frío, sintió que le ardían las mejillas.

Cuando apenas era una debutante, había tenido una imprudente y peligrosa aventura con el hombre con el que estaba entonces comprometida, lord McGill. En aquel entonces, estaba desesperadamente obsesionada con aquel hombre. Los encuentros clandestinos y la pasión ilícita alimentaban su naturaleza romántica y no había visto el peligro porque estaba convencida de que nada podría empañar su felicidad. Pero pronto había aprendido la lección. Pronto había aprendido que en la vida nada podía darse por cierto o seguro. Su madre había muerto y el mundo se había hundido bajo sus pies. Había perdido casi todo: una madre, un amante y la promesa de un futuro.

La atracción que sentía hacia Lucas era por lo menos tan fuerte como la que había sentido por McGill, aunque ya no era tan estúpida como para enamorarse. Por intensa y peligrosamente ilusoria que fuera la sensación de conexión que parecía compartir con Lucas, sabía que la única relación que podría compartir con él era la de amante y había muchas razones por las que eso no podía suceder. No era posible que hubiera ninguna clase de relación entre ellos. Lo sabía.

–Las estatuas quedarán perfectas en los nichos de las

paredes –el duque giraba alrededor de la gruta con la emoción de un niño en el circo–. Y cuando las caracolas del techo reflejen la luz... –abrió los brazos con entusiasmo–. ¡Sí, sí, puedo verlo!

–He añadido algunos posibles detalles a la decoración, Excelencia –comenzó a decir Lucas mientras dejaba un plano sobre el saliente de piedra del estanque–. He pensado que un fresco con delfines y querubines, y quizá un lema grabado en la piedra...

Christina estaba extrañada por los conocimientos que mostraba Lucas sobre el diseño renacentista. Se preguntó si aquellas ideas serían fruto de sus conversaciones con Bevan. Se inclinó para ver de cerca los bocetos. El duque no veía muy bien sin sus lentes. Asentía y sonreía, pero Christina no estaba segura de que pudiera ver los detalles, y, menos aún, que pudiera leer el lema que rodeaba el fresco. Seguro que después le pediría que se lo describiera.

–«*Vincere vel mori*» –leyó–. «Vencer o morir» –era el mismo lema que figuraba en el broche. Christina le miró sorprendida–. ¿Lo habéis elegido vos mismo? –le preguntó–. ¿Y por qué esas palabras?

Pero Lucas no la estaba mirando. Tenía toda la atención puesta en el duque.

–Creía que ese era el lema de vuestra familia –contestó.

La miró y, por un instante, Christina reconoció un sentimiento tan duro y frío en sus ojos oscuros que la dejó completamente helada. Se preguntó si habría malinterpretado su expresión por culpa de la tenue luz de la gruta. Pero justo en ese momento, su padre reclamó su atención. Parecía nervioso. Se pasaba la mano por el pelo mientras sacudía la cabeza violentamente.

–No, mi querido amigo, no –exclamó–. ¡Ni querubines, ni delfines! ¡Y menos aún ese lema!

–Me temo que habéis cometido un error –le aclaró Christina a Lucas–. El lema de nuestra familia es «Fe y constancia».

Lucas sonrió.

—Parece más apropiado para vos —señaló.

Christina se sonrojó al recibir aquel cumplido, pero su padre no pareció advertirlo. Estaba enrollando los planos de Lucas y le temblaban ligeramente las manos.

—No quiero ningún lema —le indicó en tono quejumbroso—. Estatuas de ninfas y dioses del río, ¡eso es lo que quiero!

Lucas recuperó los bocetos.

—Muy bien, Excelencia. Me llevaré entonces los bocetos.

Christina miró con el ceño fruncido a su padre, que tuvo al menos la deferencia de mostrarse ligeramente avergonzado.

—En cualquier caso, buen trabajo —musitó—. Pediré un aumento de sueldo por tan duro trabajo. Bevan se ocupará de ello.

Se despidió de Lucas con un gesto, sonrió a Christina y se alejó caminando bajo la lluvia.

Christina estaba a punto de seguirle cuando vio la expresión de Lucas. Estaba mirando fijamente a su padre y parecía enfadado.

—No pretendía insultaros cuando os ha ofrecido más dinero —le aclaró rápidamente, y posó la mano en su brazo—. Solo estaba pensando en recompensaros por vuestro trabajo.

—Ni siquiera se acuerda de mi nombre —replicó Lucas—. Y no necesito su dinero.

Se volvió y Christina dejó caer la mano. Estaba desconcertada, y sorprendida. No había nada en Lucas que sugiriera que era suficientemente rico como para rechazar un dinero extra, y la sorprendió también que se mostrara tan susceptible. Aquella mañana parecía más andrajoso que nunca, con los pantalones con parches y las viejas botas.

—Si os hemos ofendido de alguna manera, lo lamento... —comenzó a decir vacilante.

Lucas se volvió hacia ella tan bruscamente que la dejó sin respiración. Tenía la luz tras él, lo que le impedía a Christina ver su rostro, pero tenía la impresión de que estaba sonriendo. Aquella sonrisa imaginada elevó varios grados la temperatura de su cuerpo.

–Vos no me habéis ofendido –le aseguró en voz baja.

–No podéis esperar que mi padre sepa los nombres de cuantos trabajan para él.

–¿Por qué no? –preguntó Lucas–. Vos los conocéis.

Se apartó para permitir que Christina saliera de aquella pequeña gruta que conducía hacia los jardines.

–Pero ahora eso no importa. ¿Cómo está vuestra cabeza esta mañana?

–Me duele –reconoció Christina, jugueteando nerviosa con el borde de la manga.

Habría sido más sensato obviar aquel tema, pero le parecía un poco grosero después de lo mucho que Lucas la había ayudado.

–Gracias por rescatarme ayer por la noche –le dijo.

Le miró a los ojos. La diversión que vio en ellos hizo que le latiera con fuerza el corazón.

–Fue un placer, señora –respondió Lucas.

–Me temo que estaba bastante bebida –continuó Christina.

Lucas sonrió. Christina sabía que estaba haciendo un esfuerzo para no echarse a reír.

–Sí, ya lo noté –contestó.

–Probablemente dije cosas que no debería haber dicho –se lamentó Christina.

–Supongo que dijisteis cosas de las que ahora os arrepentís –respondió Lucas. La miró de reojo–. Asumiendo que las recordéis.

–Desgraciadamente, las recuerdo –reconoció Christina.

En aquella ocasión, Lucas rio abiertamente.

–No penséis más en ello. Todos hemos sufrido los efectos del alcohol en alguna ocasión.

–Yo no.

–Lo creo. Normalmente sois una persona muy contenida, lady Christina.

Pero no había habido nada de contenido en el beso de la noche anterior. Al pensar en ello, Christina se sonrojó todavía más. Sabía que debería abordar el tema y explicarle que había sido un error que había cometido porque el alcohol, la tristeza y el cansancio le habían nublado el juicio. Por la mañana, el cansancio había desaparecido, pero no la tristeza. Había escrito ya una dura nota a Eyre pidiéndole una entrevista para solicitar la liberación de Callum MacFarlane. Lo próximo que pensaba hacer era acercarse al pueblo para ver qué podía ser rescatado de los tristes restos de la cabaña de Niall. Pero aunque pudiera utilizar el alcohol para justificar su conducta, sabía que no era él el que la había motivado. Había confiado en Lucas porque le necesitaba. Había acudido a él en busca de consuelo y no le parecía justo fingir que lo ocurrido no había significado nada para ella.

–Os pido disculpas por mi conducta de anoche –dijo precipitadamente–. Especialmente cuando yo... Cuando nosotros... –movió las manos en una embarazosa descripción.

Lucas se echó a reír.

–Creo que la frase que estáis buscando es «cuando nos besamos» –inclinó la cabeza con un gesto burlón–. Tanto para eso como para todo lo demás, estoy a vuestra entera disposición, lady Christina.

–De verdad, señor Ross... –comenzó a decir Christina. Nunca había estado tan nerviosa–. Estoy intentando disculparme, pero no me lo estáis poniendo fácil.

–Os estáis disculpando porque sois una dama –señaló Lucas–, pero yo jamás he pretendido ser un caballero.

–Desde luego –dijo Christina.

No llegaba a comprender cómo era posible que expresar un agradecimiento y unas disculpas pudiera resultar tan complejo, pero era evidente que había llegado el momento de poner fin a la conversación.

—Bueno, me alegro de que haya quedado claro, señor Ross.

Abrió el paraguas y corrió por el húmedo jardín hacia el refugio del castillo. Evidentemente, aquel beso no había significado nada para Lucas más allá de un insignificante devaneo con la solterona de la casa. El rostro le ardió. Sabía que debería alegrarse de que lo hubiera tomado con tanta indiferencia. Su actitud se ajustaba exactamente a lo que ella misma pensaba. Que no podía haber relación alguna entre ellos, más allá de la propia entre una dama y su sirviente. Solo había sido el orgullo femenino el que la había hecho desear que aquel beso significara algo especial para Lucas.

La posada estaba medio vacía aquella noche. Había corrido la noticia sobre el arresto de Callum MacFarlane y, al parecer, nadie tenía estómago para beber. Lucas se deslizó en su asiento y el propietario le llevó un vaso de whisky sin decir palabra. La posada estaba cálida, oscura y envuelta en la neblina del humo de la turba y las pipas. Lucas sacó una baraja de cartas de bolsillo y fue girando las cartas con aire ausente.

La bebida estaba tan buena como siempre. Sabía a humo, a fuego y a miel. Lucas pensó en Christina. Era cierto que tenía un notable talento para destilar whisky, aunque se preguntaba si volvería a probarlo después de la noche anterior.

Aquella mañana les había tendido una trampa a su padre y a ella. La reacción del duque cuando había oído el lema había sido muy reveladora. Parecía haberle puesto muy nervioso que Lucas hubiera decidido utilizar aquella frase. Lo cual debía significar que sabía que era la misma escrita en el broche de plata y no quería que nadie se fijara en ella. Era una clara señal de que era culpable de uno u otro modo.

Christina, por su parte, parecía completamente desconcertada. No había mostrado señal alguna de culpabilidad, solo se había mostrado un poco confusa. De modo que, o bien era una actriz excepcional o era inocente. Lucas era consciente de que la atracción que sentía hacia ella le predisponía a desear que lo fuera. Tenía que tener cuidado. Sus sentimientos hacia Christina comenzaban a impedirle pensar con claridad.

La puerta se abrió de golpe y entró Eyre. Era muy propio de él el hacer aquellas espectaculares entradas, pensó Lucas. Eyre provocaba a los habitantes de Kilmory con su presencia y con su dinero. No era extraño que le odiaran. Plantó una moneda en la barra y pidió a gritos una pinta de cerveza. Lucas distinguió desde su mesa el brillo dorado de la moneda.

El ruido de las conversaciones decayó hasta convertirse en un amenazador murmullo que terminó en absoluto silencio.

Eyre caminó pavoneándose entre las mesas y se sentó gruñendo enfrente de Lucas. Lucas le ignoró y continuó repartiendo cartas.

–¿A qué se juega? –preguntó Eyre.

–A Speculation –contestó Lucas.

Vio que Eyre curvaba los labios en una desagradable sonrisa.

–¿Queréis apostar dinero? –le preguntó.

–No tengo mucho –Lucas rebuscó en el bolsillo de la chaqueta y sacó unos cuantos peniques.

–No es eso lo que me han dicho –repuso Eyre.

–Este no es ni el momento ni el lugar para hablar –le advirtió Lucas, mirando rápidamente a su alrededor.

–No hay nada como esconderse mostrándose abiertamente –replicó Eyre.

Se reclinó en la silla y bebió un largo sorbo de cerveza.

A su alrededor se habían retomado las conversaciones, pero les estaban taladrando con la mirada.

—Ganadme a las cartas y hasta el último hombre de este pueblo os estará agradecido por haberme humillado —le recomendó.

—Eso es cierto —reconoció Lucas.

Repartió tres cartas para cada uno, colocó el resto de la baraja boca abajo y giró la primera carta.

—La jota de diamantes —dijo.

Eyre volvió a sonreír.

—Sidmouth me ha dicho que estáis aquí para intentar averiguar quién mató a ese muchacho ruso —hablaba en voz muy baja, de manera que el tintineo de los vasos y el murmullo de las conversaciones bastaran para ocultar sus palabras a oídos curiosos.

—Sí, es cierto —contestó Lucas sin apartar la mirada de las cartas.

—¿Quién sois en realidad? —preguntó Eyre—. Sidmouth no me lo ha dicho.

—No necesitáis saberlo —respondió Lucas.

Sentía a Eyre observándole con expresión calculadora y hostil. Pero a Lucas no le importaba lo que Eyre estuviera pensando, ni tampoco la opinión que tenía sobre él. Para Lucas, eso no tenía ninguna importancia. Lo que necesitaba era la ayuda de Eyre.

—No quiero que os entrometáis en el trabajo que estoy haciendo con los contrabandistas —le advirtió Eyre con repentina vehemencia—. Llevo mucho tiempo trabajando en esto. Esos arrestos son míos.

—No tengo ningún interés en el contrabando. Solo en un asesinato.

Eyre fijó en él sus ojos claros.

—Sidmouth cree que fue obra de los contrabandistas. Pero yo no estoy tan seguro.

—Eso es lo que he venido a averiguar —dijo Lucas.

Teniendo en cuenta lo que él mismo había descubierto

la noche anterior, era probable que Eyre tuviera razón. Sin embargo, todavía había muchas cosas que no sabía, y hasta que no tuviera las pruebas que demostraran la participación del duque en el asesinato de su hermano, no podía descartar nada.

–Quiero que me mantengáis al tanto de cualquier información útil que podáis encontrar –le pidió Eyre en tono cortante–. Me importa muy poco quién sois. Necesito saberlo todo: dónde tienen la destilería, dónde esconden los barriles… –giró una carta.

Lucas ya sabía dónde estaba la destilería, pero no tenía ninguna intención de decírselo a Eyre. No, todavía no. Necesitaba registrar aquel lugar. Lo último que quería era que Eyre y sus hombres entraran allí, destrozaran las pruebas y arrestaran a los contrabandistas. O, peor aún, que perpetraran una masacre y acabaran con todos ellos. De esa forma sí que no averiguaría nada que pudiera resultarle útil.

–Os pasaré toda la información que consiga –mintió.

Eyre asintió, aparentemente satisfecho.

–Al final acabaré con ellos –dijo con rencor–. Y con esa mujerzuela estirada que los protege, lady Christina MacMorlan.

Lucas alzó la cabeza. Sintió un desagradable hormigueo en la piel al oírle hablar de Christina en términos tan despectivos. Tuvo que hacer un enorme esfuerzo para no propinarle un puñetazo. Bajó de nuevo la mirada hacia las cartas y repartió otra mano, intentando dominar su furia.

–Lady Christina hace lo que puede para proteger a todo el pueblo –dijo en tono distante al cabo de un momento–. No debería sorprenderos que desapruebe vuestra forma de trabajo.

Eyre soltó entonces una risotada.

–No me digáis que también vos os habéis enamorado de ella, señor Ross. Todo el mundo parece pensar que es una especie de santa.

Lucas se encogió de hombros.

–No tengo mucho tiempo para aristócratas –respondió con sinceridad–, pero admiro el duro trabajo cuando lo veo.

–No creo que veáis mucho trabajo en el castillo –replicó Eyre con una mueca de desprecio–. Allí solo vive un puñado de canallas perezosos.

Bajó su vaso y miró a su alrededor para que el posadero le llevara otra pinta. Pero este le ignoró.

–¿Otro que se está buscando problemas? –se lamentó Eyre–. Acabaré con él. Acabaré con todo el pueblo por sus actividades furtivas, por vivir infringiendo constantemente la ley –miró el vaso vacío de Lucas–. ¿Lo que bebéis es whisky destilado con fuego de turba?

–No tengo ni idea. No lo he preguntado.

Eyre curvó los labios en una sonrisa carente de alegría.

–Sois un hombre muy escurridizo, ¿no es cierto, señor Ross? No sé si puedo confiar en vos.

Lucas se encogió de hombros.

–Vos mismo tendréis que decidirlo. Pero tengo que pediros un favor.

Eyre respondió con un gruñido que no era precisamente alentador.

–Soltad a ese niño, Callum MacFarlane –le pidió Lucas con voz queda.

Eyre se sobresaltó y tiró sin querer el vaso vacío.

–¿Qué sabéis vos sobre eso? –gruñó.

Varios hombres se volvieron a mirarlos.

–Intentad disimular –dijo Lucas, y alzó la voz–. Siento quedarme con vuestro dinero, señor Eyre –dijo con una sonrisa–, pero vos disponéis de más dinero que yo.

Tomó el montón de monedas y las arrastró a su lado de la mesa.

–He oído decir que si no le soltáis, los contrabandistas interrumpirán sus operaciones –le informó con voz queda–. En el caso de que eso suceda, vos no podréis capturarlos y yo no conseguiré la información que necesito.

—¿Dónde habéis oído eso? —aquella vez, Eyre mantuvo la voz discretamente baja.

—La gente habla —contestó Lucas con una evasiva.

—No a mí —replicó Eyre.

—Bueno, eso es bastante comprensible.

—He intentado encontrar confidentes, pero a nadie le interesa. Ni siquiera por dinero.

—Son gente leal, no les gusta el gobierno y no les gustan los ingleses.

Eyre se le quedó mirando fijamente.

—Vos también parecéis inglés, señor Ross.

—Yo no soy de ningún lugar —respondió Lucas. Se inclinó hacia delante—. ¿Lo haréis?

Eyre permaneció en silencio durante varios segundos. Después, asintió bruscamente.

—Veré lo que puedo hacer —miró a Lucas con los ojos entrecerrados—. ¿Estáis seguros de que esa es la verdadera razón por la que queréis que le suelte?

Lucas pensó en Callum MacFarlane, encerrado en una celda de Fort William, solo en la oscuridad, rodeado de ratas, con las paredes húmedas, un niño que estaba siendo utilizado para arrancarle a un hombre sus secretos. Callum tenía menos años que Lucas cuando había tenido que aprender a sobrevivir en las calles de Edimburgo. Aunque Callum había tenido una vida difícil, hasta entonces siempre había contado con la protección de su padre. Lucas no había podido proteger a su hermano. Por lo menos podía intentar hacer algo por el hijo de otro hombre.

Miró a Eyre directamente a los ojos.

—¿Qué otra razón podría tener? No soy un sentimental, señor Eyre.

Eyre se echó a reír.

—Muy bien. Lo haré. ¿Y qué conseguiré yo a cambio?

Lucas se interrumpió un momento y comenzó a dibujar círculos sobre la mesa con la base del vaso. No quería darle a Eyre ninguna ventaja que pudiera poner en peligro a

Christina. A pesar de sus dudas, todavía confiaba en ella y la intuición le impulsaba a mantenerla al margen de aquello. No podía decirle a Eyre dónde estaba la destilería, de modo que solo le quedaba una opción.

—Puedo mostraros la cueva en la que los contrabandistas han estado almacenando el whisky —le dijo.

Había estado registrándola el día anterior, pero no había encontrado nada. Hacía mucho tiempo que los contrabandistas no andaban por allí, de modo que no pensaba que Eyre pudiera encontrar nada que pudiera beneficiarle de ninguna manera. Aun así, se sentía como si estuviera traicionando a Christina y sintió una punzada de culpabilidad. Maldijo para sí.

—He recorrido toda la línea de costa buscando esa cueva —le confesó Eyre—. ¿Cómo la habéis encontrado?

—No tenéis por qué saberlo. Lo tomáis o lo dejáis.

—Lo tomo —Eyre se levantó, pero continuaba mirándole con recelo—. Mañana por la noche nos encontraremos en la iglesia. Por mi parte, yo mantendré mi compromiso y dejaré que el niño vuelva a casa con su madre.

—Me temo que no tiene casa —repuso Lucas—. Se la quemasteis, ¿no os acordáis? —colocó el as de diamantes sobre la mesa—. Creo que he vuelto a ganaros.

Eyre examinó las cartas, soltó un gruñido y sacó otro puñado de peniques.

—¿A qué os dedicabais antes de ser jardinero, señor Ross? —le preguntó—. ¿Os ganabais la vida haciendo trampas en el juego?

—Algo así —respondió Lucas.

Se guardó el dinero y alzó su vaso vacío a modo de saludo burlón.

—A vuestra salud, señor Eyre.

Se oyeron risas mientras Eyre salía de la posada. Lucas dejó el dinero en la mesa para pagar una ronda de bebidas y salió a la oscuridad de la noche. Frente a él estaban los restos chamuscados de la cabaña de Niall MacFarlane recortándose contra el cielo nocturno. El olor del humo y la madera húmeda todavía impregnaba el aire.

Lucas decidió escribir a lord Sidmouth tan pronto como pudiera estar completamente seguro de que los contrabandistas no habían tenido nada que ver con la muerte de Peter. Quería liberarse de cualquier posible relación con Eyre. Aquel hombre podía estar luchando por el cumplimiento de la ley, pero sus métodos también eran ilegales. Se imponía mediante el terror y la destrucción y Lucas no quería participar en su juego.

La lluvia continuaba cayendo y para cuando llegó al castillo, tenía la chaqueta empapada. Se metió en la cabaña y encendió la lámpara de la mesa. La habitación se iluminó al instante y los colores cálidos de la alfombra y los cojines parecieron burlarse de la chimenea vacía y del frío aire de la noche.

Alguien había dejado una pila de monedas encima de la mesa. La plata resplandecía a la luz de la lámpara. A su lado había un jarrón lleno de flores frescas y una nota. Lucas la desdobló, asumiendo que era de Bevan y que con ella acompañaba la propina del duque. Sin embargo, la nota era de Christina.

Por favor, aceptad el dinero, señor Ross. Os lo habéis ganado. Gracias.

Lucas suspiró y dejó caer la nota sobre la mesa. El dinero no representaba ningún problema. Siempre podía devolverlo. Pero las flores eran un asunto muy diferente. Sus vivos colores impregnaban de calidez la monotonía de una habitación que se había negado a hacer suya. Sabía que las había elegido la propia Christina y que había sido ella la que las había llevado hasta allí. Y lo había hecho porque estaba preocupada. Lucas había sido testigo de su inquietud cuando el duque le había ofrecido dinero. Había malinterpretado su reacción pensando que le habían herido el orgullo. Por eso había intentado suavizar el gesto con un regalo.

El enfado se apoderó repentinamente de él, una violenta furia por no ser lo que ella pensaba. Cada vez que sospechaba de ella, Christina ponía fin a sus sospechas mostrando su generosidad de espíritu. Pero él no quería su amabilidad. No quería que aquella mujer le importara. Pensara Christina lo que pensara, él no pertenecía a aquel lugar. Él no pertenecía a ningún lugar ni quería hacerlo. Siempre había sido un solitario. Esa era la mejor manera de evitar el dolor, de evitar las pérdidas. Había aprendido la lección a los doce años y jamás la olvidaría.

Se guardó el dinero en la cartera, sacó las flores bajo la lluvia y cerró la puerta tras ellas. A la mañana siguiente, cuando salió a trabajar, continuaban allí, empapadas de agua y descoloridas.

Capítulo 9

Allegra estaba en medio de un delicioso torbellino, medio dormida, medio despierta, acurrucada en los brazos de Richard. Estaban en la habitación que esta tenía en Kilmory, tumbados en una lujosa cama con dosel, disfrutando de la suavidad sedosa de las sábanas sobre la piel. Aquel había sido otro aburrido día de lluvia y clases de piano, no había ido nadie a tomar el té, salvo la hija del doctor y su anodina hija, pero la noche había compensado el tedio de la jornada. Allegra había convertido a su doncella en su confidente. Era la única manera de conseguir que Richard entrara en el castillo. A la joven la situación le había parecido deliciosamente romántica, pero, aun así, Allegra no confiaba en que fuera capaz de mantener el secreto, aunque la hubiera pagado para que no dijera nada. Antes o después correría la noticia y tendría que enfrentarse a la verdad, y a sus padres. Se preguntó si no estaría corriendo deliberadamente ese riesgo. A lo mejor le resultaba más fácil que la atraparan que confesar.

–Estamos haciendo muchos progresos en la investigación sobre el contrabando de whisky –le explicó Richard mientras le apartaba delicadamente el pelo de la cara–. Estamos a punto de encerrar al líder de la banda.

Allegra sofocó un suspiro. De lo último que le apetecía hablar era del trabajo de Richard, que consideraba aburrido en extremo. Pero, por otra parte, Richard parecía muy complacido consigo mismo, de modo que emitió un sonido con el que pretendía expresar lo inteligente que le consideraba, se acurrucó en su abrazo, giró el rostro hacia su cuello y posó los labios en aquella piel cálida y empapada en sudor. Richard tensó los brazos a su alrededor. Allegra pensó entonces que no había nada más maravilloso que aquella intimidad, aparte de hacer el amor, por supuesto. Adoraba sentir a Richard deslizándose dentro de ella. Y había llegado a la conclusión de que era bastante buena en el sexo. Era un auténtico placer haber encontrado algo que despertaba realmente su interés. Todos sus intentos anteriores, como la costura o el piano, habían terminado resultándole soporíferos.

–Hemos encontrado la cueva en la que los contrabandistas esconden su mercancía –le explicó Richard.

La acariciaba con aire ausente y Allegra era consciente de que sus pensamientos estaban muy lejos.

–La cueva estaba vacía, pero hemos encontrado a alguien allí. Era gente que procedía... del castillo.

Allegra se incorporó en sus brazos y parpadeó.

–¿De aquí?

Aquella posibilidad la inquietó, aunque no estaba segura de por qué. Sabía que los contrabandistas eran muy activos en aquella zona. Todo el mundo lo sabía. Pero nunca se le había ocurrido pensar que pudieran tener alguna relación con el castillo.

–¿Y a quiénes eran?

–No puedo decírtelo –respondió Richard. Lo dijo con tal engreimiento que a Allegra le entraron ganas de abofetearle–. Pero nos han proporcionado información muy útil y ahora van a espiar para nosotros.

La inquietud de Allegra aumentó. No debía ninguna lealtad a los contrabandistas, pero le disgustaba la idea de que alguien del castillo pudiera trabajar como informante. Le parecía deshonesto y peligroso.

–Supongo que el líder de la banda es el tío Lachlan –dijo, bostezando y deslizándose de nuevo bajo las sábanas–. Bebe tanto whisky que probablemente necesita hacerlo él mismo.

–Lachlan MacMorlan no bebe tanto como todo el mundo cree –dijo Richard secamente–. Aun así, estamos buscando a alguien con la cabeza más fría –se estiró–. Si conseguimos acabar con la plaga de los contrabandistas, el propio Ministro alabará mi trabajo. Tus padres me aceptarán y…

Se interrumpió. Allegra no había sido capaz de sofocar un suspiro.

–Sí, claro que sí –dijo Allegra, intentando suavizar su siguiente comentario–. Pero necesitarán algún tiempo para llegar a aceptarte como yerno…

–Todavía no se lo has dicho –la acusó Richard con voz rotunda–. Me prometiste que lo harías. Creía que esta noche…

–¿Creías que te traía a mi habitación en secreto, a través de los cuartos de los sirvientes, porque mis padres sabían que estábamos casados y estaban dispuestos a aceptar que nos viéramos? –Allegra suspiró–. ¡Oh, Richard! De todas formas –deslizó la mano por el pecho de Richard–, se lo diré. Y de esta forma todo es mucho más romántico, ¡mucho más emocionante!

Evidentemente, Richard no pensaba lo mismo que ella. Se levantó de la cama y comenzó a vestirse.

Allegra se irguió en la cama.

–¿Adónde vas?

–Tengo que marcharme.

–¿Pero por qué? –Allegra se recordó en el último momento que no debía permitir que su voz se convirtiera en un lamento–. Apenas son más de las doce. Tenemos toda la noche…

Dejó que la sábana se deslizara, mostrando sus senos desnudos. Richard se detuvo y la miró fijamente, pero casi inmediatamente agarró las botas y dio media vuelta. En la tenue luz del tardío anochecer que se filtraba por la ventana, Allegra distinguió su perfil y el gesto rebelde de su boca. Se le cayó el alma a los pies. Richard no estaba de humor para hacer una salida discreta. Parecía dispuesto a castigarla por haber mantenido su existencia en secreto.

Se volvió parcialmente hacia ella.

–No soy tu amante, Allegra –le recordó con voz dura–. Soy tu marido. Si esta semana no se lo cuentas a tus padres, yo mismo lo haré.

–Muy bien –contestó Alegra. Sabía cuándo mostrarse sumisa. Imposible no haberlo aprendido tras haber pasado toda una vida al lado de su madre–. Te lo prometo.

Se sentó a su lado y posó la mano en su hombro desnudo.

Richard la miró de reojo. Allegra adoraba cómo caía el pelo sobre su frente, tan revuelto como si fuera un poeta. Adoraba la curva de sus pómulos y la sensualidad de sus labios. Le besó y sintió que comenzaba a ceder su resistencia, de modo que probó a empujarle suavemente por el pecho y tuvo la gratificación de verle tumbarse con un suspiro. No tardó nada en desabrocharle los pantalones. Tenía ya mucha práctica. Richard soltó un suspiro de aquiescencia cuando Allegra se apoderó de su sexo y comenzó a acariciarlo. El suspiro dio paso a un gemido estrangulado en el momento en el que Allegra se inclinó para tomarle con la boca.

–Allegra... –intentó incorporarse, pero ella le empujó suavemente–. No debes...

–Shh –deslizó la lengua sobre él, saboreándolo.

Le resultaba extraño, pero, al mismo tiempo, delicioso. No se había equivocado al juzgarse. Definitivamente, era una mujer atrevida.

–¿Cómo sabías que...? –preguntó Richard con un hilo de voz.

–Lo he leído –estaba muy satisfecha de sí misma.

Se interrumpió para lamerle la punta y disfrutó al oírle gemir.

–En la biblioteca de mi abuelo se puede encontrar de todo.

La insatisfacción del duque con la gruta tuvo efectos beneficiosos para Lucas. Entre otros, le permitió entrar en el castillo. El señor Bevan le llamó a su estudio a la mañana siguiente de su encuentro con Eyre. El administrador de fincas era un hombre agradable, rubio, delgado y de modales austeros. A Lucas le gustaba.

–Esto es estrictamente confidencial, Ross, pero creo que el proyecto de Su Excelencia es una pérdida de tiempo, de dinero y de recursos –dijo Bevan mientras se apartaba el pelo de la frente con un gesto de cansancio. Las arrugas que rodeaban sus ojos y su boca se hicieron más profundas cuando frunció el ceño–. Lady Christina y yo estamos de acuerdo en que hay otras partes de la propiedad que merecen una atención urgente. Sin embargo –suspiró–, Su Excelencia ha dejado muy claro que la gruta debería ser una prioridad y no es posible hacerle desistir. De modo que... –se encogió de hombros con una mezcla de resignación y buen humor–, os estaría muy agradecido si os ocuparais vos de ese asunto. Podéis ir a la biblioteca y consultar estos libros recomendados por Su Excelencia –le tendió una lista escrita con la rebuscada letra del duque–. Buena suerte, Ross.

Era mucho más de lo que Lucas se habría atrevido a esperar. La biblioteca era un lugar excelente para buscar una pista que pudiera ayudarle a descubrir a los culpables de la muerte de Peter.

Fue Thomas Wallace el que le acompañó a la biblioteca, orgulloso con su librea de lacayo y con el rostro pecoso y rollizo perfectamente lavado.

–Yo también sé leer y escribir –le confió a Lucas mientras se dirigían hacia allí–. Fui a la escuela del pueblo, la escuela que fundó la madre de lady Christina.

Era la primera vez que Lucas oía mencionar a la duquesa de Forres. Recordaba vagamente que Jack había mencionado que había muerto años atrás y había sido Christina la que había criado a sus hermanos más pequeños. Se preguntó si Christina habría heredado de su madre aquella voluntad de cuidado y de qué manera podría haberla afectado el tener que renunciar a su propio futuro para cuidar de sus hermanos. Christina nunca hablaba de ello, por supuesto. Lucas sabía que no era un tema que le gustaría tratar con sus sirvientes, pero, aun así, tenía curiosidad por preguntárselo.

En cuanto entró en la biblioteca, descubrió que no estaba solo. Christina estaba en el otro extremo de la habitación, subida a una desvencijada escalera mientras intentaba dejar un libro en una de las estanterías más altas. Cuando se estiró, la escalera se tambaleó de una forma alarmante. Bajó precipitadamente los peldaños, tan precipitadamente que terminó cayendo en los brazos de Lucas, que había corrido a su lado para ayudarla.

Una vez más, Lucas se descubrió con los brazos llenos de la calidez de aquella mujer. Olía a limpio, a fresco, con una leve insinuación a hierba. Se presionaba con fuerza contra él y Lucas la sostenía entre sus brazos. La tenía tan cerca que podía ver lo oscuras y espesas que eran sus pestañas, en marcado contraste con el azul de sus ojos.

Christina soltó una exclamación, entreabriendo los labios bajo los de Lucas, y la necesidad de besarla pareció devorarlo. La respuesta de su cuerpo a la cercanía de Christina fue tan rápida y tan violenta que no pudo hacer nada para disimularla.

Christina la notó. Era imposible pasar por alto tamaña erección. Lucas fue testigo del impacto que causó en ella. La vio abrir los ojos como platos y mirarle después con expresión tan acusadora que casi se echó a reír.

—¡Señor Ross! ¡Qué vergüenza! ¡En la biblioteca!

Lucas la apartó delicadamente de él.

—Me temo que la anatomía masculina no es capaz de discriminar el espacio en el que se encuentra, mi señora, aunque si lo preferís, podemos ir a cualquier otro lugar.

Christina soltó un suspiro de exasperación mientras se alisaba el vestido, evitando deliberadamente su mirada. Lucas estaba fascinado con su reacción. Era más que evidente que estaba sorprendida por la obvia respuesta de su cuerpo hacia ella, pero no se había dejado llevar por la indignación. Recordó entonces la desinhibición con la que había respondido a sus besos. Su conducta sugería que no era virgen. O bien que había recibido una educación particularmente abierta, lo cual, teniendo en cuenta los intereses intelectuales tan poco convencionales del duque, no era imposible.

—Si fuera un caballero, me disculparía —dijo Lucas—. Sin embargo, ya quedó muy claro que no lo soy. Y estoy encantado de haber estado aquí para sujetarla, lady Christina.

Los ojos de Christina relampaguearon de irritación. Tensó los labios mientras le miraba con absoluto desprecio.

—Cada vez que pienso que es imposible que tengáis una conducta más impropia, me sorprendéis descendiendo un nuevo escalón, señor Ross —le reprochó con voz glacial.

—Es posible que os haya sorprendido, pero no creo que haya sido algo traumático —repuso Lucas—. Estáis... eh, acostumbrada a la anatomía masculina, ¿no es cierto, lady Christina?

El rubor coloreó su rostro. Podía ser una mujer experimentada, pero no era ninguna desvergonzada. Lucas se arrepintió entonces de haberla humillado. Hubo algo valiente y conmovedor en la forma en la que Christina alzó la barbilla y le fulminó con la mirada.

—Eso no es en absoluto asunto vuestro, señor Ross.

Lo cual, era cierto. Pero, aun así, Lucas no podía menos que preguntárselo. Las convenciones exigían que la hija soltera de un duque reservara su virginidad para entregársela a su marido la noche de bodas. A lo mejor Christina, creyendo que quizá nunca llegaría a casarse, había querido saber lo que se estaba perdiendo. Aquella posibilidad no disminuyó en nada su deseo por ella. Desde el principio, la había encontrado extraordinariamente atractiva. Sin verla siquiera. En aquel momento, todo en ella, desde la elegante curva de su cuello hasta la dulce inclinación de sus labios, le hacía desear besarla.

–¿Qué estáis haciendo en el interior del castillo, señor Ross? –le preguntó Christina–. Y, sobre todo, en la biblioteca.

–Sé leer –respondió Lucas con amabilidad–. Y soy un hombre educado, así que se me puede permitir entrar en el castillo sin peligro alguno.

–No lo dudo –dijo Christina–. Sin embargo, lo que pretendía preguntar es por qué vuestro trabajo os ha traído al interior del castillo.

–El señor Bevan me ha pedido que echara un vistazo a los libros sobre arquitectura gótica que han inspirado los planes del duque –le explicó Lucas–. Como sabéis, el trabajo que he hecho hasta ahora no ha estado a la altura de sus expectativas.

Christina exhaló un profundo suspiro.

–Ningún trabajo lo está nunca, señor Ross. Hasta ahora mi padre ha creado un lago ornamental, dos puentes, un cenador, y un paseo bordeado de tilos. La gruta gótica es su último capricho, pero ninguno de ellos parece complacerle cuando se trasladan de su imaginación al mortero y la piedra.

–Debe de ser muy decepcionante para él fracasar a la hora de convertir sus sueños en realidad.

–Mi padre nunca fracasa –dijo Christina secamente–, somos los demás los que no estamos a la altura de sus expectativas.

E, inmediatamente, como si acabara de darse cuenta de que estaba criticando a su padre delante de un sirviente, se sonrojó.

–Perdonadme, señor Ross –se disculpó–, tengo muchas cosas que hacer.

–Si pudierais enseñarme dónde puedo localizar los libros sobre arquitectura, os lo agradecería –le pidió Lucas.

Christina asintió. Le condujo a lo largo de la biblioteca hasta una fila de estanterías y allí giró hacia la izquierda. Junto a una de las ventanas, había un escritorio. El sol que se filtraba por la vidriera superior del cristal coloreaba el suelo. Las motas de polvo parecían bailar sobre la luz.

–¡Cuánto polvo! –Christina parecía distraída–. Pobre Annie. No hay nada más desesperante que intentar mantener limpio un castillo como este.

Señaló con la mano una pila de libros que había sobre el escritorio.

–Aquí los tiene, señor Ross. Espero que puedan darle alguna idea de lo que tiene mi padre en mente –bajó la mirada hacia el primer libro y retrocedió ligeramente.

–¡Oh, Dios mío! Entiendo que mi padre no pretenderá que las estatuas estén tan bien... dotadas.

–Ahora tengo una imagen mental de la gruta como un claro de un bosque en el que los sátiros se aprovechan de doncellas inocentes –comentó Lucas, disfrutando de su incomodidad.

Estaba seguro de que, durante un instante, Christina había fijado la mirada en sus genitales, como si estuviera comparándolos con los ridículamente desproporcionados miembros de las estatuas que aparecían en el libro.

–Espero que desaparezca esa imagen de vuestra mente –le dijo Christina con dureza–. No necesitamos que uséis vuestra imaginación, señor Ross. Aquí... –señaló hacia el libro con la mano ligeramente temblorosa–, encontraréis las urnas y las estatuas que serían más adecuadas para la cueva. Y esta es la arcada que le gusta a mi padre. Pero no hay ninguna necesidad de incluir diosas semidesnudas –añadió rápidamente.

Aparecía en el libro una mujer de aspecto lascivo sentada a horcajadas en un punto del arco con una postura de lo más sugerente. El vestido se le deslizaba hasta la cintura y sonreía con expresión soñadora

–¡Ah, sí! –respondió Lucas–. Es mucho más respetable ignorar a una diosa que se está proporcionando placer a sí misma –sonrió–. Qué colección más fascinante de libros posee vuestro padre, lady Christina.

–Son libros de literatura –dijo Christina. Se aclaró la garganta–. De arte y literatura.

–Sí, es una buena manera de describirlo –ironizó Lucas–. Comienzo a ser consciente de la vasta educación que habéis recibido, lady Christina.

Christina se mostraba nerviosa y confundida, como si la experiencia anterior, su proximidad y su evidente deseo por ella hubieran vencido su habitual frialdad. Le miró a los ojos un instante y desvió la mirada.

–Yo... os dejaré investigar en paz. Espero que la experiencia no resulte demasiado inquietante.

–Todo lo contrario –respondió Lucas–. Yo...

Se interrumpió. Christina se había agachado para recoger un cesto de flores del suelo. Era evidente que antes del incidente del libro había estado colocando unas peonías de un rosa resplandeciente en el jarrón que había encima del escritorio. El sol iluminó su pelo de color caoba salpicado de hebras doradas y cobrizas. Realzaba también los intensos colores de un cuadro que tenía a su izquierda en el que aparecía un Niño Jesús en brazos de su madre. No era más grande que un libro y permanecía en un pequeño nicho, medio oculto por los libros que le rodeaban. Lucas sintió un frío que le heló la sangre. Se acercó lentamente hasta el cuadro.

–Es extraordinario –dijo.

A él mismo el sorprendió la firmeza de su voz.

–Es bonito, ¿verdad?

Christina había vuelto a acercarse a él. Inclinó la cabeza mientras dibujaba con el dedo el rostro de la Virgen.

–Qué expresión de serenidad. Parece un cuadro muy antiguo... –se interrumpió–, pero no recuerdo que estuviera aquí antes. Parece ruso. Creo que mi padre tiene otros cuadros rusos en su colección. Debe de haberse decidido a exponerlo.

–¿De dónde procede? –preguntó Lucas.

Conocía la respuesta. Aquel cuadro había sido de Peter, y antes de pertenecerle a él, había pertenecido a su madre. Era un icono ruso, una pintura religiosa. La recordaba de su infancia. Apreciaba aquel cuadro por su delicada belleza. Su madre le había contado que era un cuadro antiguo y muy valioso. La luz del sol pareció brillar ante sus ojos, empañando los colores.

Christina sacudió la cabeza.

–No estoy segura –una sombra de duda tiñó su voz–. Como os he dicho, creo que mi padre tiene algunos iconos en su colección. Los compró cuando realizó su gran gira.

Frunció el ceño y le dirigió a Lucas una mirada preñada de dudas.

–¿Por qué lo preguntáis, señor Ross?

–Por ninguna razón en particular –respondió Lucas–. Me parece un cuadro muy hermoso, eso es todo.

Su mente corría a toda velocidad. Una vez más, volvía a aparecer el duque de Forres implicado en la muerte de Peter. ¿Pero un hombre tan frágil podría ser capaz de cometer un asesinato? Le parecía muy poco probable, cuando no imposible. A lo mejor, el duque solo era el ingenuo ignorante con el que había capitalizado el crimen el verdadero asesino al venderle los objetos robados a su víctima.

Lucas dio un paso hacia Christina.

–Creo que voy a traer los planos del estudio para poder compararlos con los diseños de los libros –le dijo.

Estaba deseando hablar con ella, averiguar algo más sobre la colección de su padre y sobre la visita de Peter a Kilmory, pero no quería a Christina merodeando por la biblioteca y, menos todavía, despertar sus sospechas. Abrió la gruesa puerta de roble de la biblioteca y retrocedió para dejarle pasar.

—¿Puedo acompañaros a alguna parte? —se ofreció.

—¡Oh! —Christina pareció sorprendida por su ofrecimiento—. Pensaba devolver la cesta a los invernaderos e ir a ver cómo va la gota del señor Hemmings. Sé que todavía tiene muchos dolores —alzó la mirada hacia el rostro de Lucas—. Pero no tenéis por qué acompañarme, señor Ross.

—Para mí no representará ninguna molestia —dijo Lucas—. Vamos los dos en la misma dirección.

A Christina no pareció complacerle la respuesta, pero salvo rechazar abiertamente su ofrecimiento, era poco lo que podía hacer. Lucas sabía que había estado evitándole y que no deseaba particularmente su compañía. Se sentía atraída por él y aquel era un sentimiento que consideraba impropio. Ante sus ojos, él solo era un jardinero, un hombre más joven que ella y de un estatus social tan bajo que ni siquiera debería reparar en su presencia. Era una atracción indecente en tantos sentidos que lo más sensato era intentar ignorarla. Lucas sabía que él debería hacer lo mismo. A esas alturas, estaba convencido de que lady Christina MacMorlan no estaba involucrada en el asesinato de Peter. Su respuesta ante el icono había sido idéntica a la que había mostrado al ver el broche de plata. No era consciente de sus verdaderos orígenes. Si no quería engañarla todavía más y pretendía respetar la promesa que le había hecho a Jack de no hacerle ningún daño, tendría que mantenerse fuera de su camino y continuar con su investigación sin involucrarla.

La miró. Aquella mañana tenía un aspecto muy pulcro, con un discreto vestido amarillo y el pelo recogido en un moño. Pero él sabía lo que era sentir el tacto sedoso de su melena entre los dedos cuando la besaba. Conocía la curva de los senos que ocultaban el recatado corpiño y las enaguas. Pero no debería dejarse llevar por tales pensamientos, pues no contribuían en nada a paliar su excitación.

Galloway estaba en el pasillo. Su rostro alargado pareció alargarse todavía más al ver allí a Lucas.

—¡Señor Ross! ¿Tenéis permiso para estar en el interior del castillo?

Lucas apretó los dientes, pero fue Christina la que contestó por él.

—Mi padre le ha pedido al señor Ross que continúe trabajando en el proyecto de la gruta —le explicó—. Tiene permiso para entrar siempre que le complazca y hacer uso de la biblioteca.

Aquello iba a serle más útil a Lucas para su investigación de lo que esperaba.

—Gracias, señora.

Salieron a los jardines y caminaron juntos por el irregular camino que conducía hasta el invernadero. Era un camino bordeado de altos cedros, pero, aun así, la luz del sol resplandecía tras haber abandonado el sombrío interior. Pero Lucas no era capaz de concentrarse en lo luminoso del día. En lo único que podía pensar era en aquel pequeño icono que había pertenecido a su hermano. A diferencia de él, Peter había sido educado en la religión durante toda su vida. Adoraba aquel cuadro y le había dicho a Lucas que le protegería en sus viajes. Pero, al parecer, le había fallado.

Cuadró los hombros. Estaba más convencido que nunca de que a su hermano le había pasado algo en el castillo Kilmory. Podría preguntarle al duque directamente cómo había llegado aquel cuadro a formar parte de su colección, pero corría el peligro de que el duque de Forres estuviera implicado en el crimen y sus preguntas podrían despertar recelos. Necesitaba andarse con cuidado.

Miró a Christina. No se había detenido a ponerse un sombrero, de modo que podía ver su rostro sin que mediara obstáculo alguno. Parecía preocupada, un poco distante, como si estuviera pensando en algo que la preocupaba.

–¿No fue aquí donde un muchacho ruso sufrió un accidente hace un par de meses? –preguntó Lucas, y añadió cuando Christina alzó la mirada hacia él–: Publicaron la noticia en la prensa de Edimburgo.

Christina pareció relajarse.

–Sí, era un hombre muy joven, apenas un niño, en realidad. Le atacaron cuando estaba dando un paseo por los acantilados, cerca de aquí. Fue terrible –suavizó la voz, reflejando lo mucho que lo lamentaba–. Sentí mucho que su tutor tuviera que darle a la familia una noticia tan terrible.

–¿Le conocisteis? –preguntó Lucas.

El corazón le latía con fuerza mientras esperaba la respuesta.

–Cenó en el castillo –contestó Christina.

Había vuelto la tensión a su voz, como si no tuviera ganas de hablar de ello.

–Cenaron los cuatro, en realidad. Eran cuatro jóvenes que estaban haciendo un viaje por Europa y querían conocer la costa escocesa. Les atraía por su fama de ser salvaje y romántica.

Una nube ocultó el sol en aquel momento y a Lucas le pareció ver estremecerse a Christina.

–¿Cómo era?

Una sonrisa iluminó la mirada de Christina.

–¡Era un joven encantador! Divertido, amable, y ansioso por adquirir toda la experiencia que pudiera en su viaje. Era muy joven... –su sonrisa se desvaneció–. Fue una tragedia terrible. Nos afectó mucho a todos –extendió las manos–. Yo intenté ayudar después de lo que había ocurrido, pero el tutor quiso que regresaran a Edimburgo lo antes posible. Era un hombre supersticioso. Creo que tenía miedo de que pudiera sucederles algo a los otros jóvenes que tenía a su cargo.

–Probablemente temía perder su trabajo –aventuró Lucas.

Apenas podía imaginar lo que habría hecho su padrastro para castigar a aquel hombre que no había sabido proteger a su único hijo y heredero.

Cristina le miró de soslayo.

–Sois un cínico, señor Ross.

–Todo lo contrario –respondió Lucas–. Soy realista.

Christina suspiró.

–Estuvieron investigando. Mandaron policía desde Londres, pero no consiguieron encontrar a los culpables. Creen que tuvo la desgracia de caer en manos de algunos rufianes que se dedican a asaltar caminantes para robarles. No es algo habitual en estos días, pero tampoco puede decirse que sea inaudito –su expresión reflejaba un sufrimiento sincero–. Lo único que lamento es que haya tenido la mala suerte de tropezarse con una banda de asaltantes cerca de Kilmory.

Para Lucas, la suerte no había jugado ningún papel en lo ocurrido. Pero se preguntaba si el robo sería motivo suficiente como para justificar un asesinato. Le parecía muy poco probable. Peter era un joven rico y llevaba consigo posesiones valiosas, pero no había ninguna necesidad de matarle para conseguirlas.

–Los periódicos daban cuenta de los detalles más escabrosos del caso. Fue toda una noticia.

–¿De verdad? –preguntó Christina con evidente desagrado–. Sí, supongo que los periódicos más escandalosos son capaces de publicar cualquier cosa si de esa forma pueden vender más ejemplares. Me parece muy desagradable que sean capaces de sacar provecho de semejante tragedia. Supongo que eso les hace sufrir todavía más a sus parientes –permaneció en silencio durante algunos segundos–. Nos habló de su familia, de su padre, de su hermano.

Frunció el ceño antes de continuar.

–Al parecer, se habían distanciado y estaba encantado

de haber podido encontrarse de nuevo con su hermano. Le idolatraba, como tan inclinados están los jóvenes a hacer. A menudo me pregunto... –vaciló un instante–, cómo se habrá sentido su hermano al recibir la noticia.

Lucas se había sentido enfadado, engañado, desesperado... y sintió el eco de aquella furia en ese momento. Por supuesto, Christina no podía saber cuál era su relación con Peter, pero le dolía que hablara de él. Era como una herida abierta. Y le dolía todavía más que hablara con tanta compasión cuando podían haber sido los chacales de su banda de contrabandistas los que hubieran apuñalado a su hermano y le hubieran robado el sello y la ropa y vendido sus pertenencias.

Se aclaró la garganta.

–Siempre estáis preocupada por los sentimientos de los demás. ¿Qué os hace sufrir por su hermano cuando ni siquiera le conocéis? –las palabras salieron de su boca con más dureza de la que pretendía, pero Christina no pareció sorprendida.

–Sé lo que es perder a una persona querida –contestó con voz queda. Se oscureció su mirada–. Mi madre murió siendo yo muy joven y mi vida cambió por completo.

Recorrió los jardines con la mirada.

–Nadie está preparado para ese tipo de pérdidas –reflexionó, casi para sí–, y, aun así, el futuro de una persona puede cambiar en un instante. Creo que es preferible no amar a nadie a exponerse a sufrir tamaño dolor.

–Tenéis un espíritu demasiado amable como para hacer algo así –dijo Lucas con brusquedad.

«No os convirtáis en mí», pensó. Para él ya era demasiado tarde. Se había negado a sí mismo el amor desde el día que su padrastro le había echado de casa. Pero Christina era diferente. Ella se preocupaba demasiado por los demás como para negar el amor que albergaba su corazón.

–Siento que perdierais a vuestra madre a tan temprana edad. Imagino que debió de ser muy duro para vos. Pero eso no significa que no podáis arriesgaros a querer a alguien otra vez.

Algo cambió en los ojos de Christina, fue como si de pronto se cerrara una puerta. Lucas tuvo la extraña sensación de que estaba intentando poner coto a los recuerdos.

–Supongo que también para vos debió de ser difícil –le estudió con la mirada–. Me dijisteis que erais huérfano.

–Mi madre murió cuando yo tenía doce años –admitió Lucas–. Sí, fue muy duro.

–¿Y vuestro padre?

–No le he conocido. Soy un hijo ilegítimo, un bastardo.

La oyó contener la respiración ante la dureza de su tono. En realidad, él no pretendía mostrar sus sentimientos de manera tan abierta. Era algo completamente inusual en él y le hizo sentirse incómodo, extraño. Pero Christina continuó mirándole con firmeza, sin compasión y, al mismo tiempo, con la misma comprensión que había mostrado la noche que le había contado que era huérfano.

–Para un niño es muy difícil crecer sin padres –le dijo–. Imagino que aprendisteis muy rápido a sobrevivir.

–Sí –respondió Lucas–. Mendigué, robé comida y aprendí a robar. Pasé frío y hambre. Había muchos niños como yo en las calles de Edimburgo –se encogió de hombros–. Cuando crecí, comencé a buscar trabajo. No quería ser un ladrón durante toda mi vida.

–¿Cómo llegasteis a trabajar como sirviente? –había un interés sincero en su voz–. Supongo que fue difícil persuadir a alguien de que os diera una oportunidad.

–Fue un proceso bastante complejo –contestó Lucas con sinceridad.

No quería mentirle. De hecho, la necesidad de contarle la verdad resultaba casi peligrosa. Y no entendía los motivos.

–Pero estábamos hablando de vos –añadió–. No creáis que no he notado que estabais cambiando de tema.

Christina se echó a reír.

—¡Oh, yo soy un tema muy aburrido!

—No os creo —dijo Lucas—. He oído decir que tras la muerte de vuestra madre, renunciasteis a vuestro propio futuro para ocuparos de vuestros hermanos pequeños.

Volvió a advertir que algo cambiaba en la mirada de Christina, fue como un destello de dolor, pero continuaba contestando con la voz serena.

—¿Quién os lo ha contado?

—Los sirvientes hablan —contestó Lucas.

Ni siquiera sabía por qué la estaba presionando, salvo que la razón fuera que realmente le interesaba. Quería saber más sobre lady Christina MacMorlan.

—Por supuesto que hablan —parecía cansada—. En cualquier caso, tampoco tenía un gran futuro al que renunciar.

—He oído decir que estuvisteis comprometida, que podríais haberos casado.

—Fue muy duro para mis hermanos —restó importancia a su propio dolor. Era como si, sencillamente, no importara. O como si le resultara demasiado doloroso recordarlo—. Mis hermanas eran muy pequeñas cuando mi madre murió. Y mi padre... no era capaz de asumir solo toda la responsabilidad. Me necesitaba.

—Trabajasteis muy duramente para mantener unida a vuestra familia —señaló Lucas—. Y continuáis haciéndolo. Ahora todo el pueblo es vuestra familia.

Había antepuesto los intereses de los demás a los suyos durante años, pensó Lucas. Había tomado el amor que podría haber volcado en su propia familia y lo había entregado libremente a cuantos la rodeaban. Era generoso, un gesto loable, pero le enfurecía que pensara tan poco en sus propias necesidades y deseos. Se preguntó por cuáles habrían sido aquellos deseos antes de que el egoísmo del duque de Forres la hubiera hecho dejarlos de lado.

—La familia es importante —se limitó a decir ella—. La gente es importante. Todos necesitamos sentir que pertenecemos a una familia, o algún lugar.

—No estoy de acuerdo –dijo Lucas.

Pensó en la propiedad que había heredado de su padre, Black Strath, otro lugar al que no pertenecía.

—Yo no tengo un verdadero hogar, y tampoco familia, y me considero una persona feliz.

—¿Estáis seguro?

De pronto, la mirada azul de Christina se tornó amable y extraordinariamente perspicaz. Lucas se sintió como si pudiera ver dentro de él. Como si pudiera ver las esperanzas que había albergado de poder construir una relación con su hermano, y también el dolor de la pérdida. Ver la violencia con la que había rechazado cualquier tipo de atadura que pudiera cegarle o herirle. Lucas había hecho una norma de la distancia, la había roto por Peter y había sufrido por ello. Jamás volvería a correr ese riesgo.

—Bueno... –Christina cambió de tema, como si hubiera sido de pronto consciente de que aquella no era la clase de conversación que debería estar manteniendo con el jardinero–. Supongo que no deberíamos hablar de asuntos tan personales –un ligero rubor cubrió su rostro–. No acierto a comprender por qué os hablo tanto, señor Ross. Es algo inexplicable.

Lucas sonrió.

—A lo mejor me veis como una suerte de confesor, como un sacerdote.

Christina soltó una risa burlona que rápidamente reprimió.

—Jamás podría veros como un sacerdote...

El camino de cedros se abría en una explanada de césped. Christina se detuvo con la mirada fija en los lejanos lindes de la propiedad, en el foso que separaba las zonas verdes del castillo de la ladera cubierta de helechos y brezo que había al otro lado.

—¿Fuisteis a ver a Eyre? –le preguntó Lucas.

Se preguntaba si Eyre habría cumplido su palabra.

Christina desvió de nuevo la mirada hacia su rostro.

—No, no hizo falta —frunció ligeramente el ceño—. Me ha llegado esta mañana la noticia de que al final ha liberado a Callum MacFarlane. A lo mejor todavía le queda algo de humanidad.

—Yo no confiaría en ello —respondió Lucas—. ¿No os habéis enterado de que quemó un establo en Kilcoy cuando estaba buscando el whisky? Desgraciadamente, no se molestó en comprobar antes si había alguien dentro.

La sintió estremecerse. Christina se volvió hacia él con el semblante pálido y expresión asustada.

—¿Qué ocurrió?

—Algunos niños estuvieron a punto de morir —le explicó Lucas precipitadamente—. Estaban jugando por los alrededores y al ver a los policías se escondieron asustados en el establo. Inhalaron el humo.

Lucas la oyó contener la respiración.

—¿Sobrevivirán?

—Nadie lo sabe —contestó Lucas.

Se hizo un silencio interrumpido solamente por el crujido de la grava bajo sus pies. Al cabo de unos segundos, Christina suspiró.

—He oído decir que estuvisteis con el señor Eyre en la posada hace varias noches.

—Tenéis muy buenos espías —respondió Lucas divertido. Pero haría bien en recordar que tenía que tener mucho cuidado—. Estuvimos jugando a las cartas. Y le gané.

—Supongo que no había nadie más dispuesto a jugar con él —dijo Christina.

Lucas se encogió de hombros.

—Estoy dispuesto a jugar a las cartas con cualquiera a cambio de dinero o bebida.

—Sí —respondió Christina, dirigiéndole una mirada completamente indescifrable—, eso me ha hecho acordarme de algo de lo que me gustaría hablar con vos, señor Ross.

—¿Ah, sí?

Christina no habló inmediatamente y Lucas no podía

verle la cara porque se había girado ligeramente. La manga
de su chaqueta le rozó el brazo. La oyó suspirar y cuadrar
los hombros antes de volverse de nuevo hacia él.

—Necesitamos hablar de su afición a la bebida, señor
Ross. No me ha pasado por alto que pasáis la mayor parte
de vuestro tiempo libre y os gastáis la mayor parte de
vuestra paga en la posada Kilmory —frunció ligeramente el
ceño y arrugó la nariz—. Espero que no tengáis problemas
con el alcohol.

—Un comentario realmente curioso, viniendo de una
mujer que intenta escapar de la culpabilidad y la tristeza
refugiándose en el whisky.

—¡Señor Ross! —la mirada de Christina relampagueaba—.
Sois...

—Presuntuoso e insolente. Lo sé. En general, considero
que no es una buena idea utilizar la bebida como vía de escape.

Christina se había apartado de él con los labios apretados y el enfado patente en cada elegante línea de su cuerpo.

—Eso fue algo excepcional —le dijo—. Y vos lo sabéis.
Mientras que en vuestro caso... he oído decir que vais a la
posada cada noche.

Lucas suspiró. No podía contarle que frecuentaba la posada con intención de encontrar alguna pista sobre la
muerte de su hermano. Pero le conmovía que Christina hubiera tenido la valentía de enfrentarse a un asunto tan delicado. Ella pensaba que tenía un problema y quería ayudarle.

—Lady Christina —suavizó el tono de voz—, no sé lo que
habéis oído, pero os aseguro que no soy una persona que dependa del alcohol.

Pero un ceño continuaba ensombreciendo el delicado
rostro de Christina.

—Es posible que lo creáis así, señor Ross, pero os aseguro que es muy fácil convertirse en una persona depen-

diente del alcohol sin darse cuenta siquiera. Mi hermano...
—se interrumpió bruscamente.

Lucas posó la mano en su brazo.

—Siento lo de lord Lachlan.

Todo el castillo, todo el pueblo y, probablemente toda Escocia, sabía que Lachlan MacMorlan estaba echando su vida a perder.

Christina sacudió la cabeza y Lucas supo que estaba rechazando su consuelo. No le correspondía a él ofrecérselo. Ningún sirviente debería atreverse a llegar tan lejos.

—Lo único que me preocupa es que bebáis en exceso y eso pueda impediros trabajar de una forma efectiva —dijo Christina bruscamente. Lucas la vio aferrarse a la cesta—. Mi preocupación es puramente pragmática y está relacionada con el interés de la propiedad.

—Y yo os aseguro que no corro ningún peligro de clavarme una horca en el pie —respondió Lucas.

No se molestó en señalar que era consciente de que estaba mintiendo. Los dos sabían que su preocupación por él era estrictamente personal. De hecho, la propia Christina se traicionó al ofrecerle en tono vacilante.

—Si os habéis gastado todas vuestras pagas y tenéis apuros económicos, puedo avanzaros la paga de la próxima semana.

En aquella ocasión, Lucas la agarró del brazo y la hizo detenerse.

—Vuestra preocupación por mí es conmovedora, pero del todo innecesaria.

Christina le miró confundida.

—Lo único que me preocupa es la estabilidad del castillo —le corrigió—. Si os he hablado de esta forma ha sido únicamente porque el deber me obliga a hacerlo.

—No solamente —replicó Lucas con afabilidad—. Os preocupáis por los demás, y no solo como trabajadores —vio que Christina tomaba aire como si estuviera a punto de contradecirle y continuó—. Os preocupáis de que nadie en el pueblo pase hambre, de que los arrendatarios de vuestro padre sean tratados justamente, y cuidáis de vuestros parientes y de todos aquellos que dependen de vos. «Deber» es una palabra muy fría. Y vos no sois una persona fría.

El rubor de Christina se intensificó, pero no le corrigió, aunque Lucas encontraba en ella cierta resistencia, como si necesitara alejarse de él y erigir de nuevo las frágiles barreras que la protegían. Pero Lucas no estaba dispuesto a permitir que pusiera fin a aquella intimidad. De pronto, sentía la necesidad de hacerla ver, de hacerla comprender que en algunas ocasiones debería pensar primero en ella. Le sacudió ligeramente el brazo para que alzara la mirada de nuevo hacia él.

–¿Y de vos? –le dijo con voz brusca–. ¿Quién se ocupa de vos, lady Christina?

Christina le miró desconcertada. Al percibir su vulnerabilidad, a Lucas le asaltó el deseo de besarla. La exasperación y la frustración batallaban en el interior de Lucas. Tenía delante a una mujer que pasaba tanto tiempo preocupándose de los demás que ni siquiera comprendía su pregunta. Jamás pensaba en sus propias necesidades, necesidades de las que no se ocupaba nadie más. Por algún motivo, aquello le enfurecía.

Y también le inquietaba. No le gustaba el sentimiento de protección que se apoderaba de él cada vez que veía a Christina. Era un sentimiento cálido, de cariño, de cercanía, un sentimiento que no tenía cabida en su vida. Había sentimientos que debilitaban a un hombre y le hacían perder el juicio. Él no quería sentir. No quería preocuparse por nadie.

Christina continuaba mirándole con la barbilla ligeramente alzada, dejando que el sol iluminara su rostro y aquella boca carnosa y sensual. Lucas sintió que volvía a excitarse. La sangre corría a toda velocidad por sus venas.

Irritado, retrocedió e hizo una reverencia.

–Perdonadme, lady Christina –se despidió con cierta

brusquedad–. Os dejaré aquí para ir al estudio. Buenos días.

Christina le miró perpleja durante varios segundos, como si no fuera en absoluto consciente de la atracción que sentía por ella, y asintió.

–Buenos días, señor Ross –se despidió con la corrección y la frialdad habituales en ella.

Lucas observó alejarse su pulcra y precisa figura, enfundada en un vestido amarillo de verano y una chaquetilla. Llevaba la cesta de mimbre en el brazo y parecía tan poco pretenciosa como cualquier campesina. Lucas sonrió con ironía al verla pasar por la lavandería y detenerse a hablar con la doncella que estaba tendiendo la ropa antes de llamar a la puerta de la cabaña de Hemmings y desaparecer en su interior. Lady Christina MacMorlan dedicaba su vida entera a trabajar por los demás.

¡Maldita fuera! No lograba entender por qué demonios le importaba de pronto tanto la felicidad de aquella mujer, pero el caso era que le importaba.

Capítulo 10

Christina dejó el fajo de papeles que sostenía entre las manos, se quitó las gafas que apoyaba en la punta de la nariz y se frotó los ojos. Los tenía secos e irritados. Estaba cansada después de haber pasado horas y horas estudiando los gastos de la casa. Había olvidado que aquella noche iban a cenar con el ministro de la iglesia y su familia y aunque el trayecto hasta la casa del pastor no era largo, debería subir a su habitación y comenzar a arreglarse.

Abrió un cajón para guardar los libros de contabilidad y encontró al hacerlo las referencias sobre Lucas Ross que había enviado la duquesa de Strathspey. Unas referencias que la habían hecho sentirse a Christina ligeramente incómoda.

El señor Ross procede de una buena familia y le conozco desde hace años, había escrito la duquesa. *Podéis confiar plenamente en él, es un hombre honesto y capaz de colaborar en cualquier tarea que se le encomiende.*

Eran unas referencias completamente satisfactorias y Christina no comprendía el desasosiego que le producían, pero no podía negarlo. No había nada que insinuara una relación inadecuada entre la duquesa y Lucas, nada que sugiriera algo que fuera más allá de una respetable y larga relación, y Christina se sentía culpable por el mero hecho de imaginar que pudiera ser de otra manera. Se preguntó si Lucas habría sido un protegido de la duquesa. A lo mejor había sido ella la que le había encontrado en las calles de Edimburgo y le había dado la oportunidad de disfrutar de una vida mejor. Era posible que incluso le hubiera pagado para que fuera al colegio. Tanto la forma de hablar de Lucas como otros aspectos de su conducta sugerían que era un hombre más educado de lo que por condición se le suponía. Pero si fuera ese el caso, Lucas habría podido a acceder a mejores trabajos que los de lacayo o jardinero. Habría podido ser dependiente, por ejemplo, y tener sus propios sirvientes.

Era todo muy confuso, pero no podía escribir a la duquesa pidiéndole más detalles sin delatar un interés por el jardinero en absoluto propio de una dama. Ya había delatado en exceso cuál era su interés por Lucas, un hombre que apenas daba información alguna sobre sí mismo. Imaginaba que su carácter solitario se había forjado muchos años atrás, cuando había tenido que sobrevivir en las calles siendo niño, pero le dolía que años después, convertido ya en un hombre, rechazara con tanta vehemencia cualquier sentimiento de pertenencia. Para Christina, la familia, el clan, lo eran todo.

Volvió a guardar la carta en el cajón y lo cerró de golpe. Se levantó y frunció el ceño al ver que tenía los dedos manchados de tinta y que incluso se había manchado el vestido. Tendría que pedirle a Alice Parmenter algún remedio para quitar la mancha. La anterior ama de llaves era una auténtica mina de información útil, pero no podía decir lo mismo de Alice. Y últimamente estaba de muy mal humor. Si el duque no hubiera insistido en que le dieran trabajo en Kilmory, Christina la habría despedido sin vacilar.

A las cinco en punto, el carruaje se detuvo en la puerta principal del castillo. Christina reunió a toda la familia: a su padre, que continuaba escribiendo con aire ausente sobre una hoja mientras ella le instaba a ponerse la chaqueta. A Lachlan, que no se había molestado en afeitarse y tenía el aspecto de un forajido. A Gertrude, orgullosa con su vestido de seda verde olivo con un turbante a juego, y a Allegra, a la que le brillaban los ojos ante la perspectiva de pasar una velada en diferente compañía.

–Espero poder ver la colección de MacPherson de las primeras ediciones del poeta Drayton –comentó el duque mientras se guardaba desordenadamente los papeles en los bolsillos con las manos manchadas de tinta.

El ministro no solo era su amigo, sino también un colega de estudios. Habían ido juntos a Oxford.

–Espero que la haya traído de Edimburgo –añadió.

–Esta noche tendrás que conformarte con seguir la conversación, papá –le advirtió Christina–. Los MacPherson tienen visita de Edimburgo y el ministro estará demasiado ocupado como para perder el tiempo con la poesía.

–MacPherson siempre saca temas de conversación interesantes en sus cenas –un placer infantil iluminaba el rostro del duque–. Creo que la última vez estuvimos hablando del principio de benevolencia de Tillotson.

–Esa es precisamente la clase de personas con las que deberíamos relacionarnos –se mostró de acuerdo Gertrude mientras permitía que Galloway la ayudara a ponerse la capa–. Son relaciones mucho más convenientes que las de tus indigentes y tus casos de beneficencia. Esa gente no va a traernos nada bueno. Aunque los señores MacPherson no tengan ningún título, tienen buenas relaciones y merece la pena cultivar su relación. Cuando Angus y yo estemos a cargo de Forres, no tendremos trato con el campesinado.

Allegra elevó los ojos al cielo. Christina intentó no sonreír al verlo. Gertrude continuaba hablando mientras ella se adelantaba con Allegra.

–Sencillamente, no me parece bien que llevemos un solo carruaje –estaba diciendo–. Angus y Lachlan se han visto obligados a ir a caballo porque no había espacio suficiente para todos. ¡El duque de Forres presentándose con un solo carruaje! Creo que podría morirme de la vergüenza.

–Intenta soportarlo, Gertrude –le pidió Christina cortante–. Por supuesto, cuando seas duquesa de Forres, podrás llevar todos los carruajes que quieras, pero de momento, al menos por lo que a nuestras finanzas se refiere, no merece la pena llevar más de uno.

Gertrude resopló indignada.

–¡Como si tuvieras que mirar cada penique! Toda el mundo sabe que el duque es el hombre más rico de Escocia y que tú misma dispondrás de una pequeña fortuna dentro de un par de años –la malicie teñía su voz–. Supongo que será una pequeña recompensa por haber terminado siendo una vieja solterona.

Christina sintió que el estómago se le caía a los pies, tal era su repugnancia. Estaba acostumbrada a las maliciosas pullas de Gertrude, pero, aun así, no le resultaba fácil soportarlas. Sabía que su cuñada la provocaba de forma deliberada. Y en aquel momento lo estaba haciendo porque no había conseguido hacerla estallar con su comentario anterior.

–¿Cómo se llamaba ese hombre con el que estuviste comprometida? ¿MacMahon? ¿McGregor?

–McGill –contestó Christina en un tono completamente inexpresivo.

–¡McGill! –exclamó Gertrude con regocijo–. ¡Se fue a Londres y se casó con la hija de un tendero! Tuviste una oportunidad de conseguir marido y fracasaste porque lord McGill prefirió a la hija de un tendero.

Christina apretó los dientes. A veces, al mirar atrás, tenía la sensación de que su vida había sido un castillo de naipes que se había desmoronado con la más ligera brisa. Ella la creía edificada sobre sólida roca, pero sus cimientos eran de arenas movedizas.

Fue entonces consciente del hombre que esperaba junto al carruaje, a los pies de los escalones de la entrada. Era Lucas. La librea de los Forres, blanca y roja, realzaba su altura y la anchura de sus hombros. Al darse cuenta de que se había quedado mirándole fijamente y con la boca abierta, la cerró bruscamente, justo en el momento en el que Gertrude soltaba un grito de alegría.

–¡Ah! Estás aquí, Ross. Veo que Galloway te ha encontrado un uniforme. Maravilloso. Sería completamente inaceptable que esta noche nos acompañara el otro lacayo. Es muy poco atractivo –recorrió a Lucas de pies a cabeza con la mirada–. Es una pena que no tengas un hermano gemelo. Quedaríais muy bien juntos en la parte de atrás del carruaje.

–¡Gertrude!

Christina estaba indignada tanto por el arrogante desprecio con el que su cuñada había tratado a Thomas Wallace como por su forma de hablar sobre Lucas, como si no fuera más que un mero adorno.

–¡No puedes decirle a Thomas que no nos acompañe! Esto forma parte de su trabajo. Imagina cómo ha tenido que sentirse. Supongo... –permitió que el disgusto tiñera sus palabras–, que no le habrás dicho que es demasiado feo como para venir en nuestro carruaje.

Gertrude la miró como si no entendiera lo que le estaba diciendo.

–¡Claro que no le he dado ninguna explicación! Qué idea tan absurda. Me he limitado a decirle que esta noche no necesitábamos sus servicios.

Christina estaba tan furiosa que subió precipitadamente al carruaje, ignorando la mano que Lucas le tendía e ignorando igualmente el hecho de que Gertrude, siempre tan dispuesta a hacer valer su rango, quería ocupar el mejor asiento. El viaje hasta la casa parroquial lo hicieron en un incómodo silencio.

Las provocadoras palabras de Gertrude continuaban resonando en los oídos: «una vieja solterona». Sí, era cierto, eso era exactamente lo que era y, quizá, por eso mismo le dolía tanto. Y lo peor de todo era que Lucas lo había oído. Era humillante. Por supuesto, Lucas estaba al tanto de su situación. Pero no quería que la compadeciera. No necesitaba su compasión. Ella había elegido su propia vida.

Al haber sido la primera en entrar en el carruaje, Christina fue la última en salir cuando por fin llegaron. En aquella ocasión, Gertrude se aseguró de precederla con un gran revuelo de faldas y la espalda bien erguida.

Lucas volvió a mostrarse dispuesto a ayudarla, pero Christina no tenía ganas de darle la mano, aunque en aquella ocasión la necesitaba, teniendo en cuenta la distancia que la separaba del suelo. De modo que apretó los dientes, se dijo que no fuera estúpida y posó la mano en la de Lucas. Este cerró los dedos, largos y fuertes, alrededor de lo suyos. Fue un contacto breve y ligero y debería haber sido completamente impersonal, pero no lo fue. Christina sintió reverberar aquel contacto en todo su cuerpo y se quedó paralizada en el carruaje.

Lucas avanzó al instante y Christina supo que estaba a punto de bajarla en brazos.

—No hace falta que me llevéis en brazos, señor Ross —le advirtió rápidamente—. No soy una niña.

—Os suplico que me perdonéis —le pidió Lucas en voz baja y divertida. Tenía los labios tan cerca de su oreja que Christina podía sentir el calor de su aliento—. Temía que, después de la experiencia de la biblioteca, os hubiera entrado el miedo a las alturas.

—Como es habitual en vos —repuso Christina—, os estáis excediendo en vuestras obligaciones.

Lucas le dirigió una sonrisa.

—Gracias, señora.

—No pretendía que fuera ningún cumplido.

La sonrisa de Lucas desapareció.

—Lo siento, señora.

—También creo que os debemos una disculpa, señor

Ross –dijo Christina muy tensa–. Ha sido del todo inapropiado por parte de lady Semple el pediros que hagáis esta noche el trabajo de Thomas, y más todavía el comentario que ha hecho sobre vuestro aspecto.

–Sí, señora, gracias.

Christina no estaba segura de si se estaba mostrando de acuerdo con ella o si, simplemente, estaba reconociendo lo ocurrido. Se suponía que los sirvientes no debían tener opinión. Pero, por supuesto, Lucas Ross jamás se comportaba como debería hacerlo un sirviente.

–Es igualmente inapropiado que hablemos de los tediosos asuntos de nuestra familia delante de vos. También quiero disculparme por ello.

–Yo no los calificaría como tediosos –repuso Lucas–. Y, disculpadme, señora, pero creo que las conclusiones a las que ha llegado lady Semple son del todo erróneas –endureció la voz. Christina habría jurado que adquirió incluso un tono amenazante–. No sé quién era ese tal McGill, pero creo que fue un auténtico estúpido.

Christina le miró estupefacta.

–Gracias, pero...

–Muchos hombres se sentirían muy felices al poder casarse con vos –continuó Lucas–. Y serían verdaderamente afortunados.

–Por mi condición de heredera –dedujo Christina, presa de una repentina amargura.

–No, señora –respondió Lucas. Bajó la voz para que no pudieran oírle–, porque sois una mujer buena y generosa, y besáis como un ángel.

–¡Señor Ross! –el semblante de Christina se encendió. El corazón le latía con tanta fuerza que estaba segura de que Lucas podía oírlo–. Creo que nunca ha habido un sirviente que se comporte de forma tan inadecuada como vos. Os tomáis toda clase de libertades.

–Vos me lo pedisteis, señora –le recordó Lucas con una sonrisa completamente irrespetuosa.

—Lo que no termino de comprender —dijo Christina, ignorando el calor que le provocaba su mirada—, es por qué habéis elegido un trabajo tan poco adecuado para vos. Deberíais emplearos en algo que os permitiera ejercer vuestra capacidad de iniciativa y expresar vuestras opiniones libremente —sacudió la cabeza—. ¿No os dije desde el primer momento que no era propio de un sirviente flirtear con un miembro de la familia para la que trabaja?

—Es posible, pero yo no estaba flirteando, estaba diciendo la verdad.

—Ya basta —le ordenó Christina—. ¿Estáis intentando incitarme a echaros, señor Ross? Pensad en lo que os he dicho. Si deseáis estudiar o proponeros para un trabajo que os resulte más desafiante, estaría encantada de financiar vuestro esfuerzo.

Incluso en medio de la creciente oscuridad, Christina vio el brillo de asombro que apareció en los ojos de Lucas. A lo mejor no la creía sincera. A lo mejor estaba acostumbrado a que le hicieran falsas promesas. Seguramente, su infancia en las calles de Edimburgo le había convertido en un hombre muy desconfiado.

—Es un gesto extremadamente generoso por su parte, señora —contestó al cabo de un momento—, pero no necesito la caridad de nadie.

Christina se tensó. No pudo evitarlo. Se sintió ofendida por su respuesta. Debería habérselo imaginado. Lucas no necesitaba a nadie. Christina había perdido ya la cuenta de la cantidad de veces que había rechazado sus intentos de ayudarle. Era un hombre frío e independiente. Pensó en las flores que le había dejado en su casa y que había encontrado al día siguiente marchitándose sobre el abono y la invadió la desolación.

—Mi señora... —comenzó a decir Lucas.

Christina se dio cuenta entonces de que sus sentimientos debían de ser evidentes y habían despertado la compasión de Lucas. Sacudió la cabeza y se dirigió hacia la puerta. Vio a los MacPherson iluminados por la luz de la entrada, esperándola para saludarla, y vio también el rostro huraño de Gertrude intentando ver en medio de la oscuridad.

—¡Christina! —el tono de su cuñada era cortante como el cristal—. ¿Qué estabas haciendo ahí? ¡Has tardado horas!

—Nada —contestó Christina con un suspiro—. No estaba haciendo nada.

Lucas ayudó al mozo y al cochero a llevar los caballos al establo, algo que le fue debidamente agradecido, aunque le lanzaron algunas bromas sobre la posibilidad de que se le terminara manchando aquel elegante uniforme. Hacer de lacayo era una complicación que no había visto venir. Annie, la segunda doncella, le había pedido que asesorara a Thomas Wallace porque el pobre Thomas era un caso imposible y Galloway se mostraba cada vez más impaciente con él. Lucas estaba con Thomas en la terraza, dándole algunos consejos prácticos, cuando había aparecido lady Semple y había decretado que fuera Lucas en lugar de Thomas aquella noche.

—Hemos accedido a visitar una casa relativamente modesta —les había dicho. Había deslizado su fría mirada sobre Thomas, registrando su rostro pecoso y sonrojado, su pelo despeinado y la camisa por fuera del pantalón—. Tenemos que demostrarles cómo se hacen las cosas bien. Y tú no las haces bien, Wallace. No las haces bien.

Thomas se había escapado con inmenso alivio y lady Semple había enviado a Lucas a buscar una librea de su talla, para gran disgusto de Galloway.

—No te hagas ilusiones, muchacho —le había advertido mientras sacaba a la luz un viejo uniforme ligeramente apolillado—. Ganarse el favor de lady Semple está muy bien, pero tu lugar está en el jardín, no en los salones.

—Por supuesto, señor Galloway —había contestado Lucas.

Le habían entrado ganas de recordarle al mayordomo que durante su entrevista, había sido precisamente él el que había dejado claro que podían requerir su colaboración en cualquiera de las labores del castillo. Pero había pensado que no serviría de nada. La situación tenía un punto de ironía, puesto que no soportaba a lady Semple y no tenía ninguna gana de ganarse su favor, como Galloway había dicho.

Gertrude, como ya había analizado Lucas con anterioridad, tenía una marcada tendencia a maltratar a todos y a todo. Su marido era exactamente la clase de aristócrata que Lucas aborrecía: arrogante, pendiente únicamente de sí mismo y convencido de que tenía derecho a cualquier cosa. Eran gentes que no hacían nada útil, salvo esperar ser generosamente recompensados por el mero hecho de existir. Y lo que le parecía más atroz era la manera en la que ambos trataban a Christina. El desprecio de Gertrude por su cuñada le enfurecía y la conducta prepotente de su marido le hacía desear responder con un buen puñetazo. Sabía que ni lo uno ni lo otro debería importarle, pero le importaba. Le importaba mucho y no podía hacer nada para evitarlo.

Los caballos debieron de advertir su tensión porque le miraron en medio de la oscuridad con aquellos ojos tan inteligentes y las orejas erguidas, anticipando problemas. Lucas sofocó su enfado y su frustración para no asustarlos. Disfrutaba trabajando con los caballos. Había aprendido a montar en los establos de su padrastro siendo niño y cuando le habían echado de casa y se había trasladado a Escocia, había encontrado trabajo conduciendo las carretas de caballos que repartían la comida por las calles de Edimburgo.

Recordaba a Christina preguntándole que si había trabajado alguna vez con caballos. Él había eludido la pregunta, como hacía generalmente cuando alguien le preguntaba algo demasiado personal, algo demasiado íntimo.

Había hecho lo mismo aquella noche, cuando se había ofrecido a apoyarle si se decidía a buscar un trabajo mejor o a estudiar para mejorar su situación.

La abierta generosidad de aquella mujer le destrozaba. No sabía cómo enfrentarse a ello. Por eso había rechazado su ofrecimiento, y en aquel momento se sentía mal porque no sabía cómo la había afectado. Christina era demasiado buena, pensó mientras cerraba la puerta del establo tras él. Había intentado ayudarle en varias ocasiones, acercarse a él, y solo había conseguido su rechazo. Christina era una mujer que apreciaba a los demás, y, al hacerlo, se exponía al dolor.

Lucas maldijo para sí. Él no quería hacerle ningún daño a Christina.

Apareció en ese momento una de las criadas tras él.

–Tienes que cenar en el salón de los criados –le dijo, señalando hacia las escaleras que conducían al sótano–. Procura no causar problemas. Al cocinero se le han quemado los faisanes y el señor Dixon, el mayordomo, esta furioso. Esta noche está de muy mal humor.

Lucas asintió, disimulando una sonrisa.

–Gracias –le dijo.

La muchacha asintió y se retiró y Lucas cruzó el patio y bajó al sótano, al salón en el que se reunían los sirvientes. Estaba fuertemente iluminado, impregnado del olor delicioso de la carne asada y rebosante del ajetreo propio de una cocina.

Pasó a su lado un agobiado mayordomo, que se detuvo al ver la librea de Lucas.

–¿Cómo te llamas? –le preguntó.

–Lucas, señor.

El mayordomo asintió.

–Bueno, Lucas, tengo la casa llena de invitados y no cuento con la ayuda del lacayo porque el muy estúpido tuvo la mala fortuna de torcerse ayer la muñeca. Así que tendrás que ayudarme a servir la cena.

—Sí, señor —contestó Lucas.

Esperaba poder recordar las normas de etiqueta. Hacía mucho tiempo que había perdido la práctica.

Fue la peor cena que Christina había tenido que soportar en mucho tiempo. La comida era deliciosa, el vino muy bueno y la conversación chispeante. Pero ella permanecía como una estatua de sal en su asiento. La culpa era de Lucas, por supuesto. Cuando le había visto entrar en el comedor y se había dado cuenta de que iba a ayudar a servir la cena, se había puesto tan nerviosa como una debutante en su primera cena formal, aterrada ante la posibilidad de que le goteara la copa o de equivocarse de tenedor. Había perdido el apetito. Por un momento, había sentido la boca como si la tuviera llena de serrín y ni siquiera podía tragar.

Se había descubierto con la mirada fija en las manos de Lucas mientras le servía la comida. La visión de un criado sosteniendo una bandeja de verduras jamás la había hecho sonrojarse, pero aquel día estaba tan nerviosa que, prácticamente, bailaba en la silla. Advirtió que la señora MacPherson la miraba con curiosidad, haciéndola todavía más consciente de su azoro.

Sabía que no podía culpar a Lucas de su turbación. Él no tenía la culpa de que no fuera capaz de comportarse de forma natural en su presencia y admiraba la frialdad con la que estaba realizando un trabajo para el que, claramente, había sido requerido en el ultimo momento con intención de que pudiera echar una mano al agobiado mayordomo de los MacPherson. Su servicio fue intachable, él se mostró en todo momento educado y amable. Pero aunque no miró a Christina ni una sola vez, ella se sentía como si estuviera en un escaparate. Era una situación realmente incómoda.

Cuando terminó la cena, las damas se retiraron para dejar a los caballeros disfrutando del licor y Christina se vio arrastrada a una conversación con la señora MacPherson y su prima, lady Bellingham, mientras se sentaban juntas en un sofá de brocado rosa. Christina había conocido a lord Bellingham y a su esposa en una visita anterior a Kilmory y los dos le caían muy bien. Tenía la impresión de que la señora MacPherson la había buscado deliberadamente y se había asegurado de que Gertrude no se uniese a ellas. Su cuñada permanecía sentada en una butaca situada en el otro extremo de la habitación fulminándolas con la mirada.

–He oído decir que habéis fijado vuestra residencia en Kilmory durante un tiempo considerable, lady Christina –dijo lady Bellingham, mirando a Christina con expresión especulativa–. ¿Qué os ha parecido vuestra estancia? Espero que no lo encontréis demasiado aburrido.

–¡En absoluto! Tengo muchas cosas que me mantienen ocupada –contestó Christina con ligereza.

Era su respuesta habitual cuando alguien le preguntaba cómo se sentía.

–Mi padre prefiere quedarse en Kilmory por sus estudios.

–Pero, ¿y vos? –insistió lady Bellingham con delicadeza–. ¿Hay suficiente vida social? Dirigir una casa está muy bien… –sonrió cuando Christina hizo un pequeño gesto de protesta–. Mi querida lady Christina, todo el mundo sabe que sois vos la que cuidáis de la gente de Kilmory. Salvo por el nombre, sois la auténtica señora de esas tierras. Es lo primero que me dijeron cuando vine aquí.

Christina, consciente del ceño de Gertrude, cada vez más profundo, se ruborizó.

–Lo único que hago es dirigir la casa, señora…

–Y solo hasta que Angus reciba su herencia –señaló Gertrude, con una falsa dulzura que a Christina le resultó empalagosa–. Después, nuestra querida Christina podrá tomarse un bien merecido descanso.

–Bueno –respondió lady Bellingham con cierta frialdad–, no demos tan pronto al duque por muerto –le sonrió a Christina, excluyendo deliberadamente a Gertrude–. Mi querida amiga, estaría encantada de que vinierais a visitarme a Edimburgo alguna vez. ¡Prometedme que lo haréis! Insisto —cuando Gertrude abrió la boca, presumiblemente para sumarse a la visita, lady Bellingham se adelantó—. Os invitaría también a vos, lady Semple, pero entiendo que como futura dueña de Kilmory, estaréis tan ocupada atendiendo a la familia y todos vuestros compromisos que no se me ocurriría aumentar vuestra carga de trabajo con otra invitación.

Gertrude cerró la boca bruscamente con un gesto de disgusto.

La señora MacPherson se inclinó entonces hacia Christina y bajó la voz.

—Debo disculparme por haber hecho uso de vuestro lacayo para servir la cena de esta noche —le dijo—. Ha estado muy mal por nuestra parte, pero él ha resuelto la ocasión con mucho aplomo.

—¡Oh, Ross es excelente en todos los sentidos! —exclamó Gertrude, aprovechando la oportunidad para intervenir en la conversación. Le dirigió a Christina una mirada triunfal—. Yo he sido la única capaz de reconocer su potencial. Mi querida Christina le tiene trabajando en el jardín.

—En realidad, fue mi padre el que dispuso que el señor Ross trabajara en el jardín —respondió Christina muy tensa.

La enfadaba oír a Gertrude hablar tan posesivamente de Lucas.

—Estoy pensando en llevármelo cuando volvamos a nuestro castillo —continuó Gertrude como si Christina no hubiera dicho nada—. En Kilmory está desperdiciado. Le ofreceré más dinero y un ascenso.

—Te suplico que no hagas tal cosa, Gertrude —le pidió Christina rápidamente—. Ya es suficientemente difícil encontrar buenos sirvientes aquí, y al estar el señor Hemmings tan enfermo, los jardines están un poco abandonados. Además —intentó contenerse, consciente de que su tono estaba delatando un interés por Lucas que iba más allá de lo profesional–, es posible que también el señor Ross tenga algo que decir al respecto.

Gertrude la miró como si no la comprendiera.

–¡Qué idea tan absurda! ¡Yo no necesito la opinión de mis sirvientes!

–En ese caso, me temo que el señor Ross va a sufrir una gran desilusión –le espetó Christina–. Tiene opiniones sobre todo y siempre está dispuesto a compartirlas.

Era consciente del asombro que mostraban los rostros de Gertrude y de la señora MacPherson, y también de la mirada especulativa de lady Bellingham. Sí, decididamente, se estaba delatando.

Se hizo un incómodo silencio, roto únicamente por el sonido del reloj de pared de la señora MacPherson.

–Si me perdonáis, tengo que ir a pedir que preparen el té para cuando vengan los caballeros a reunirse con nosotras.

Lady Bellingham se acercó a hablar con Allegra y como Christina no tenía ganas de quedarse a solas con Gertrude, que no dudaría en continuar insistiendo en lo diferentes que serían las cosas cuando ella fuera la señora de Kilmory, se excusó y se dirigió al tocador de señoras. Allí se atusó el pelo, se alisó el vestido y respiró hondo, intentando tranquilizarse.

En la casa hacía un calor sofocante, quizá porque a los MacPherson les preocupaba que pudieran pasar frío, incluso en verano. Pero aquel calor, sumado a la tensión, le estaba provocando a Christina dolor de cabeza. Corrió las gruesas cortinas de terciopelo de la ventana y, con un suspiro de alivio, subió el cristal de la ventana para respirar el aire fresco de la noche.

Era una noche clara, pero ventosa. Un golpe de viento lanzó las ramas de un árbol contra el cristal. Al alzar la mirada, Christina distinguió una sombra cruzando el patio. Por su forma de moverse, supo inmediatamente que era Lucas. El corazón le dio un vuelco en el pecho. Era raro que le reconociera tan rápidamente, de una forma tan instintiva, pero, aun así, no tenía la menor duda.

Un segundo después, la respiración se le atragantó en la garganta al ver a otra figura entre las sombras. Era una de las criadas, una joven coqueta de pelo oscuro que le había quitado a Christina la capa con una respetuosa inclinación de cabeza, pero que había estado a punto de dejar caer la prenda al suelo al ver a Lucas. En aquel momento, a Christina le había parecido divertido, pero no le hizo tanta gracia ver que la joven posaba la mano en el brazo de Lucas para detenerle y se ponía de puntillas, acercándose a él de tal manera que sus sombras terminaron fundiéndose.

Sintió un dolor tan vivo como si acabaran de darle una puñalada. El sentimiento fue más fiero de lo que nunca podía haber imaginado. Hasta ese momento, no había sido consciente de lo mucho que quería a Lucas.

Qué estúpida.

Así que estaba celosa de una criada que besaba a un sirviente, algo que las criadas habían hecho desde tiempos inmemoriales. Y, por supuesto, Lucas le devolvería el beso. Era joven y atractivo y el ama de llaves era extremadamente bonita. Christina la contemplaba con envidia y, al mismo tiempo, mortificada por aquel sentimiento.

Presionó la frente contra el frío cristal de la ventana. Qué tonta había sido al albergar aquellos sentimientos por Lucas Ross, al imaginar, por un momento, que también a ella podría admirarla. Pero Lucas solo había estado jugando con ella. Probablemente se estaba riendo de ella. Seguramente era un juego que había practicado en otras ocasiones y ella, como la triste solterona que era, se lo había permitido, aun a sabiendas de que no debería hacerlo, porque la halagaba, la excitaba y la hacía sentirse viva.

Dejó que la cortina volviera a caer. Se peinó y se alisó el vestido por segunda vez, intentando encontrar consuelo en sus movimientos, en la costumbre de presentar una fachada de calma y serenidad al mundo. Pero el espejo le devolvió un rostro demacrado y suspiró al verlo. Seguramente, Gertrude lo notaría y le diría que estaba muy pálida.

Cuando salió de nuevo al pasillo, Lucas estaba cruzando la puerta que salía de las habitaciones de los sirvientes con una bandeja en la que llevaba una tetera de plata. Cuando la vio, le sonrió, y Christina no pudo evitar que el corazón le diera el habitual vuelco de emoción y de placer.

¡Qué estúpida había sido!, se lamentó.

Capítulo 11

Cuando llamaron a la puerta de su cabaña a la noche siguiente, Lucas no estaba de humor para compañía. Aquel había sido un largo y caluroso día y lo había pasado cargando piedra para la gruta y cavando el resto del cauce del curso del agua. Le dolían músculos que hasta entonces habría jurado que no tenía y lo único que le apetecía era darse un baño y dormir. Lo primero iba a ser imposible, porque la cabaña no disponía de nada más lujoso que un fregadero, y lo último tampoco era muy probable, puesto que dormía en un incómodo jergón bajo una áspera manta.

La puerta se abrió sin que hubiera mediado invitación. Apareció frente a él una mujer envuelta en una capa, con la capucha puesta. Por un momento, el corazón le dio un vuelco al pensar que era Christina. No la había visto desde la noche anterior. Christina le había dado las gracias educadamente por sus servicios cuando habían vuelto al castillo, pero la había sentido fría, distante, algo que no acertaba a comprender. Tampoco estaba seguro de por qué necesitaba comprenderlo, por qué le molestaba tanto, pero así era.

La figura entró en la habitación y el corazón de Lucas se serenó. Aquella mujer era demasiado baja y demasiado delgada para ser Christina. Además, Christina nunca se presentaría de aquella manera en su cabaña. Era demasiado educada.

—Te he traído algo de comida —Alice Parmenter colocó una cesta de mimbre cubierta con un trapo en la mesa—, te has perdido la cena.

Lucas gruñó a modo de respuesta. Normalmente, intentaba compartir todas las comidas con los sirvientes, que eran una fuente de información fundamental, pero aquel día estaba demasiado cansado.

Alice, que acababa de entrar en la cabaña, miraba a su alrededor con expresión crítica. Lucas suponía que su forma de cuidar la casa no estaba a la altura de lo que podía esperar. Pasaba muy poco tiempo allí.

—¿Por qué los hombres no son capaces de cuidar de sí mismos? —preguntó Alice mientras se acercaba a una silla y enderezaba los cojines, mirando inquisitivamente hacia la puerta del dormitorio.

Lucas se encogió de hombros.

—Porque no necesitan hacerlo.

Ross alargó la mano hacia la cesta. Había queso, panecillos y pastel de carne. Se le hizo la boca agua.

—Gracias —dijo con la boca llena de queso escocés.

Alice soltó una carcajada y se acercó a él.

—Hay otras maneras de darme las gracias.

Se miraron a los ojos. A Lucas se le revolvió el estómago al reconocer la avidez en la mirada de Alice mientras la deslizaba sobre él, una avidez que estaba muy lejos de la serena dulzura de Christina MacMorlan.

—Me halagas —le dijo.

—No lo creo.

Continuó avanzando hacia él, quitándose la capa mientras lo hacía. Lucas pudo sentir entonces el calor de su cuerpo ansioso y voraz. La situación era complicada. No podía permitirse el lujo de rechazarla porque Alice podía llegar a hacerle la vida muy complicada.

—No me gusta entrometerme en el terreno de otro.

Alice le miró con los ojos abiertos como platos.

—¿Estás al corriente de mi relación con el duque? —le preguntó. Lucas vio entonces su expresión calculadora—. A él puedo manejarle. No tiene por qué enterarse de lo nuestro. Y yo tengo ganas de estar con alguien más joven y enérgico.

Al mirar a Alice en aquel momento, con el corpiño desabrochado y aquel brillo depredador en la mirada, Lucas se preguntó qué podía desear un hombre tan cultivado como el duque de Forres de una mujer como ella. Pero quizá la respuesta fuera evidente. El duque era un hombre como cualquier otro y su esposa había muerto muchos años atrás. Quizá, entonces, fuera aquella la razón por la que prefería Kilmory a cualquiera de sus propiedades. Alice estaba allí; eso facilitaba sus escarceos.

Alice estaba prácticamente encima de él. En cuestión de segundos, estaría sentada en su regazo.

—Lo siento —le dijo Lucas, y se levantó.

Alice se detuvo y le miró con los ojos entrecerrados.

—¿Te gustan más los hombres?

—No —respondió Lucas.

Sonrió a su pesar. Alice tenía una gran confianza en sí misma. Aquello le gustó, aunque no pensaba aprovecharse de ello.

Alice le vio sonreír e interpretó equivocadamente su sonrisa. Entrecerró los ojos todavía más y soltó una carcajada.

—¡Lo que pasa es que apuntas más alto! ¡Lo sabía! —apareció una sonrisa de admiración en su rostro—. En fin, lo lamento por mí.

Puso los brazos en jarras y le miró pensativa. De pronto, cambió de actitud. Tanto si lo quería como si no, se habían convertido en compañeros de conspiración. Comenzó a rodearle con la misma actitud que un tratante de caballos analizando el ganado. Lucas no estaba seguro de si debería sentirse divertido o disgustado.

–Con un cuerpo como ese –musitó Alice–, ¿por qué no aspirar más alto? –parecía haberse olvidado de su habitualmente correcta dicción. Quizá no veía necesidad de fingirse educada delante de él–. ¿Y crees que lo conseguirás?

–No estoy seguro –contestó Lucas con sinceridad.

Se preguntaba quién imaginaba Alice que era su objetivo. ¿Allegra? Sería la opción más evidente. ¿Christina? El corazón comenzó a latirle violentamente en el pecho. No quería que Alice volcara su resentimiento en Christina.

–Eres un aventurero, como yo.

Alice se sentó en la silla que Lucas tenía a su lado, apoyó los codos en la mesa y le observó con atención mientras él volvía a sentarse y alargaba la mano hacia la botella de cerveza que le había llevado.

–Bueno, ¿por qué no vamos a conseguirlo? Yo llevo mucho tiempo trabajando duramente en ello. Si consigo convertirme en la duquesa de Forres... –se interrumpió y soltó una carcajada–, ¿por qué no intentarlo?

Lucas arqueó las cejas. Realmente, se trataba de una mujer muy ambiciosa.

–¿Y cómo van las cosas? –le preguntó.

Alice le miró entonces con expresión sombría y desencantada.

–Muy mal. A ese viejo estúpido le basta con meterme en la cama cuando consigue excitarse. Me halaga diciéndome lo mucho que me necesita y lo mucho que necesita Kilmory, pero de matrimonio... –soltó un bufido burlón–. Al fin y al cabo, es un duque. Cree que está muy por encima de mí. Pero yo todavía no me he dado por vencida.

–No, por supuesto que no –contestó Lucas.

Se preguntaba qué pensarían los marqueses de Semple si se enteraran de las ambiciones de Alice. Sonrió al pensar en la reacción de Gertrude.

Alice le miró con ojos astutos.

—Ayúdame y te ayudaré –le propuso–. Es una pena que ese policía haya conseguido conquistar a lady Allegra antes que tú. Esa jovencita ya estaba madura. Puede darse todos los aires que quiera, pero está tan hambrienta de sexo como cualquier criada. Pero lady Christina –se echó a reír–. Bueno, es posible que tengas más suerte con ella. Lleva tanto tiempo sin nada que probablemente estará desesperada. Y también ella es una heredera, por supuesto. Aunque supongo que eso ya lo sabes.

—Sí, ya lo sé –contestó Lucas.

Le repugnaba su manera de hablar de Christina. Christina era una mujer demasiado cariñosa, generosa y buena como para ser menospreciada de esa manera.

Se obligó a no mostrar su disgusto. Aunque su instinto le impulsaba a alejarse de Alice, se forzó a permanecer donde estaba y a terminar el pan y el queso. Incluso asintió, mostrando su apreciación por la comida.

—Gracias –le dijo–. Estaba todo muy bueno.

Alice sonrió y posó la mano sobre la suya mientras agarraba la cesta. Lucas tuvo que hacer un esfuerzo consciente para no retroceder ante aquel contacto.

—Por lo menos soy buena para algo. Aunque esto solo sea comida, y no sexo.

—¿Interrumpo?

Lucas se sobresaltó al oír a Christina en la puerta. No tenía la menor idea de que estaba allí, y menos todavía de que la puerta no estaba cerrada. Se levantó de un salto y vio que Alice Parmenter disimulaba una sonrisa. Al parecer, pensaba que le estaba mostrando sus respetos a Christina porque se suponía que eso era lo que hacían los sirvientes. Ocultar su desprecio y su resentimiento tras una máscara de deferencia.

Christina avanzó un par de pasos. Fijó la mirada, fría como un manantial de montaña, en Alice Parmenter y en su descarada sonrisa. Lucas maldijo para sí y se apartó del ama de llaves. Pero ya era demasiado tarde. Christina había visto a Alice tocándole. Posiblemente, incluso había oído parte de la conversación. Su expresión era gélida.

Alice también se levantó y volvió a adoptar sus eficientes modales. Había un brillo malicioso en su mirada, aunque su tono era muy respetuoso.

–Mi señora, el señor Ross ha estado trabajando hasta tan tarde en la gruta que se ha perdido la cena.

–En ese caso, ha sido muy considerado por vuestra parte el haberle traído algo de comer –respondió Christina en tono seco–. Gracias, señora Parmenter.

Tras haber sido despachada de aquella manera, el ama de llaves ya no podía hacer nada más que recoger la cesta, ponerse la capa y pasar por delante de Christina para salir de nuevo hacia la noche. Lucas permaneció expectante en el silencio que siguió a su partida. Christina no avanzó más y dejó la puerta abierta.

Recorrió la habitación con la mirada, tal y como había hecho Alice Parmenter antes que ella, y después le miró a los ojos.

–No tenéis ningún objeto personal –señaló. Parecía extrañada. Le miraba con los ojos muy abiertos–. ¿No queréis convertirlo en un hogar?

–No –respondió Lucas. Sintió una punzada de un sentimiento que no alcanzó a reconocer–. No tengo muchas posesiones. Me gusta viajar ligero.

–Pero así nunca será un espacio acogedor –se lamentó Christina–, no hay nada que lo convierta en un lugar confortable.

–A mí ya me parece suficientemente confortable –respondió Lucas. Señaló la alfombra que había en el suelo–. Alguien se ha tomado muchas molestias para amueblarlo como es debido. Y sospecho que habéis sido vos.

La miró a los ojos y Christina se encogió de hombros, ligeramente avergonzada.

–No ha sido ninguna molestia. Quería... Intento asegurarme de que nuestros sirvientes sean felices en Kilmory

–al cabo de un momento, añadió–: He ido a llevarle unas medicinas al señor Hemmings. Desgraciadamente, ha vuelto a sufrir un ataque de gota tan fuerte que nos ha pedido permiso para volver a su casa para que le cuide su sobrina. Se va mañana.

Su tono había vuelto a ser distante, el habitual entre una señora y su criado. Le mantenía a la distancia que le correspondía.

–El señor Grant será el responsable del huerto y los jardines mientras él esté fuera –le miró–. Espero que lo comprendáis.

–Por supuesto –dijo Lucas–. Apenas llevo un mes en Kilmory. No puedo aspirar a un ascenso.

–Soy consciente de que nos estamos aprovechando de vos –reconoció Christina, y se ruborizó–. De vuestra energía y de vuestro vigor, señor Ross –a esas alturas, era tan intenso su sonrojo que Lucas tuvo que hacer un esfuerzo para no echarse a reír–. Lo que estoy intentando decir es que sé que el señor Grant es más anciano y frágil que el señor Hemmings y, por lo tanto, no nos será muy útil, pero le habríamos ofendido si no le hubiéramos tenido en consideración –parecía estar pidiéndole perdón con la mirada.

–No os preocupéis, lo comprendo.

Vio que desaparecía entonces la tensión de Christina.

–Gracias –se limitó a decirle–. Contrataré a algunos hombres del pueblo para que presten ayuda en el jardín. Pero tened en cuenta que esos hombres no son jardineros y no saben distinguir un rosal de un jazmín –se encogió de hombros–. Creo que ahora, sin la ayuda del señor Hemmings, tendremos que resignarnos a que los jardines estén un poco abandonados. Me temo que muy pronto estarán tan salvajes como requiere el ambiente gótico que mi padre pretende recrear. Supongo que el duque estará complacido.

Lucas reprimió una sonrisa ante la ironía de su tono.

—Haré todo lo que esté en mi mano para mantener los jardines al día. Y yo sí sé diferenciar un rosal de un jazmín. De hecho, me pregunto... —tomó aire—. ¿Podría tomar prestados algunos libros de jardinería de la biblioteca del castillo?

Christina le miró sorprendida.

—¿Necesitáis más libros?

—Me gusta leer —contestó Lucas secamente.

Christina se sonrojó.

—Por supuesto, no pretendía insinuar... —se interrumpió—. Por supuesto —volvió a decir—. Tenéis permiso para utilizar la biblioteca.

Lucas asintió.

—Gracias.

Christina parecía incómoda. Jugueteaba nerviosa con el ribete de la manga del abrigo.

—¿Hay algo más de lo que queráis hablarme, lady Christina? —preguntó Lucas.

Christina le miró a los ojos con expresión desafiante y de disculpa al mismo tiempo.

—Parece que debo advertiros que no toleramos las relaciones íntimas entre los empleados, señor Ross —le dijo—. No resulta apropiado que... tengáis una relación con la señora Parmenter.

No era lo que Lucas esperaba. Le asaltó la sorpresa y, casi inmediatamente, un violento enfado. Luchó para sofocarlo. Era completamente irracional enfadarse con ella porque creyera que tenía una relación sentimental con Alice. Lo que acababa de ver debía de haberle parecido suficientemente elocuente. Pero eso no alteraba en nada lo que sentía.

—No tenéis por qué advertírmelo —contestó muy tenso.

Christina suspiró.

—¿Ah, no? Desde luego, parecéis ser muy generoso a la hora de prodigar vuestros afectos.

Por un momento, Lucas no fue capaz de comprender de

qué estaba hablando. Pero recordó entonces lo que había ocurrido la noche anterior en la casa parroquial. Christina debía de haber visto a la criada de los MacPherson emboscándole en el jardín. Aquello explicaría su posterior frialdad y su predisposición a pensar que era una especie de donjuán, dispuesto a propasarse con cualquier mujer que se cruzara en su camino. Maldijo para sí. La criada de los MacPherson era una atrevida y sus descarados avances le habían sorprendido, pero se había desecho de ella con suficiente rapidez. No tenía ningún interés en ella, y tampoco tiempo para devaneos sentimentales.

Sus sentimientos debieron de reflejarse en su rostro porque Christina cambió de expresión. No parecía enfadada. Parecía triste. Lucas comprendió con inmenso dolor que había interpretado su silencio como una admisión de culpabilidad y que, en el fondo, ella no quería que le demostrara que estaba en lo cierto.

—No sé lo que visteis anoche —le dijo Lucas con delicadeza—, pero no hubo nada.

—Si vos lo decís —Christina se encogió de hombros con un gesto tan perfectamente ejecutado de aristocrático desdén que Lucas sintió dispararse su furia—. Sin embargo, quiero advertiros formalmente de que esa clase de devaneos no serán tolerados mientras estéis en Kilmory —dio media vuelta, dispuesta a marcharse—. Buenas noches, señor Ross.

Lucas la alcanzó y cerró la puerta con la mano abierta. Christina giró y le miró desconcertada.

—¿Estáis celosa? —preguntó Lucas suavemente.

El rubor coloreó el rostro de Christina.

—¡Por supuesto que no! —respondió con voz glacial—. No tengo ninguna intención de convertirme en una muesca más en el cabecero de vuestra cama, señor Ross. Y ahora, apartaos.

Lucas no se movió.

—Sois tan obstinada que ni siquiera podéis daros cuenta

de que vos sois la única mujer a la que deseo. Pienso constantemente en vos. Sueño con vos. Lo hago desde la noche que nos conocimos.

Christina entreabrió los labios con una exclamación. La sorpresa de sus ojos se intensificó, oscurecida en aquel momento por la duda y por una repentina vulnerabilidad. Era muy poco habitual verla bajar las defensas. Normalmente, se mostraba controlada y compuesta, pero en ese instante, Lucas tuvo oportunidad de ver directamente a la mujer que se escondía tras tanta entereza.

Y se olvidó de todos los motivos que le habían llevado a Kilmory. Se olvidó de todo, arrastrado por un sentimiento tan poderoso que lo único que pudo hacer fue alargar los brazos hacia ella, estrecharla contra él y besarla. Y cuando la tuvo entre sus brazos, experimentó la misma sensación de plenitud de la primera noche.

Christina llevaba mucho tiempo deseando volver a besar a Lucas Ross. Había soñado con ello, lo había anhelado en numerosas ocasiones. Pero la realidad, tan dulce, intensa y poderosa, superó sus recuerdos y sus sueños. Lucas deslizó la lengua entre sus labios y la rodeó con los brazos para estrecharla contra él. La habitación parecía estar girando. Christina podía sentir el calor, la dureza de su cuerpo y la mano que posaba en su espalda para estrecharla contra él. Sus lenguas se encontraron y fue sobrecogedora la intensidad de la sensación.

Lucas tiró del lazo de su sombrero, lo echó hacia atrás con impaciencia y hundió la mano en su pelo. Christina oyó el ruido metálico de las horquillas al caer al suelo. La caricia de la lengua de Lucas se hizo más insistente, más demandante. Christina era agudamente consciente de todo su cuerpo, una sensación que la hacía estremecerse de placer. Había urgencia en aquel beso, pero también una ternura tan deliciosa, tan íntima, que le robaba el aliento y le impedía pensar con claridad. Se olvidó de todo, excepto de aquel hombre y aquel momento.

La capa fue la siguiente en caer bajo las manos de Lucas. La gruesa tela se deslizó por los hombros de Christina y terminó cayendo como un lago a sus pies. Christina sintió frío y, al mismo tiempo, un estremecimiento febril. Se presionó contra Lucas para devolverle el beso y le rodeó el cuello con los brazos con desvergonzado enfado hasta que, repentinamente, todo acabó.

Lucas la soltó y ella retrocedió un paso, resistiendo la necesidad de aferrarse de nuevo a él. Estaba temblando y se abrazó a sí misma para darse calor. Sus sentidos parecían haber multiplicado su capacidad de percepción. Podía oír el susurro del viento entre los pinos del exterior de la cabaña y, tras él, el romper de las olas en la playa. Olía el aceite de la lámpara mientras la mecha ardía. Un olor que se mezclaba con el del polvo y la humedad.

«Debería arreglar estas cabañas si espero que la gente viva en ellas», pensó sin que viniera al caso. «Hablaré con mi padre sobre ello. He hecho todo lo que he podido para hacerlas acogedoras, pero hay mucha humedad. Probablemente, el señor Ross terminará con tuberculosis».

—¿Estáis bien? —preguntó Lucas con delicadeza.

Christina se dio cuenta de que se había quedado mirando al vacío, como en estado de trance.

Desvió la mirada hacia Lucas y el corazón le dio un vuelco al tiempo que renacía el anhelo. Lucas la miraba con expresión divertida, burlona. De pronto, a Christina le enfadó que pudiera besarla con tanta pasión y no pareciera en absoluto conmovido por la experiencia cuando ella estaba temblando y había perdido la capacidad de razonar por culpa de sus caricias.

¿Habría mentido sobre Alice Parmenter y la habría besado para distraerla? Era muy probable. Pero, aun así, el beso le había parecido sincero, demasiado sincero. Se estremeció confundida.

—¿No vais a despedirme por esto?

Lucas no parecía particularmente afectado. A lo mejor se dedicaba a besar a las damas por pura diversión. Christina no estaba segura de si debía creer sus negativas. Lo que desde luego no se creía era que fuera ella la única mujer en la que tenía algún interés. No podía ser verdad que ella, la hermana solterona, la mayor, la menos atractiva, que solo servía para llevar la casa y hacer de carabina de sus hermanas y sobrinas. Lucas, un hombre tan atractivo y tan encantador que todas las mujeres parecían dispuestas a correr al calor de su cama, no podía tener ningún interés en ella.

Lucas le sonrió. Y Christina le maldijo, porque se sintió como si el mundo se hubiera inclinado sobre su eje, como si el suelo que la sostenía fuera tan inestable como las arenas movedizas. No tenía ni idea de cómo comportarse porque no se había visto nunca en una situación parecida.

—No voy a despediros porque no sería justo —dijo, intentando ser imparcial.

Advirtió la sorpresa de Lucas, aunque él permanecía tan impasible como siempre.

—¿Ah, sí? ¿Y por qué?

—No he protestado cuando me habéis besado —no estaba segura de por qué estaba siendo tan sincera, pero le parecía importante—. No he puesto ninguna objeción. Al contrario —se sonrojó—, os he devuelto el beso.

Era cierto. Y con interés. Y volvería a hacerlo si pudiera. Ni siquiera estaba segura de que le importara que Lucas estuviera fingiendo que le gustaba cuando era capaz de besarla de aquella forma.

—Es muy... caritativo de vuestra parte —contestó Lucas.

Christina no estaba segura de si se refería al beso o al hecho de que no le despidiera, pero, desde luego, no iba a pedirle que se lo aclarara, no fuera a ser que pensara que estaba alentándole.

Sentía un cosquilleo en los labios después de sus caricias. Y la sangre continuaba bombeando con fuerza por todo su cuerpo.

—Si no va a haber sanción para mí, a lo mejor debería intentarlo otra vez —propuso Lucas.

A Christina comenzó a latirle violentamente el corazón. Retrocedió un paso.

—Por supuesto que os echaría si volvierais a besarme.

—De modo que tengo que elegir entre volver a besaros o conservar mi trabajo —parecía estar considerando sinceramente si merecería la pena—. En ese caso, no hay posible competencia —alargó la mano, le acarició la mejilla con delicadeza y la hizo alzar la barbilla hacia él—. Me gusta mi trabajo —dijo, rozando sus labios—, pero adoro besaros.

Y, después de aquella frase, estuvieran sin hablar durante mucho tiempo.

—No estaba segura —dijo Christina mucho tiempo después—, de si era yo la única que lo sentía, pero pensaba que no podría ser de otra manera.

Lucas podría preguntarle cualquier cosa en aquel momento con la seguridad de que no le mentiría. La había desarmado con el placer de sus besos, se había perdido en aquella delicia, excitada y arrastrada a la deriva por sentimientos que apenas conocía.

En aquel momento, Lucas estaba sentado en una de las sillas con Christina en el regazo, acurrucada entre sus brazos en una postura que no parecía la más indicada para besarse, aunque ellos se las habían arreglado bastante bien.

«Debería asegurarme de poner unos asientos más cómodos en las cabañas», pensó Christina vagamente, mientras posaba la mano en el pecho de Lucas y sentía los latidos de su corazón, «estas sillas son demasiado duras, y muy incómodas para una relación amorosa».

—Y ahora sabes que no eras solo la única que lo sentía

–dijo Lucas, tuteándola y rompiendo con las formalidades–. En absoluto.

Jugueteaba con el pelo de Christina, deslizando los dedos delicadamente entre sus rizos. La tocaba como si fuera infinitamente valiosa. Era delicioso y hacía que el corazón de Christina se inundara de anhelo.

–Desde la primera vez que estuvimos juntos, me pareciste asombrosamente atractiva. Ni siquiera tuve que verte para desearte.

Christina rio suavemente.

–Podía haber tenido cualquier aspecto.

–Y no estoy seguro de que eso hubiera supuesto ninguna diferencia.

–Pero después me viste.

–Y deseé besarte todavía más.

Lucas enmarcó su rostro entre las manos y volvió a besarla. Aquella vez fue un lento y prolongado beso y la espiral del deseo que se arremolinaba en el vientre de Christina se tensó hasta extremos insoportables.

Le parecía imposible que Lucas compartiera sus sentimientos. Sentimientos que sabía peligrosos. En aquel momento estaba trazando un tierno camino de besos a lo largo de su cuello y Christina se estremecía ante aquel contacto, deseando mucho más. Sentía una fuerte tensión en el corpiño. Prácticamente, estaba jadeando. Notaba un anhelo constante. La ropa, todas aquellas capas de tela, le producían una desesperada frustración. Era presa de una desvergonzada urgencia de rasgarlas para poder sentir la boca de Lucas en la piel. Gimió cuando Lucas deslizó la mano sobre su seno y el pezón se endureció contra la palma de su mano.

Lucas volvió a besarla y Christina le oyó gemir contra sus labios. Fue un sonido de un ronco deseo que igualaba al suyo. El beso fue adquiriendo la profundidad que le imprimía una fiera y ardiente pasión. Todo estaba ocurriendo muy rápidamente, pero Christina no quería detenerse. No quería pensar. No había más realidad que la de aquel hombre, sus caricias y sus besos. Había luchado contra aquellos sentimientos durante lo que en aquel momento se le antojaba una eternidad. Lo único que quería ya era dejar de luchar.

Se quitó la chaquetilla y comenzó a desabrocharse la blusa con dedos temblorosos.

−Christina... −Lucas cubrió sus manos con las suyas.

También él estaba temblando.

−No me detengas, por favor...

Lucas sacudió la cabeza con los ojos oscurecidos por el deseo.

−Te arrepentirás.

−Lo deseo −insistió Christina−. Te deseo.

Lucas emitió un sonido que estaba a medio camino entre un jadeo y un gemido y Christina supo que, por primera vez, había conseguido quebrar su fría reserva y llegar hasta el hombre que se escondía tras ella. La invadió entonces un sentimiento en el que se fundían el miedo, el triunfo y la excitación. Quería a aquel hombre, le necesitaba desesperadamente.

Lucas volvió a besarla. Sabía maravillosamente bien, a calor y a virilidad. Olía a aire fresco, a hierba y a aquella almizcleña fragancia que era su esencia. Embriagaba sus sentidos. Algo parecía haberse abierto dentro de ella, la disposición a reconocer por fin sus propios deseos. Era excitante, peligroso y, al mismo tiempo, sentía que era así como debía ser, porque era con Lucas con quien estaba, porque era a Lucas a quien deseaba.

Lucas la levantó en brazos, la llevó al dormitorio, la dejó delicadamente en la cama y se tumbó a su lado, apoyándose sobre un codo. Christina quería volver a besarle, pero él permanecía quieto, inclinado sobre ella y estudiando su rostro. Christina advirtió su vacilación, y también otro sentimiento que no fue capaz de interpretar. ¿Confusión, quizá? Dudaba de que Lucas Ross pudiera experimentar algo parecido en su relación con las mujeres, pero en aquel momento parecía inseguro.

—No deberíamos estar haciendo esto —comenzó a decir.

Pero Christina le silenció posando un dedo en sus labios.

—Shh.

Le hizo bajar la cabeza hacia sus labios y notó su resistencia a fundirse en un beso. A través de la gruesa tela de los pantalones, pudo sentir la presión de la erección contra el muslo. Notó la presión y le oyó gemir con precipitada urgencia. Y, de pronto, ya no fue capaz de soportar tanta tensión. Ya había esperado durante demasiado tiempo. Le quitó la camisa con manos torpes por la precipitación. Deseaba acariciarle desde que le había visto cortando lilas en el jardín, con una constitución tan fuerte y elegante al mismo tiempo, con aquellos músculos que dibujaban sus líneas bajo su piel caliente y sedosa. Deslizó las manos por sus hombros y su pecho, deleitándose en aquella sensación, y las bajó después para desabrocharle los pantalones. Lucas posó las manos sobre las suyas. Estaban tan azorados como si los dos fueran vírgenes. Christina quiso reír, pero había en su pecho una tensión que desafiaba a cualquier posible risa.

—Lucas, por favor…

Le oyó soltar una maldición mientras se desnudaba. Casi inmediatamente, sintió la dureza de su erección contra ella y comprendió que, definitivamente, llevaba demasiada ropa encima. Pensó en el tiempo que tardaría en desprenderse de toda aquella ropa, en la frustración de luchar contra tantas capas de tela. Pero justo en ese momento, oyó un desgarro y sintió la mano de Lucas en el hombro, bajando el corpiño que llevaba bajo la blusa. Y estuvo a punto de llorar de alivio.

—¡Sí, sí!

Al sentir la boca de Lucas sobre su seno, comenzó a retorcerse de placer. Jamás en su vida había deseado a nadie como deseaba a Lucas en aquel momento. Fue ella misma la que comenzó a subirse las faldas, sin ninguna clase de pudor, con total atrevimiento. Hubo un momento de desesperada anticipación, hasta que Lucas se arrodilló entre sus muslos y se deslizó dentro de ella. Fue un encuentro rápido, desesperado y fiero. Christina alcanzó el orgasmo en una explosión inevitable de éxtasis que la habría hecho gritar si Lucas no hubiera cubierto su boca con los labios.

Jamás en su vida había experimentado nada parecido. Los placeres que había conocido como debutante eran una pálida imitación de la pasión y la emoción que sentía en aquel momento. Habían sido la exploración de una joven en el umbral de la adultez, una joven ansiosa por atrapar la vida y descubrir sus secretos. En cambio, la profundidad de sus sentimientos en aquel momento la asustaba y la maravillaba de tal manera que ni siquiera podía pensar en ellos. Dejó que fluyeran y cerró su mente a todo lo que no fuera aquella sensación. Se aferró a Lucas mientras él continuaba moviéndose dentro de ella, deslizando su cuerpo sobre el suyo, provocando un placer casi insoportable.

Lucas posó de nuevo la cabeza en su seno, creando una sensación que recorrió todo su cuerpo, empujándola hacia el más intenso placer. Christina se aferró a las barras de madera del cabecero de la cama mientras Lucas continuaba moviéndose. Sentía cada centímetro de Lucas dentro de ella, como si formara parte de su cuerpo. Con cada caricia se intensificaban las sensaciones y Christina dejó de agarrarse a la cama para posar las manos en la espalda de Lucas, sobre sus musculosas nalgas, y estrecharlo contra ella. Volvió a alcanzar un orgasmo que la hizo jadear de deleite por su maravillosa belleza. Percibió también la tensión en él al llegar al límite. En el último momento, se apartó de ella y se derrumbó a su lado con la respiración agitada.

—¡Oh!

Christina permanecía en un remolino de mantas y ropa tan confuso como sus propios sentimientos. Tenía miedo.

En el fondo de su mente comenzaban a despertar nuevas emociones y no quería enfrentarse a ellas. En ese momento, sintió las manos de Lucas nuevamente sobre ella, moviéndose con deliberada lentitud, desabrochando botones y desatando lazos. Darse cuenta de que estaba desnudo y desnudándola la impactó de tal manera que todo lo demás se apartó de su mente, dejando espacio solamente para un lascivo deseo. Creía estar satisfecha, sin embargo, en aquel momento, en medio de la oscuridad, entre las sombras y la luz plateada proyectada por la luna. Con Lucas acariciando su piel desnuda, se sentía casi perversa.

Sintió el beso del aire sobre la piel y casi inmediatamente, Lucas estaba tocándola otra vez, explorando su cuerpo con labios, dedos y lengua. El cuerpo de Christina parecía abrirse a cada una de sus caricias, a cada una de sus demandas. Lucas deslizó la mano desde su hombro hasta su seno. Christina sentía su calor y su peso, como lo había sentido la primera noche que había estado a punto de hacer el amor con ella. Su cuerpo se tensó ante aquel excitante recuerdo. Lucas deslizó la mano por el pezón, que se endureció ante aquel contacto. Ella se oyó gemir. Sentía su cuerpo en tensión ante aquel renovado deseo. Lucas jugueteó con los pezones, los pellizcó y los acarició hasta convertirlos en duros guijarros portadores de placer, y el tórrido calor que la inundaba se intensificó.

–Mis senos… –susurró–, siempre me han parecido demasiado grandes.

Oyó reír a Lucas. El sonido íntimo y grave de su risa la hizo estremecerse. Lucas deslizó la lengua por la parte interior de uno de los senos y ella se movió inquieta.

–Es absurdo –musitó Lucas contra su pezón–. Tienes unos senos perfectos. Toda tú eres perfecta.

La mordisqueó suavemente y Christina se retorció y ahogó un nuevo grito.

–¿Qué sientes? –preguntó Lucas con voz susurrante–. ¿Qué te hago sentir?

—Me haces sentirme maravillosamente —admitió Christina—. Y muy atrevida...

Ella misma percibía la súplica y el placer reflejados en su tono de voz. Pero todavía no la había abandonado todo el pudor y estando desnuda se sentía expuesta. Temblaba al pensar en su atrevimiento, pero no quería detenerse. Lucas había desatado algo tan salvaje dentro de ella que lo único que podía hacer era rezar para que en algún momento desapareciera.

—Y todavía puedes sentirte mejor.

Lucas deslizó la mano entre sus piernas para invitarla a separarlas. Christina contuvo la respiración. Lucas cubrió su sexo con la mano y deslizó los dedos entre los húmedos pliegues. La propia Christina se sentía temblar. No quería darle a Lucas la satisfacción de saber hasta qué punto la conmovía, pero tampoco podía esconderse. Lucas encontró casi inmediatamente el henchido botón del placer y lo presionó con delicadeza. Christina jadeó y se arqueó contra él. Lucas repitió el movimiento y la sensación atravesó de tal manera el cuerpo entero de Christina que la hizo gritar. Estaba atrapada por los sentimientos que Lucas despertaba en ella, capturada por aquella poderosa sensualidad y aquel placer puro e intenso. Lucas volvió a acariciar el mágico botón con delicadeza, realimentando aquellas sensaciones. Christina se retorció bajo sus manos, incapaz de contenerse. Volvió a gemir.

—¿Y cómo te sientes ahora? —preguntó Lucas, acompañando su pregunta con otra hábil caricia que la hizo estremecerse.

—Me siento como si me hubiera quedado sin respiración. Es una sensación extraña.

—Muy bien.

El cuerpo de Christina se mostraba cálido y aquiescente bajo sus manos. Lucas regresó de nuevo al clítoris y lo acarició con el pulgar, haciéndola arquear las caderas. La insto a bajarlas y posó los labios sobre ella, provocando una nueva oleada de intenso placer. Nadie le había hecho nunca nada parecido. No tenía la menor idea de que se pudiera hacer algo así.

Oyó que Lucas hacía un sonido de satisfacción. La sostuvo con fuerza y volvió a acariciarla con la lengua. Cuando intentó apartarse, la obligó a permanecer donde estaba. Siguió entonces provocándola con sus lentas caricias, hasta que el placer creció de tal manera que Christina comenzó a retorcerse entre sus brazos.

—Lucas —le temblaban los muslos.

Su cuerpo entero temblaba. Gimió mientras se rompía una vez más, estremeciéndose y alzando las caderas contra su boca con un ritmo frenético.

Lucas volvió a su cuerpo, la estrechó entre sus brazos y la besó con delicadeza. Christina reconoció su propia esencia en sus labios y sintió otra oleada de impactante y pecador placer. Lucas le enmarcó el rostro con las manos y volvió a besarla.

—Te deseo otra vez —susurró. Christina notaba su erección contra el muslo, dura e impaciente—. ¿Puedo?

Christina hizo un sonido de somnolienta aquiescencia, pero cualquier posible somnolencia desapareció en el instante en el que Lucas se agarró al cabecero de la cama al tiempo que la hacía ponerse boca abajo y la instaba después a alzarse hasta ponerse de rodillas. Christina sintió las manos de Lucas en la espalda, sobre su trasero, y deslizándose después entre sus muslos para alzarla hasta colocarla casi de rodillas.

—No voy a hacerte daño —le aseguró—. Si quieres que me detenga, dímelo.

Se deslizó dentro de ella y la mente de Christina voló en mil pedazos, desgarrada por una clase diferente de placer. Ella estaba muy tensa y él era tan grande que le resultaba difícil aceptarlo dentro de ella. Se sentía abrumada, invadida. Con movimientos lentos, Lucas se inclinó hacia delante, dejando que el cuerpo de Christina se ajustara a aquella tensa posesión. Fue un placer exquisito, sobrecogedor. Su cuerpo se cerraba alrededor de Lucas como un guante de terciopelo. Siguiendo su propio instinto, Christina comenzó a moverse hacia atrás. Lucas presionó inmediatamente un poco más y aumentó el ritmo de sus movimientos. Ella jadeaba. Su cuerpo entero tembló ante sus embestidas. Lucas se hundió con fuerza dentro de ella y Christina le oyó gemir con un sonido duro y primitivo. El placer la presionó sin piedad, la abrasó y la arrastró con la fuerza de una marea. Los latidos de su corazón y las sacudidas del orgasmo palpitaban en todo su cuerpo.

Durante unos minutos, permaneció allí, ajena a todo lo que no fuera aquella centelleante sensación que iba desvaneciéndose en todo su cuerpo, con Lucas a su lado y un remolino de sentimientos recorriendo su cuerpo como un torrente. Nunca había sentido nada parecido. Ella se consideraba una mujer experimentada, pero era una ignorante. No era consciente de la profundidad de sentimientos de la que era capaz, no sabía lo que se sentía al hacer el amor con un hombre...

Con un hombre del que estaba enamorada, y no con el caprichoso antojo de una jovencita, sino con la pasión de una mujer.

Permaneció muy quieta mientras pensaba en ello. Estaba enamorada de Lucas y no le importaba ni quién era ni lo que era. El hecho de que fuera un sirviente o un señor no suponía para ella ninguna diferencia.

Volvió la cabeza hacia Lucas. Sentía el calor del círculo de sus brazos mientras él la acariciaba el pelo. Todo era perfecto, como si los dos hubieran nacido para disfrutar de aquel momento. Quería sentirse feliz, pero lo que sentía era algo muy diferente, una profunda e intensa desesperación. Las lágrimas comenzaron a acumularse en su garganta y sintió el escozor en los ojos.

Había cometido un terrible error.

Volvió a ser presa de aquel sentimiento, oscuro, terrible. El amor y el dolor eran las dos caras de una misma moneda. Lo había aprendido siendo muy joven.

Además, una vez era capaz de pensar de nuevo, era consciente de que lo que había hecho había sido algo maravilloso, pero también algo prohibido. Había sido una completa estupidez. Era tentador, pero del todo absurdo. No podía llegar a ninguna parte y, sin embargo, podía causarle muchos problemas.

De alguna manera, iba a tener que dar marcha atrás y fingir que aquello no había ocurrido. Estaba obligada a hacerlo porque no tenía alternativa. A lo mejor Lucas podía convertirse en su amante durante una temporada, pero al final, el resultado sería el mismo. No había ningún futuro para ellos. No podía haberlo. Christina no quería amarle. No quería enfrentarse a la vulnerabilidad que implicaba siempre el amor. Y, si continuaba por aquel camino, eso sería exactamente lo que ocurriría.

Se movió de manera casi imperceptible, como si instintivamente quisiera alejarse del abrazo de Lucas. Él lo notó.

–¿Christina?

–Esto no puede volver a ocurrir –dijo con voz temblorosa.

Dio media vuelta en la cama y se levantó. Las piernas le temblaban. Fuera del refugio de los brazos de Lucas, hacía frío. Inmediatamente, deseó regresar a la seguridad de su abrazo, a aquella maravillosa sensación de pertenencia.

–No está bien. No debemos volver a hacerlo otra vez.

–¿Por qué no? –preguntó Lucas.

Se apoyó sobre un codo para mirarla. Christina era consciente de su mirada mientras intentaba recoger sus ropas. Las manos le temblaban de tal manera que apenas podía vestirse. Sentía frío por dentro y por fuera. De pronto, aquella cabaña diminuta le resultaba helada y sombría y su encuentro triste y sórdido. La señora de la casa seduciendo al jardinero. ¿En qué estaba pensando? Lucas era un criado, un miembro del servicio. Ella tenía que cuidar de su gente, no utilizarla. Se sentía vulnerable habiendo desnudado de aquella forma sus sentimientos. Le deseaba y sabía que también él la deseaba. Pero tenía que hacer las cosas bien, por intensa que fuera la tentación del mal.

—Soy mayor que tú —le dijo—. Además de tu señora. No estaría bien que abusara de mi posición. Si las relaciones entre los miembros del servicio están prohibidas, no debería romper mis propias normas. Sería una hipocresía por mi parte.

Lucas se levantó rápidamente, envolviéndose la cintura con la manta. Se acercó a ella y la agarró por los hombros para hacerla volverse hacia él y poder mirarla a los ojos. Christina sintió el calor de sus manos a través de la fina tela de la blusa. Su caricia despertó de nuevo el deseo. Se estremeció.

—No han sido así las cosas entre nosotros —le espetó con dureza.

Christina se arriesgó a mirarle. Parecía enfadado y había una dureza en sus ojos que ella desearía no haber visto porque solo servía para recordarle que, más allá del deseo, Lucas no sentía nada por ella. No podía sentirlo. Era un hombre independiente. No necesitaba a nadie.

—Sí lo han sido.

No iba a decirle que su relación era imposible porque le amaba. Tenía que terminar aquella relación cuanto antes, antes incluso de que hubiera empezado. Tenía que hacerlo por el bien de los dos.

—¿De verdad lo crees? —le preguntó Lucas—. ¿Crees que estarías abusando de tu posición si nosotros...? —se interrumpió un instante, como si estuviera eligiendo con mucho cuidado sus palabras—, ¿si estuviéramos juntos? —la miraba con el ceño fruncido y buscaba su rostro.

—Sí, lo creo —contestó Christina—. Tengo la obligación de proteger Kilmory y a las personas que viven aquí —se mordió el labio— y debo estar a la altura de mis responsabilidades. No puedo ponerte en una posición tan difícil.

Vio que Lucas curvaba los labios en una irónica sonrisa. Le tomó la mano y le besó la palma.

—Eres una mujer extraordinaria, Christina MacMorlan —dijo lentamente—. Ningún hombre sería tan honorable como tú.

La soltó y se acercó para recoger el sombrero y la capa mientras Christina se arrodillaba para rescatar las horquillas que habían terminado en el suelo. Parecían haber caído por todas partes. En cuanto encontró un puñado, se levantó y Lucas la envolvió en la capa. Dejó las manos sobre sus hombros durante varios segundos, como si quisiera volver a estrecharla entre sus brazos. También ella quería abrazarlo. Lo deseaba desesperadamente y no se atrevía a mirarle por miedo al mensaje que podían enviarle sus ojos.

—Gracias, señor Ross —dijo en cambio.

Hizo un esfuerzo para recuperar las formalidades, pero no tardó en darse cuenta de lo ridículo que sonaba después de todas las libertades que se habían tomado. Sus labios sobre los suyos, sus manos abrazándola, su cuerpo dentro del suyo… Habían sido experiencias tan íntimas que era imposible olvidarlas. Volvió a estremecerse. Parte de ella quería que Lucas le impidiera marcharse, que le asegurara que podían estar juntos, que todo saldría bien. Pero no sería así, lo sabía, y otra parte de ella le estaba inmensamente agradecida por no hacerle las cosas más difíciles de lo que ya eran.

—Buenas noches, lady Christina —respondió Lucas.

Y Christina salió al frío de la noche preguntándose si, en realidad, la suya no era una conducta cobarde, si, en realidad, no sería una estupidez rechazar el placer en una vida tan carente de alegrías.

Lucas se tiró en la cama, cruzó las manos debajo de la cabeza y alzó la mirada hacia el techo. Su cuerpo estaba satisfecho, pero su mente estaba enredada de tal manera que le dolía la cabeza.

Su conducta había sido imperdonable. Jamás, desde que era un adolescente, se había dejado llevar de tal manera por los sentimientos. Y jamás en su vida había perdido el control como lo había hecho aquella noche con Christina.

Desde luego, no era ningún monje.

Y no le pasaba por alto la ironía de lo ocurrido. Hacía mucho tiempo que no se acostaba con una mujer y para una vez que lo hacía, elegía a una mujer a la que jamás debería haberse acercado.

Siempre se había considerado invulnerable. A lo largo de los años había llegado a pensar que no necesitaba a nadie, que no necesitaba ninguna intimidad física ni ninguna cercanía sentimental. De joven, había sido tan despreocupado y desconsiderado como cualquier otro joven en su actitud hacia las mujeres y el sexo, pero a medida que había ido creciendo, se había descubierto pensando cada vez más en el hecho de que él era un hijo bastardo, concebido fuera del matrimonio, y que su nacimiento había sido para su madre motivo de una infinita vergüenza y de una inmensa tristeza. Él no quería ser como su padre, que había seducido y abandonado a una mujer sin pensarlo siquiera. Había bastado aquella conciencia para evitar que se convirtiera en un libertino.

O, por lo menos, había bastado hasta aquella noche.

Aquella noche había olvidado hasta el último de sus principios.

Pensó en Christina, en su dulce vulnerabilidad tras su altivo exterior, en el cálido atractivo de sus ojos, en su incredulidad cuando le había confesado que la encontraba atractiva. Recordó su esencia, sintió la caricia de sus manos y la presión de su cuerpo alrededor del suyo. Había sido algo explosivo, la experiencia más devastadora que había disfrutado en su vida. Elemental, profunda, todas las cosas que él no deseaba. Pero, al mismo tiempo, eran emociones demasiado intensas como para descartarlas.

Le laceraba la culpa. Christina MacMorlan había sido honesta y él era un canalla que la había seducido sin confesar siquiera su verdadera identidad.

Se sentó y apoyó la cabeza entre las manos. No podía decirle que no era jardinero. No podía decirle que trabajaba para lord Sidmouth. Y, menos todavía, el verdadero motivo que le había llevado a Kilmory. Se imaginó confesándole a Christina que sospechaba que su padre podía ser un asesino. Se quedaría horrorizada. Se precipitaría a defender al duque. Necesitaba pruebas antes de abordar un tema tan complicado. O eso, o debería abandonar aquella búsqueda de justicia. Pero el corazón le dolía solo de pensar en ello. No podía volver a fallar a Peter.

Pero sí podía hacer algo, que era escribir a Sidmouth y pedirle que le liberara del papel que debía jugar en la búsqueda de la banda de contrabandistas. No quería tener nada que ver ni con Eyre ni con sus métodos.

Un delicado juego de sombras iluminaba la habitación. En verano, en aquellas tierras situadas tan al norte, rara vez anochecía por completo. El sol apenas se ocultaba en el mar, dejando tras él un cielo de un azul intenso, oscuro. Arriba, en la casa, estarían todas las lámparas encendidas. Se preguntó si Christina habría podido llegar a su habitación sin ser vista, sin tener que dar ninguna explicación para su pelo revuelto y la ropa arrugada.

«Está mal porque me estaría aprovechando de mi posición».

Sintió un calor extendiéndose en su pecho al recordar su desafiante cortesía. Era lo último que se esperaba. Había muchos hombres que no dudarían en aprovecharse de sus criadas y, sin duda alguna, también un buen número de mujeres que harían lo mismo con sus criados. También había muchos sirvientes que ofrecían favores a sus señores como una vía de ascenso. Alice Parmenter era una de ellas. Pero Christina era demasiado buena para hacer una cosa así, demasiado especial. No iba a despedirle porque creía que necesitaba aquel trabajo. Y no iba a volver a acostarse con él porque no le parecía bien.

La satisfacción física le había abandonado, dejándole frío y cansado. Pero algo había cambiado dentro de él. Había un apenas perceptible punto de calor allí donde antes solo había hielo. Y eso era lo más peligroso, lo que más le aterraba de aquella situación.

Capítulo 12

–Señor Ross –le saludó Christina.
Le había hecho llamar a la biblioteca a la mañana siguiente. Había enviado a un sirviente. Todo era extremadamente formal.
Christina dejó la pluma y alzó la mirada hacia él. Tenía los ojos cansados, como si no hubiera dormido. Mantenía el escritorio entre ellos a modo de barrera y no invitó a Lucas a sentarse. A Lucas le resultaba raro verla así, tan correcta y profesional, cuando solo horas antes la tenía entre sus brazos y estaban haciendo el amor con intensa pasión y deseo. Le entraban ganas de volcar el escritorio y besarla hasta dejarla sin respiración. Pero, al mismo tiempo, aquella formalidad le conmovía. Christina estaba intentando hacer las cosas bien. Y le produjo una ternura que le sorprendió.
–Os pido disculpas por haberos enviado a buscar de esta manera –dijo Christina–. La verdad es que no estoy segura de cómo tratar este asunto... –fue perdiendo poco a poco la voz–. No quiero que penséis... –jugueteó con la pluma, girándola entre sus dedos.
Tenía unas manos pequeñas, competentes, como toda ella. Lucas sintió que el corazón se le encogía en el pecho con un sentimiento que no reconoció.
–No he supuesto nada, señora –le aseguró.

Vio un brillo de gratitud en las profundidades de sus ojos azules.

–Gracias –contestó Christina. Tomó aire–. Ayer por la noche... –se interrumpió–. Espero que os deis cuenta de que –alzó la mirada–, no voy habitualmente por ahí comportándome de esa manera.

–Creo que ayer por la noche quedó suficientemente claro.

–Y no creo que lo ocurrido suponga ninguna diferencia en nuestra relación de trabajo –continuó Christina precipitadamente.

Estaba extremadamente sonrojada y nerviosa. Había color en un rostro minutos antes muy pálido.

–Evidentemente, no volverá a ocurrir, pero debo mantener la autoridad entre mis empleados, así que os agradecería que no hicierais ninguna mención...

Se interrumpió bruscamente. Lucas dio un paso adelante, se inclinó y apoyó las manos en el escritorio. Christina le miró sobresaltada.

–¿Señor Ross?

–Lady Christina –dijo Lucas. Intentó hacer desaparecer el enfado de su voz, pero le resultaba muy difícil–, ¿de verdad necesitáis pedírmelo?

Christina se sonrojó.

–Lo siento –le dijo–. No pretendía cuestionar vuestra integridad.

Tenía una manera de ir directamente al fondo de cualquier asunto que le dejaba sin palabras. Y como su integridad era bastante cuestionable, se sintió de pronto como un auténtico canalla.

–No volváis a pensar más en ello –respondió malhumorado.

Asomó a los ojos de Christina un nuevo sentimiento.

–Será difícil –dijo con un candor que le desarmaba–, pero haré todo lo que pueda.

Lucas sintió que su cuerpo se tensaba. Así que ella también se había pasado la noche pensando en todo lo que había pasado entre ellos. Deseando que se repitiera. Lucas estuvo a punto de gemir en voz alta. Christina tenía razón. Era condenadamente difícil borrar el recuerdo de la noche anterior.

Se miraron a los ojos. Lucas vio una súplica en los de Christina y le resultó imposible resistirse.

–Prometo no hacer nunca nada que pueda comprometer vuestra autoridad –se irguió–. Me comportaré con tanta deferencia y respeto como hasta ahora.

–Lo cual no es decir mucho –contestó Christina–. Pero apreció la intención.

Lucas sonrió.

–No soy un hombre de naturaleza sumisa.

Christina frunció el ceño.

–Sí, ya lo he observado, señor Ross. En cualquier caso, yo creo que… –se interrumpió un momento–, creo que el respeto es algo que uno debe ganarse y no algo que se merezca por nacimiento.

Lucas estaba sorprendido por su capacidad de percepción. No se consideraba a sí mismo una persona fácil de comprender y, sin embargo, ella le comprendía perfectamente.

–Y ese es el motivo por el que contáis con mi respeto –dijo con amabilidad.

Christina se sonrojó violentamente, como si la buena opinión que tenía de ella le importara más que ninguna otra cosa.

–Gracias –se limitó a decir.

Christina sonrió y Lucas se sintió como si el sol acabara de salir.

–Ahora –Christina cambió de tono, adoptando uno de mayor eficiencia–, tengo un problema para el que me gustaría contar con vuestra ayuda, señor Ross –señaló dando unos golpecitos la carta que tenía encima de la mesa–. Mis hermanas me han escrito diciéndome que estarán de visita en Kilmory el fin de semana que viene.

A Lucas se le encendieron las alarmas. Si lady Mairi Rutherford le veía, delataría su verdadera identidad. Se conocían y Lucas no tenía la menor esperanza de que no le reconociera. De modo que, o bien permanecía escondido en la gruta del jardín durante todo el tiempo que durara la visita, o iba a tener que trabajar rápido, terminar con la investigación antes de que llegaran las damas y largarse de allí.

¡Maldita fuera!

Diez días no eran suficientes para completar aquella misión.

Pero Christina continuaba hablando, bajando la mirada hacia la carta y con una ligera aspereza en la voz.

–Al parecer, Mairi y Lucy vienen con unas amigas de la Sociedad de Damas Ilustradas de las Tierras Altas. Por lo visto, sus amigas se emocionaron al enterarse de que lady Bellingham está instalada cerca de aquí y quieren conocerla. Tengo entendido que es algo así como una heroína para ellas. Voy a organizar un té para las damas con intención de que podamos hablar de todo tipo de temas, desde las aplicaciones más prácticas de la trigonometría hasta la vuelta del cometa Halley.

–La Sociedad de Damas Ilustradas de las Tierras Altas –repitió Lucas–. ¿Es una sociedad completamente femenina?

–Exacto –respondió Christina–. La pista la da el nombre. No admiten la presencia de caballeros en sus reuniones, a menos que acudan como conferenciantes expertos.

Lucas respiró con cierto alivio. Por lo menos, Jack no acompañaría a Mairi. Dudaba de que fuera especialista en algún tema en el que pudiera estar interesado un grupo de mujeres ilustradas. Aunque, pensándolo bien, quizá les apeteciera oír una conferencia sobre las artes de la seducción y la práctica del libertinaje.

–¿Sois vos una mujer ilustrada, señora? –preguntó Lucas.

Christina dejó la pluma en la mesa con cierto mal humor.

—No, señor Ross, no lo soy. Hace falta disponer de tiempo para ser una mujer tan cultivada y yo no puedo perderlo en trivialidades —se frotó el cuello.

Se le habían escapado algunos mechones del moño y Lucas estaba deseando presionar los labios contra la delicada curva de su nuca. El impulso era tan fuerte que tuvo que apretar los puños para controlarse.

—Tengo demasiadas cosas que hacer —dijo Christina, casi para sí—. Todo el mundo da por sentado... —se interrumpió—. Bueno, ahora no viene al caso. Pero, como os he dicho, necesitaré vuestra ayuda, señor Ross.

—¿Deseáis que desaparezca en los invernaderos o me necesitaréis para servir la mesa? —preguntó Lucas, esperando que no fuera lo último.

Christina le miró con expresión glacial.

—Por favor, no intentéis adivinarme el pensamiento, señor Ross. No necesito ninguna de las dos cosas por parte de vos. No podría teneros esperando junto a la mesa —tamborileó con los dedos sobre el escritorio con evidente irritación—, se organizaría un auténtico alboroto en el comedor. Las damas de esa sociedad saben apreciar a un hombre atractivo. Desde luego, tienen toda una reputación en ese sentido —se frotó la cara con aire ausente, dejando otra mancha de tinta en su mejilla—. Lo que quería pediros es que nos proveáis de flores para la casa durante todos los días que dure la visita —le pidió.

—Así que queréis que traiga flores para la casa —repitió Lucas—. ¿Queréis que las traiga yo?

Se imaginaba a sí mismo escondido tras un ramo de rosas cada vez que Maire Rutherford pasara por delante de él. La situación prometía ser realmente embarazosa.

Christina le miró con extrañeza.

—Solo hasta la habitación del ama de llaves —le dijo—. La señora Parmenter y yo arreglaremos los ramos y los distribuiremos por toda la casa –inclinó la cabeza con aire pensativo mientras le miraba–. ¿Espero que estéis comenzando a conocer la diferencia entre una rosa y una malvarrosa?

–Las malvarrosas son más altas que las rosas –respondió Lucas, y sonrió–. Antes de salir recopilaré algunos libros sobre jardinería. De esa forma, es posible que no os deje en mal lugar.

–Gracias –contestó Christina.

Ordenó los papeles que tenía encima de la mesa y se levantó. Evidentemente, aquel era el final de la entrevista.

–Si me perdonáis –le dijo a Lucas–, tengo algunos asuntos de los que ocuparme en el pueblo. Quiero llevarle algo de sopa a la señora McGregor y medicinas a los hijos de los Morrison. Están sufriendo las fiebres. Espero que no haya un brote mayor.

Lucas la agarró del brazo cuando se dirigía hacia la puerta.

–Estáis muy pálida –le dijo–. Deberíais tener cuidado de que no os las contagien a vos.

Había cerrado la mano sobre la suya y Christina se quedó helada, conteniendo la respiración. Estaba de perfil y Lucas podía ver la curva de sus labios y el latido de su pulso en la base del cuello. Los dedos le temblaban bajo su mano. La tensión sexual vibraba entre ellos como una corriente de calor.

–Estoy perfectamente –susurró.

–No, no lo estáis –respondió Lucas, sintiéndose de pronto fieramente protector–. Nunca os permitís descansar.

Christina alzó la mirada, mostrando unos ojos apagados por el cansancio. Lucas podía ver su propia confusión reflejada en su mirada.

–Aprecio vuestra preocupación, pero creo que no deberíais tomaros tantas familiaridades, señor Ross –le reprochó–. Hace solo unos minutos, habéis mostrado vuestro acuerdo en comportaros con absoluta propiedad.

Lucas soltó un ronco gemido.

—Al infierno con la propiedad —dijo.

La estrechó contra él. Sintió en ella la vacilación, pero también la llamada de una tentación que barría todas las inhibiciones. La hizo darse la vuelta y apoyarse contra la puerta mientras le daba un largo y profundo beso, asaltando con la lengua la dulzura de su boca y atrapando su cuerpo con el suyo. Christina le rodeó el cuello con los brazos y le devolvió el beso. Lucas sintió una oleada de algo tan elemental que era imposible negarlo: una mezcla de poder, necesidad de posesión y deseo. Pero bajo el clamor de su cuerpo había una necesidad de protegerla que le resultaba infinitamente más inquietante.

Christina se apartó de él con la respiración agitada. Lucas le enmarcó el rostro con las manos y dibujó la frágil línea de su barbilla con el pulgar. La ternura libraba una fiera batalla en su interior contra la necesidad de apartarla antes de adentrarse en un terreno inexplorado. Pero ya era demasiado tarde. Un deseo fiero le invadía, unido a la necesidad de protegerla de cualquier posible daño.

—Cuidaos —susurró, besándola de nuevo con más delicadeza.

Christina se separó de él. Lucas vio el distanciamiento en su mirada y comprendió que estaba decidida a poner fin a aquella relación por mucho que le deseara. Le agarró la mano, pero ella intentó apartarla.

—Quiero que me prometáis que si os habéis quedado embarazada, me lo diréis.

Christina abrió los ojos como platos, con evidente sorpresa. Lucas comprendió que no había pensado siquiera en ello.

—No, no estoy embarazada. No puedo. Vos no... —se interrumpió, incapaz de articular palabra.

—Aun así, puede ocurrir —respondió Lucas sombrío. La agarró con fuerza del brazo—. Pero yo no seré como mi padre. Yo jamás abandonaría a la madre de mi hijo.

Lucas advirtió el cambió de expresión de su mirada. Vio en sus ojos una tristeza, un dolor, que no fue capaz de comprender, mezclado con un anhelo que hizo que le diera un vuelco el corazón. Christina sonrió, aunque Lucas creyó ver el brillo de las lágrimas iluminando sus pestañas.

–Eres un buen hombre, Lucas Ross –le dijo, acariciándole la mejilla durante un instante fugaz.

Se volvió, abrió la puerta de la biblioteca, salió y la cerró delicadamente tras ella. Lucas oyó el sonido de sus pasos alejándose mientras Christina volvía a su vida de señora de Kilmory, la verdadera señora de la casa. Sabía que él ya no tenía nada que hacer. No formaba parte de su vida. Y, por primera vez, aquello le disgustó intensamente.

Había muchas cosas que hacer. Tenía que acordar los menús con Alice Parmenter y había quedado en reunirse con el administrador de fincas para hablar del aumento de la renta de la granja. Después llevaría medicinas al pueblo y visitaría a la señora MacPherson y a lady Bellingham. Además, había que ventilar las habitaciones antes de la visita de las damas y preparar una nueva partida de whisky. Pero Christina no era capaz de concentrarse. En lo único en lo que podía pensar era en Lucas.

Apenas le había visto durante la semana. Pero soñaba con él todas las noches, disfrutaba de sueños llenos de pasión y anhelo y se despertaba sintiéndose desesperadamente sola. Su cuerpo le añoraba, pero esa no era la mayor repercusión que tenía su ausencia. Se sentía como si una parte de ella hubiera desaparecido. Por mucho que intentara llenar aquel vacío con todo tipo de actividades, el dolor la asaltaba en los momentos más inesperados, como le estaba ocurriendo justo en aquel instante. Estaba en un salón lleno de gente, un lugar que podría haber estado a cientos de miles de kilómetros de la cabaña de Lucas y de los secretos que allí habían compartido.

Ella no quería sentirse así. Una cosa era entregar su amor y su tiempo a los demás y otra muy distinta sentir algo tan intenso por un solo hombre. Tenía miedo de aquel sentimiento. La aterraba entregarse a él y arriesgarse a perderlo todo. Cuando era joven, tenía el corazón abierto y amaba sin reservas. Pero ese amor había muerto el día que había perdido a su madre y su mundo su había partido en mil pedazos. Jamás volvería a entregarse tan libremente.

–Christina. No estás atendiendo –Gertrude le dio un golpe con el abanico en las costillas de forma muy poco delicada.

Tenía el rostro arrugado por el descontento y taladraba con la mirada a Allegra, que estaba absorta en una conversación con Richard Bryson, el sobrino de Eyre. Allegra estaba sonriendo. Era la primera vez que Christina la veía tan sinceramente animada. Su madre también mantenía una actitud muy activa, pero motivada por el enfado, no por la alegría. Era evidente que Christina se había perdido una de las habituales regañinas de Gertrude a su hija con motivo de su mala conducta.

–Perdón –dijo automáticamente.

Había estado prestando atención, pero no a lo que Gertrude decía. Lo que más la asustaba era que tenía la sensación de que era demasiado tarde para dar marcha atrás. Estaba enamorada de Lucas y no sabía cómo poner coto a sus sentimientos. Amar a Lucas la hacía desear correr riesgos que se había jurado no volver a correr nunca más. Amarle la hacía desear atreverse a confiar en que el futuro no iba a ser como el pasado, en que aquella vez no iba a sufrir. La precaución le recordaba que era absurdo exponerse de nuevo al dolor. Y ella no sabía qué hacer.

Gertrude volvió a darle un golpecito y a Christina le entraron ganas de agarrarle el abanico y rompérselo por la mitad.

–Te estaba diciendo que cuando hagas de carabina de

Allegra durante la temporada de invierno en Edimburgo, tendrás que asegurarte de que no pierda el tiempo con hombres que no la convienen en absoluto. Como ese –le aclaró Gertrude, señalando a Richard Bryson con el abanico–. No voy a consentir que se case con nadie inferior en rango a la heredera de un duque. En caso de que la situación se torne desesperada, estoy dispuesta a consentir que se case con un conde. Pero por debajo de un conde, nada en absoluto, ¿me entiendes, Christina?

–Eso deberías decírselo a Allegra, no a mí –respondió Christina, con más brusquedad de la que pretendía.

La irritaba profundamente que Gertrude diera por sentado que sería la carabina de su hija. Ni siquiera se lo había pedido, y aunque Christina viajaría con gusto a la capital, tener que estar a la entera disposición de Gertrude era un alto precio a pagar.

–¿Le has preguntado a Allegra en algún momento lo que le gustaría a ella, Gertrude? –continuó preguntando–. Aunque solo fuera por una vez en tu vida, deberías tener en cuenta sus sentimientos, puesto que un matrimonio es algo que la afectará durante el resto de su vida. A lo mejor ella no quiere casarse, por lo menos todavía. O a lo mejor prefiere casarse con un hombre que la quiera de verdad a establecer una alianza matrimonial simplemente para conseguir un mísero ducado.

Gertrude se la quedó mirando fijamente. Tenía la boca abierta en un gesto que Christina interpretó de estupefacción al ver que alguien ponía sus opiniones en cuestión.

–¡No seas ridícula! –le espetó Gertrude con vehemencia.

Se levantó con idéntica energía y se alejó de ella con la espalda rígida por la indignación, como si Christina acabara de sugerir algo completamente indecente. Christina esbozó una débil sonrisa. Siendo ella una persona a la que su padre había arruinado toda posibilidad de matrimonio, se sentía orgullosa de poder salir en defensa de Allegra y de su futura felicidad. Con un poco de suerte, Gertrude se daría cuenta de que no era la mejor candidata como carabina. Christina había oído explicar que por su parte era un acto de generosidad, que quería darle a su cuñada algo que hacer.

Durante los últimos seis meses, Christina le había permitido a Gertrude todo tipo de ofensas sin que ello tuviera consecuencia alguna. Pero se había acabado. Lucas la había ayudado a darse cuenta de que no tenía por qué consentir la conducta de su cuñada.

Observó a Thomas Wallace intentando servir el té y los bizcochos. Galloway le estaba preparando, pero era un hombre remarcadamente torpe, había migas por todas partes y las tazas se inclinaban en peligroso ángulo. Christina suspiró. Había intentado hacer las cosas bien ofreciéndole a Thomas el puesto de lacayo. Su padre había sufrido recientemente una grave enfermedad que no le permitía seguir trabajando en su pequeña granja. Pero Thomas Wallace no tenía madera para hacer ese tipo de trabajo. Lucas Ross habría servido el té con mucha más elegancia. Tampoco él era un hombre hecho para servir, pero por diferentes razones.

A Kilmory normalmente no iba tanta gente a tomar el té. Se habían encontrado con un inesperado flujo de visitantes, incluyendo el médico, su esposa y su hija, una dulce jovencita rubia de diecisiete años que estaba hablando con Lachlan. Lachlan normalmente no compartía el té con el resto de la familia y su presencia se debía a la asistencia de la señorita Cameron. Christina suspiró. Lachlan siempre había sido un mujeriego. Como hijo menor de la familia, había estado muy mimado y tenía una personalidad muy voluble. Christina volvió a preguntarse si debería escribir a Dulcibella, la esposa de Lachlan, para suplicarle que volviera con él. Pero la perspectiva de suplicar a su cuñada no le resultaba en absoluto apetecible.

Un estallido de risas la hizo volver a fijarse en Allegra.

Aquella tarde estaba extremadamente guapa, con los ojos chispeantes, y se inclinaba hacia Richard Bryson como si quisiera dar énfasis a sus argumentos. Por un momento, le pareció verle rozar la espalda de Byron con un gesto muy íntimo, pero no estaba segura. Frunció el ceño, preocupada por primera vez por su sobrina. Era imposible que hubiera ningún tipo de intimidad entre ellos, pero Allegra resplandecía como si estuviera enamorada. Como si fueran amantes.

Christina ya había visto con asombro esa misma tarde cómo Allegra regresaba de un paseo a caballo con las mejillas sonrojadas y llena de reprimida excitación, seguida por Bryson. Le había dicho que se habían encontrado en el camino del acantilado, que habían vuelto a Kilmory juntos y le habían invitado a tomar el té. Gertrude prácticamente había enmudecido de indignación. Christina, temiendo que pudiera rescindir la invitación, había intervenido rápidamente para reforzar la invitación de Allegra, aunque tampoco ella tenía ningún interés en recibir a Bryson en su casa. Suponía que él no tenía la culpa de ser policía, y de que ella fuera la delincuente a la que pretendía capturar. Richard era un joven agradable y necesitaba labrarse un futuro. Pero si sus planes de futuro implicaban de alguna manera a Allegra, o si tenían ya algún tipo de relación, la situación era muy diferente.

Christina volvió a observarlos insegura, vacilante. Bryson se comportaba con absoluta propiedad con Allegra. Sus propios enaltecidos sentimientos le decían que había algo entre ellos. Sin embargo, tenía que tratarse de un error. Allegra jamás tendría un amante.

Se produjo de pronto una conmoción en la puerta. Galloway estaba haciendo serios esfuerzos para meter en el salón lo que parecía una cesta enorme del mercado. Estaba llena de rosas, de rosas de un color rojo intenso y capullos blancos acariciados por la más delicada sombra de rosa. Las rosas desbordaban los bordes de la cesta en una maravillosa cascada y llevaban con ellas la fragancia de la brisa en verano.

—¡Rosas para Allegra!

Gertrude corrió hacia al mayordomo con una sonrisa mientras apartaba a Bryson de un codazo y parecía a punto de arrancarle a Galloway la cesta de las manos.

Galloway apartó la cesta de su alcance. Apareció en su rostro una furtiva expresión de triunfo que se apresuró a hacer desaparecer.

—Las flores son para lady Christina, señora —le aclaró el mayordomo—. Las han dejado en la puerta con una tarjeta —cruzó la habitación para llegar a la butaca en la que Christina estaba sentada y le dedicó una profunda reverencia—. Mi señora.

—¡Para Christina! —Gertrude retrocedió como si las flores la hubieran mordido—. ¡Es inexplicable!

Christina acarició los pétalos de las rosas con los dedos. Se sentía bastante inclinada a mostrarse de acuerdo con Gertrude. Un regalo de aquel porte era algo inaudito para ella. No había muchos posibles admiradores en Kilmory. Al ver la cesta de cerca, recordó haberla visto antes en el cobertizo en el que guardaban las macetas que el señor Hemmings utilizaba para sus semilleros.

Se inclinó para ver las flores y advirtió un brillo bronceado en el fondo de la cesta. Era su pistola.

¡Lucas!

Tragó con fuerza. Casi se había olvidado de que no le había devuelto la pistola y de pronto, ahí estaba, siendo entregada a la vista de todo el mundo, envuelta en docenas de rosas. Cualquiera podría haberla visto. Pero era típico de Lucas. Le gustaba el riesgo. Christina lo percibía en él cada vez que hablaban y aquel filo peligroso la atraía como el fuego a las polillas.

Experimentó una sensación ardiente y excitante en lo más profundo de su ser y cerró los ojos un instante. Había dado un paso muy peligroso al pasar de desear un amante a tomarlo. Y tras haber vivido lo placentero que podía llegar a ser, quería experimentar de nuevo aquel placer. Lo ansiaba. Ansiaba a Lucas.

Se dio cuenta de pronto, cuando ya era demasiado tarde, de que todo el mundo la estaba mirando y se aclaró la garganta avergonzada.

–Las flores son del señor Grant –explicó–. Le pedí que me enviara rosas recién cortadas para los ramos de la biblioteca.

–¡Ah! –Gertrude pareció aliviada–. Me parecía imposible que alguien pudiera regalarte rosas, Christina.

–Lo imagino –se mostró de acuerdo Christina.

El té continuó y llegó a su fin. El doctor, tardíamente consciente de que había que poner freno a las atenciones que Lachlan le estaba dedicando a su hija, reunió a su familia y emprendió la marcha. Richard Bryson excusó su marcha y, realmente, parecía lamentar profundamente el tener que abandonar a Allegra. Gertrude frunció el ceño al ver que su hija se despedía de él dándole la mano y diciéndole que le invitarían pronto a cenar. En cuanto la puerta se cerró tras el último invitado, Gertrude se volvió hacia su hija.

–¡No deberías alentarle, Allegra! ¿Me oyes? Es un don nadie. No podemos estar pendientes de alguien tan inferior a nosotros. ¿Cómo puedes ser tan estúpida? Dispones de las enormes ventajas que te proporcionan tu linaje y tu fortuna. Utilízalas para atrapar un marido que merezca la pena sumar a nuestra familia.

Desaparecieron del rostro de Allegra el brillo y la felicidad mientras abandonaba furiosa el salón y cerraba la puerta de un portazo. Gertrude se volvió hacia Christina.

–¡Y no se te ocurra alentarla invitando a ese hombre a cenar!

–Jamás se me ocurriría –dijo Christina con total sinceridad, dispuesta a evitar cualquier posible discusión con su cuñada.

–¡Oh, bueno...! –Gertrude pareció aplacarse–. Me alegro de que compartas mi punto de vista sobre los antecedentes del señor Bryson.

–Me importa muy poco si el señor Bryson procede de lo más alto o si ha nacido en una vaquería –respondió Christina–, pero no voy a cenar con un hombre cuyo trabajo implica perseguir a mis arrendatarios y a la gente del pueblo. Y ahora perdona, Gertrude, tengo cosas que hacer.

Levantó la cesta de rosas.

–Por favor, llévalas a mi dormitorio, Galloway –dijo mientras le tendía la cesta al mayordomo de camino hacia la puerta–. Creo que no voy a desperdiciar las rosas en la biblioteca. Mi padre no presta ninguna atención a ese tipo de cosas –se acordó de pronto de la pistola y añadió–. Por favor, no les eches agua. Ya lo haré yo después.

–Sí, señora –contestó el mayordomo con una inclinación de cabeza.

Christina salió entonces al jardín. Todavía picaba el sol, a pesar de que estaban ya a última hora de la tarde. O quizá fuera ella la única que tenía tanto calor. Había salido sin sombrero ni sombrilla. Estaba pensando en otras cosas. Caminó por el jardín, contemplando el resplandor del sol en el mar. Solo la más ligera brisa mecía las agujas de los pinos.

En la esquina de la tapia del jardín, sintió una punzada en un costado que la obligó a detenerse y a apoyar la mano en el muro mientras se inclinaba e intentaba respirar.

–¿Lady Christina? ¿Estáis bien?

Era la voz de Lucas. Sintió que la agarraba delicadamente del codo mientras la acompañaba hasta un banco del cenador. Se sintió como una vieja solterona. El vestido se pegaba a su cuerpo por culpa del sudor. Sabía que estaba roja y acalorada. No se había sentido menos atractiva en su vida.

–Estoy bien, gracias. El calor...

–Sí, hoy hace mucho calor –se mostró de acuerdo Lucas con expresión seria.

—Gracias por devolverme la pistola —le agradeció Christina.

Lucas sonrió y a Christina le dio un vuelco el corazón.

—Ha sido un placer —respondió Lucas.

—Ha sido muy ingenioso. Y también una imprudencia. No volváis a hacer nada parecido nunca más.

Lucas se encogió de hombros.

—No volverá a presentarse una ocasión que lo requiera, a no ser que me vea obligado a desarmaros otra vez —respondió. Extendió las manos—. No podía presentarme en el salón y devolver la pistola en una de las bandejas de Galloway.

Cambió repentinamente de tono, haciendo que su voz se tornara más profunda.

—Además, os merecéis las rosas. Las rosas rojas tienen un olor celestial y las blancas ese toque rosado que las hace parecer ruborizadas.

Si no hubiera estado ya enamorada de él, Christina se habría enamorado en aquel momento. Sintió un amor tan fuerte que se quedó sin respiración y fue presa de una extraña sensación de debilidad. El cenador estaba rodeado de madreselvas que desprendían un olor dulce y penetrante que a Christina le resultaba embriagador. Miró a Lucas y el vértigo se hizo más intenso. Lucas la miraba con una sonrisa en la mirada, pero, tras aquella sonrisa, Christina veía la luz de aquel deseo que la fascinaba y asustaba.

—Señor Ross —le dijo—, de verdad, no deberíais decirme ese tipo de cosas.

—Lo sé —contestó Lucas.

Pero no se disculpó, ni parecía remotamente arrepentido. A Christina le dio otro vuelco el corazón, motivado por un desesperanzado anhelo.

¡Maldita fuera! La mera existencia de aquel hombre le estaba haciendo muy difíciles las cosas.

—Espero que estéis bien —le dijo—. No os he visto mucho últimamente.

–Estoy muy bien, gracias –contestó Christina–. He tenido muchas cosas de las que ocuparme. ¿Y vos? –añadió educadamente–. ¿Va todo bien?

Vio que la sonrisa de su mirada se hacía más intensa ante el tono ridículamente formal de la conversación.

–Sí, yo también estoy bien –dijo muy serio. Se interrumpió y volvió a sonreír–. Tengo que ir a terminar mi trabajo. La gruta ya está casi terminada.

Christina le vio alejarse a grandes y elegantes zancadas y sintió la tentación de salir corriendo tras él y arrojarse directamente a sus brazos. La tensión de mantener aquel distanciamiento tan poco natural la había dejado exhausta. Aquella distancia estaba muy lejos de lo que ella quería, pero se había prometido respetarla.

Con un pequeño suspiro, se retiró lentamente al interior del castillo. Tenía muchas cosas que hacer, pero sus sentimientos se rebelaban cada vez que pensaba en una de ellas. Estaba acalorada y nerviosa. Ver a Lucas solo había servido para empeorar las cosas. No debería volver a buscarle nunca más. Decidió desviarse hacia el laberinto, donde hacía más frío entre los arbustos, y bajó después hacia la avenida de los tilos que conducía hasta la fuente.

Hundió los dedos en el agua, pensando que era una tarde perfecta para darse un baño. Abajo, en la playa, estaba la Casa Redonda, una pequeña edificación de piedra que su padre había hecho construir para que pudieran cambiarse y bañarse en la playa. El duque había dejado los baños tras haber sufrido un resfriado el año anterior y Christina era la única que la utilizaba, excepto cuando sus hermanas la visitaban. Sí, una buena zambullida era justo lo que necesitaba. A lo mejor la ayudaba a mitigar el deseo que sentía por Lucas. O a lo mejor no.

Capítulo 13

La Casa Redonda estaba fresca y sombría en contraste con el calor del exterior. El duque, siempre pendiente de su comodidad, la había amueblado con muchos más lujos de los que disponía cualquiera de las cabañas de los sirvientes. Había alfombras en el suelo y toallas esponjosas en el armario, además de los vestidos sin forma que utilizaban las damas para el baño.

Christina se desprendió de su ropa y suspiró aliviada mientras se desataba los lazos de las enaguas y se bajaba las medias. La larga y voluminosa camisola para el baño la envolvió como una mortaja. Era lo último en respetabilidad, larga y gruesa como la arpillera. Tendría suerte si no se hundía por culpa del peso cuando se mojara. Por un instante, consideró la posibilidad de bañarse desnuda, como había hecho su hermana Mairi el año anterior, pero ella no era tan desinhibida.

En la zona orientada al mar, las puertas del edificio se abrían directamente a una piscina horadada por el mar en las rocas durante años. Christina abrió la puerta y el sol poniente la deslumbró. Se hundió en el agua.

Como siempre, la frialdad del agua le cortó la respiración. Incluso en medio del calor del verano, conservaba un frío glacial. El agua empapó la camisola y el peso tiró de ella hacia abajo. Podía sentir la fuerza de la corriente arrastrándola. Subió a la superficie y sintió que la camisola flotaba a su alrededor como un globo pesado. Realmente, aquello era ridículo. Iba a terminar ahogándose por culpa del pudor y los escrúpulos. Giró en el agua, tirando de aquella gruesa tela, con la torpeza de una ballena varada en la playa, hasta que consiguió liberarse de la camisola empapada y dejó que se alejara flotando hasta la orilla.

Y fue entonces cuando oyó una risa.

Se secó los ojos, se echó el pelo hacia atrás y parpadeó para protegerse del sol. Había alguien allí, alguien que, desde luego, no debería estar bañándose con ella.

—¡Señor Ross! —exclamó.

—Buenas tardes otra vez, lady Christina —su manera de arrastrar las palabras era más pronunciada de lo normal.

—¿Qué estáis haciendo aquí? —preguntó Christina—. Pensaba que estabais trabajando.

—Acabo de terminar —respondió Lucas—. Necesitaba un baño.

—¿Pero por qué? —gimió Christina.

Era agudamente consciente de que ambos estaban desnudos. Y también de que Lucas la había visto moviéndose en el agua con la descoordinación de una ballena.

—¿Por qué se os ha ocurrido venir a bañaros?

Lucas esbozó una sonrisa deslumbrante, mostrando la blancura de sus dientes.

—Hace mucho calor —contestó—. Necesitaba refrescarme —se interrumpió—. Y, en parte sois responsable de ello, lady Christina.

¡Oh!

La estaba mirando, y bastaba que la mirara de aquella manera para sentir tal calor y sentirse tan consciente de sí misma que pensó que iba a ahogarse bajo el peso de la vergüenza.

—Yo pensaba... —dijo Christina, intentando que su voz sonara normal—, que sería porque cavar en el jardín es un duro trabajo.

—Eso también —confirmó Lucas—. El señor Grant me dijo que podía venir a darme un baño, aunque parecía disgustarle la idea. Cree que refrescarse bajo el surtidor es más que suficiente.

—Hay mucha gente que piensa que bañarse en el mar es malo para la salud —comentó Christina—. Podríais haber avisado cuando habéis visto que iba a meterme. Yo no podía veros por culpa del sol.

—Si hubiera avisado, no os habríais reunido conmigo —respondió Lucas en un tono desesperadamente razonable—. No tenía ninguna intención de deteneos —sonrió—. Particularmente, cuando habéis empezado a desnudaros.

—¡Oh!

Christina no había tenido nunca la experiencia de que su rostro irradiara un calor semejante cuando su cuerpo estaba helado. No se atrevía a bajar la mirada. No sabía hasta qué punto era transparente el agua en aquel lugar, pero estaba segura de que Lucas podía ver hasta el último centímetro de su cuerpo desnudo. Y, curiosamente, no suponía ninguna diferencia el hecho de que ya hubiera hecho el amor con ella. De hecho, la hacía sentirse más incómoda, más consciente del cosquilleo que recorría su piel y de la profunda excitación que palpitaba dentro de ella.

No, aquello no era bueno.

De hecho, era precisamente lo que había estado intentando evitar.

—Por lo menos ahora sé que no estáis armada —dijo Lucas—. O, al menos, lo imagino.

Christina soltó una exclamación y estuvo a punto de llenársele la boca de agua.

—¡Señor Ross!

—Os presento mis disculpas —se disculpó Ross. Sacudió la cabeza—. Me temo que la idea de que tengáis una pistola me resulta excesivamente erótica, lady Christina.

Inclinó la cabeza hacia el vestido, que había terminado enganchado a una de las rocas de la orilla de la piscina.

—¿Cómo pensabais nadar con ese saco?

—Es así como tienen que bañarse las damas —le explicó Christina, aliviada al ver que la conversación giraba hacia temas menos personales—. Nos envolvemos con esas camisolas para conservar la respetabilidad.

—Pero vos os habéis deshecho de ella —Lucas parecía divertido—. Y, desde luego, no puedo culparos. Unos segundos más y os habríais ahogado. De verdad he llegado a pensar que tendría que rescataros.

—Afortunadamente, no habría sido necesario —replicó Christina—, nado como un pez.

—Una habilidad extraña en una mujer. Normalmente no se enseña a nadar a las chicas.

—Todas las hermanas nadamos bien —contestó Christina—. Aprendimos siendo niñas. Conozco el mar y los lagos de los alrededores tan bien como cualquiera de mis antecesores —se alejó nadando hacia el otro extremo de aquella piscina natural.

Cuando miró hacia atrás, Lucas no estaba a la vista. Unos segundos después, emergió a su lado. Por su torso caían ríos de agua y tenía el pelo pegado a la cabeza, negro como la piel de una nutria.

—Supongo que los sirvientes tendrán prohibido nadar con los miembros de la familia.

—Desde luego, no es una costumbre que alentemos.

—En ese caso, tendré que dejaros.

Lucas posó las manos sobre las rocas y comenzó a alzarse para salir. El sol resplandecía sobre el agua que empapaba su espalda, dorándola hasta hacerla parecer de bronce. Christina clavó en Lucas la mirada. Tenía un cuerpo magnífico. Los músculos se dibujaban suavemente en sus anchos hombros. Desvió la mirada hacia sus caderas y continuó descendiendo...

Soltó inmediatamente un grito. No se le había ocurrido pensar que, al igual que ella, él también se estaba bañando completamente desnudo.

—¡Estáis desnudo!

Lucas se interrumpió un momento y siguió después alzándose sobre las rocas. Christina se quedó boquiabierta y estuvo a punto de dar un buen trago de agua salada.

—Los hombres suelen bañarse desnudos —confirmó Lucas, volviéndose hacia ella—. No tienen que soportar normas tan estúpidas como las mujeres. Bajad la mano —añadió cuando Christina se tapó los ojos—. Si no nadáis como es debido, terminaréis hundiéndoos.

Se estaba riendo de ella. En respuesta, Christina se hundió en el agua clara, sintiéndola cerrarse sobre su cabeza y disfrutando del impacto del frío en la piel, del escozor del frío. Cuando emergió de nuevo, Lucas había desaparecido. Distinguió una sombra que se deslizaba en el interior de la Casa Redonda. Unos segundos después, Lucas reaparecía en el marco de la puerta, con una toalla alrededor de las caderas. Se sentó en una roca plana, al borde del agua, para contemplarla.

—¿Pensáis quedaros allí durante el resto de vuestra vida? —le preguntó—. Acabaréis con fiebres.

—No pienso salir hasta que no os hayáis ido —le advirtió Christina—. Lo contrario sería indecoroso.

Lucas no contestó. Se limitó a arquear las cejas, recordándole con aquel gesto todas las cosas indecorosas que había hecho con él la semana anterior, y que estaba deseando volver a hacer.

Christina se preguntó por qué le resultaría tan difícil resistir la tentación. Le parecía injusto que, cuando estaba intentando hacer las cosas bien, Lucas permaneciera allí sentado, con una musculatura perfecta y convertido en el epítome de la masculinidad. Se estremeció y fue consciente por primera vez de que el agua estaba realmente fría y de que ella misma estaba empezando a enfriarse.

—Os ordeno que os vistáis y os vayáis inmediatamente, señor Ross.

Lucas esbozó una sonrisa.

—Por desgracia, no se me da muy bien cumplir órdenes.
—Por favor —le suplicó Christina.
La sonrisa de Lucas desapareció. Se levantó y sin decir una palabra más, desapareció en el interior de la Casa Redonda. Christina comenzó a salir del agua. Y solo entonces, cuando los músculos comenzaron a agarrotársele y comenzó a temblar de forma incontrolada, fue consciente del frío que tenía. Las rodillas le flaquearon. Por un momento, se balanceó en el borde del agua y pensó aterrorizada que iba a volver a caer. Mareada, alargó la mano para agarrarse a un saliente en la roca, pero lo sintió deslizarse bajo sus dedos.

—¡Oh, por el amor de Dios!

Casi al instante, Lucas estaba a su lado, levantándola y evitando que cayera. Christina sintió la aspereza de una tela contra su cuerpo helado. Al principio, apenas la notaba, pero Lucas comenzó a frotar con fuerza con la toalla hasta que la piel de Christina despertó de nuevo a los sentidos. Christina se sintió dolorida y aliviada al mismo tiempo cuando la sangre comenzó a correr de nuevo y a caldear su cuerpo. Lucas la llevó al interior del edificio y la dejó en el suelo, asegurándose de que estuviera bien envuelta en la toalla.

Christina estaba terriblemente avergonzada. El sentido común la había impulsado a mantener a Lucas a distancia, pero sus fantasías y sus sueños le decían algo muy diferente. Le habría gustado mostrarse elegante y seductora como una sirena, y no como una foca varada en la playa. Tomó uno de los extremos de la toalla y se secó los ojos con los dedos helados, entumecidos. Sentía el peso de la melena sobre los hombros y comprendió que le iba a resultar imposible desenredarla. Por alguna razón, aquella fue la gota que colmó el vaso. Los ojos se le llenaron de lágrimas de frustración y enfado.

—Permitid que os ayude —le pidió Lucas con delicadeza.

La hizo darse la vuelta y, al cabo de un segundo, Christina sintió sus dedos hundiéndose en su pelo, deshaciendo los nudos. Podía sentir el calor de su cuerpo. Podía olerle también, disfrutar de la fragancia combinada del aire fresco, el agua fría y la esencia única de Lucas. Bastó aquello para que se derrumbaran sus últimas defensas. Estaba mareada, estremecida, como si le fueran a flaquear de nuevo las rodillas.

Nadie la había cuidado de aquella manera desde que era una niña, con tanta delicadeza, con una ternura que era casi irresistible. Volvió el rostro hacia él. Estaba muy cerca; se sentía casi sobrecogida. Y había en él una quietud que resultaba extremadamente excitante. Alargó la mano, la posó en su cuello y le hizo inclinar la cabeza para que sus labios se encontraran. Lucas vaciló apenas un instante y, casi al momento, la estaba besando con la misma delicadeza que había demostrado segundos antes.

Pero no era eso lo que ella quería. Estaba impaciente. Quería el calor y la urgencia de sus primeros besos. Con osadía, le mordió delicadamente el labio, deslizó la lengua por él y la hundió en su boca. Advirtió la tensión en Lucas, y también el daño que le estaba haciendo a su capacidad de control.

Al final, se abrió a ella, le permitió deslizar la lengua sobre la suya y, justo cuando Christina estaba comenzando a preguntar qué podía hacer para provocar una reacción más fuerte, Lucas profundizó el beso y la atrajo hacia él, permitiéndole sentir la dureza de su erección a través de la toalla que los separaba.

El deseo explotó en el interior de Christina. El calor se extendía desde su pelvis hasta el último rincón de su cuerpo. Se presionó contra él y le sintió estremecerse de deseo. Lucas volvió a apoderarse de sus labios y hundió la lengua en su boca, dejándola sin respiración, devorándola. Christina posó las manos en su pecho desnudo y sintió los latidos de su corazón.

–Christina –susurró Lucas.

El corazón de Christina explotó ante la intimidad con la que pronunciaba su nombre. Se sentía maravillosamente bien.

Deslizó las manos por su pecho y siguió bajando por su estómago hasta el lugar en el que tenía la toalla anudada a la cintura. Lucas dejó escapar un suspiro y le agarró la mano con fuerza para detenerla.

–¿Estás segura de lo que estás haciendo? –le preguntó con voz ronca–. Decidimos...

–Sí, lo sé.

Se puso de puntillas para besarle otra vez. Jamás en su vida había estado tan segura de lo que quería. Anhelaba intensa y profundamente todo lo que Lucas podía ofrecerle.

En el fondo de su mente, una voz la invitaba a la prudencia. Pero en aquella ocasión, la ignoró. Ya había estado demasiado tiempo encadenada al deber, al miedo a arriesgarse. Se sentía como si por fin hubiera llegado el momento de perder el control.

–Ya sé lo que acordamos –susurró, le lamió la comisura de los labios delicadamente y le oyó gemir–. Pero no puedo evitarlo.

Lucas se echó a reír.

–Sí, claro que puedes –le dijo–. Los dos podemos si de verdad lo intentamos –parecía conmovido.

–La verdad es que no quiero intentarlo –confesó Christina.

Era una desvergüenza por su parte expresar de aquella manera su deseo, pero se sentía obligada a ser sincera con él.

Lucas posó la mano en su cintura y la apartó de él. En medio de la penumbra que los envolvía, su rostro mostraba firmeza.

–No quiero que hagamos nada de lo que después puedas arrepentirte.

–Entonces no te preocupes –la impaciencia la desbordaba. No quería seguir hablando–. Porque no me arrepentiré.

Tiró de la toalla, que terminó cayendo al suelo, le pasó la mano por la espalda, descendió hasta la curva de sus nalgas y disfrutó de su piel caliente contra la palma.

Lucas la estrechó entonces contra él y la besó de tal manera que acabaron los dos jadeando. También la toalla de Christina cayó en medio de aquella fricción y entraron en contacto todos y cada uno de los centímetros de su piel desnuda. Los duros músculos de Lucas contra la suavidad de una Christina más excitada de lo que nunca podría haber imaginado. Estaban a solo dos pasos de un amplio sofá que había ante la ventana. Entraba la luz desde el exterior, tiñendo el espacio de un resplandor dorado. Lucas dejó a Christina en el sofá y se enderezó para mirarla mientras ella se tumbaba en desnudo abandono. Cohibida, Christina estuvo a punto de taparse con las manos, pero él la agarró por las muñecas y le abrió los brazos.

–Qué hermosa eres –susurró.

Con aquel comentario volaron todas las inhibiciones de Christina. ¿Hermosa? Nadie le había dicho nunca que lo fuera. Nadie lo había pensado siquiera.

Alargó la mano hacia él, pero Lucas sacudió la cabeza, se arrodilló ante el sofá y deslizó las manos por su cuerpo, desde los hombros y los senos hasta su fulgurante cintura. Christina entreabrió los labios y arqueó la espalda.

–Deseaba tanto poder verte así –musitó Lucas acariciándola hasta hacerla retorcerse de placer–. Necesitaba verte a la luz del día.

Christina dejó escapar un pequeño sonido, mezcla de deseo y súplica, y sonrió. Lucas le besó la clavícula, tomó después uno de los pezones con la boca y succionó suavemente. La sensación recorrió el cuerpo entero de Christina y se asentó palpitante entre sus muslos. Cada succión, cada caricia, la hacía retorcerse de placer, hasta que la sensación amenazó con llevarla más allá de toda razón. Jamás había conocido una pasión tan lenta y exquisita, tan inmensamente seductora. Se sentía rozando la gloria.

Lucas deslizó los dedos entre sus pliegues, encontró la entrada al interior de su cuerpo y se hundió en ella. Christina se tensó ante aquella intrusión, dándole la bienvenida, pero deseando mucho más. Lucas localizó con el pulgar el botón henchido de su feminidad y presionó suavemente, deslizando la mano sobre ella con exquisita precisión. El cuerpo de Christina pareció estallar en mil pedazos. Christina giraba en un torbellino de éxtasis a tal velocidad y de forma tan intensa que gritó, sintiéndose arrastrada por una ola de un resplandor cegador.

Estaba flotando, oía el susurro del mar mientras las olas de placer continuaban batiendo su cuerpo. Lucas la abrazó, la acunó entre sus brazos y posó los labios en su pelo. Christina se sentía maravillosamente mimada y satisfecha. Pero dudaba de que Lucas lo estuviera. Sonrió ligeramente, bajó la mano y la cerró alrededor de la erección de Lucas. Le oyó contener la respiración en respuesta.

–Por favor –suplicó Christina.

Lucas la cambió delicadamente de postura, de manera que quedara apoyada contra el respaldo del sofá, contra una pila de cojines, y sentada en el borde. Christina tenía todavía el cuerpo palpitante con aquel adorable resplandor, pero sentía un deseo renovado y más urgente latiendo a través de ella. Lucas le abrió los muslos y se arrodilló entre ellos. Ella se recostó contra los cojines, sintiéndose expuesta y repentinamente nerviosa, consciente de su aspecto, de sus senos sonrosados, de la languidez de los brazos y piernas. La instó a abrirse un poco más y Christina tembló.

Con un solo movimiento de caderas, Lucas se enterró dentro de ella. Christina estaba ya preparada por las caricias previas y el impacto de aquel encuentro la hizo jadear de puro deseo. Su cuerpo se cerró alrededor de Lucas y le sintió moverse dentro de ella una y otra vez con un enérgico ritmo que la empujaba repetidamente contra los cojines. Christina arqueaba el cuerpo con cada embestida. Lucas se apoderó de sus senos y la atrajo hacia él para besarla. Y fue un beso fiero, tierno y demandante. La agarró por la cintura para poder acariciarle los senos con la lengua y Christina sintió que el placer comenzaba a expandirse de nuevo, a iluminarla, a inundarla de calor, luz, amor, deseo... y Lucas. Su cuerpo se contrajo, tomándola por sorpresa, con mucha más dureza aquella vez, contracción tras contracción de pura bendición. Fue consciente de que Lucas abandonaba su cuerpo y también de su grito de placer. Casi inmediatamente, la abrazó con fuerza y ella sintió que la oscuridad la arrastraba mientras Lucas la estrechaba contra su corazón.

Se despertó somnolienta y envuelta en el calor de la manta. Y también sola. Por un terrible instante, pensó que Lucas se había vestido y se había marchado. El corazón se le hundió, el cuerpo se le quedó helado. Pero vio entonces la luz que se filtraba por la puerta, un resplandor naranja contra la oscuridad del cielo. Evidentemente, Lucas había ido a buscar leña para encender una hoguera.

Christina se envolvió en la manta y caminó descalza hasta la puerta. Encontró a Lucas sentado, mirando al mar con expresión sombría. A Christina le dio un vuelco el corazón.

Lucas se arrepentía de lo que acababan de hacer.

Ella no. La sorprendía, pero era cierto, no tenía ningún remordimiento. Se sentía ligera, satisfecha y feliz y, por una vez, su mente se negaba a enfrentarse a las consecuencias de sus actos.

Lucas se levantó al verla. Se acercó a ella y le tomó la mano.

–¿Estás bien? –preguntó.

Tiró suavemente de ella para que se sentara en la piedra a su lado y no le soltó la mano. El fuego mantenía el frío a raya mientras caía la noche sobre el mar.

–Sí –dijo Christina–, gracias –añadió, y le vio sonreír.

Lucas le besó la palma de la mano.

–Eres tan correcta, tan bien educada –musitó.

–En realidad, no. De hecho, no lo soy nada en absoluto –le contradijo Christina.

Vaciló un instante. A lo mejor se equivocaba al perseguir aquel sueño. A lo mejor debería dejar que las cosas continuaran como estaban, sin hacer preguntas. Pero no le gustaba fingir y sabía que no podrían tener ningún futuro si no eran sinceros.

–No sé qué hacer ahora –admitió con dolorosa honestidad.

Lucas sonrió. Hasta entonces, tenía la mirada fija en sus dedos entrelazados, pero al oírla, la alzó.

–Yo tampoco.

–¿Es la primera vez que tienes una aventura con una de las personas para la que trabajas? –preguntó Christina.

Vio cómo se endurecía la mirada de Lucas.

–Yo no tengo aventuras –respondió cortante.

Lanzó otra rama al fuego que siseó y chispeó cuando la envolvieron las llamas.

–El ejemplo de mis padres me enseñó a no tomarme esos asuntos a la ligera.

–Por supuesto –dijo Christina.

La sonrisa había desaparecido de los ojos de Lucas para ser sustituida por un sentimiento duro y sombrío. Se levantó y se apartó ligeramente de ella. Nada podía haber enfatizado más aquella separación, aquel rechazo a la intimidad compartida. Christina sintió crecer el vacío dentro de ella.

–Ya te conté que mi madre me tuvo sin estar casada –comenzó a explicar Lucas–. Fui consciente desde mi más tierna edad de que era diferente, algo de lo que avergonzarse, un intruso. Odiaba a mi padre por cómo se había comportado. Le odio todavía, incluso después de los años que lleva muerto.

Aquellas palabras supusieron una nueva conmoción para Christina y dieron lugar al instante a una oleada de empatía. Su madre podía haber sido una sirvienta seducida por el hombre que la empleaba o una mujer traicionada por el hombre al que amaba. Al final, eso era lo de menos. Era evidente que la vergüenza y la infelicidad de su madre habían marcado profundamente a Lucas. Christina no podía imaginar lo que era nacer sin pertenecer realmente a un lugar, pero sí sabía que la gente podía ser muy cruel. Lucas había sobrevivido al estigma de ser un hijo ilegítimo, pero no era algo que él pudiera olvidar ni tratar a la ligera.

–Lo siento. Debió de ser terrible para ti. Lo siento mucho.

–Fue mucho más duro para mi madre –respondió Lucas–. Creo que nunca se recuperó del abandono de mi padre –alzó la mirada.

A la luz del fuego, se marcaban las líneas y las sombras de su rostro.

–No quiero cometer los mismos errores que mi padre –le explicó–. No quiero ser como él, un hombre débil y cobarde que engendró un hijo fuera del matrimonio y abandonó después a la madre de ese hijo.

–No puedo imaginarte haciendo algo así –le tranquilizó Christina.

Christina sentía el enfado creciendo dentro de él, pero también su determinación. Él nunca abandonaría a la mujer que amara. Por un momento, sintió un agudo dolor al pensar que otra mujer podría conquistar el amor de Lucas. Compartiría con él un amor por el que merecería la pena luchar, un amor lleno de ternura, lealtad y respeto. Pero se preguntaba si Lucas sería capaz de entregarse a un amor de verdad, si alguna vez se atrevería a correr ese riesgo.

Quería alargar el brazo hacia él, pero había algo en Lucas que se lo impedía, algo frío, autosuficiente. Recordó la ocasión en la que había intentado ofrecerle su ayuda y él la había rechazado. La experiencia le había enseñado a no confiar en nadie, a no aceptar el consuelo de nadie. Aun así, se estremeció a causa de la distancia que había entre ellos. Minutos atrás, habían estado todo lo unidas que podían llegar a estar dos personas. Pero en aquel momento podía sentir el abismo que los separaba.

–Deberías casarte –le dijo en un impulso–. Te has alejado de toda posibilidad de consuelo. Eso no puede ser bueno.

Pero mientras lo decía, sentía unos celos a los que no tenía ningún derecho.

Lucas sonrió con una ternura que le desgarró el corazón.

–Creo que vuelves a intentar ayudarme.
–Lo siento –se disculpó Christina.
–No tienes por qué –la tranquilizó Lucas–. Ese es uno de tus rasgos más hermosos, Christina. Eres muy generosa.

Aquellas palabras deberían haberla hecho feliz, pero Christina sintió algo parecido a la desesperación. Estaba enfadada consigo misma por haber pensado que aquella vez podría ser diferente. No había cambiado nada desde el encuentro que habían tenido en la cabaña. Lucas continuaba siendo un sirviente y ella estaba teniendo un comportamiento reprobable. Pero se equivocaba. Sí, algo había cambiado. Sabía que le amaba, y eso hacía que la situación fuera más difícil todavía.

Aquello no era suficiente, pensó de pronto. Ella quería mucho más. No quería conformarse con encuentros furtivos, no quería tener que esconderse como si estuviera avergonzada. Pero no podía tener nada más. No había ningún otro futuro para ellos.

El fuego titilaba ante sus ojos.

–Tengo que irme –anunció Christina–. Debo volver antes de la cena –se levantó.

–Espera –le pidió Lucas.

Y, a pesar de sí misma, a pesar de ser consciente de que volvían a retomar la relación entre señora y sirviente, Christina sintió una oleada de anticipación. Le miró. Había diversión en la mirada de Lucas. Después, Lucas esbozó aquella sonrisa capaz de hacerla estremecerse.

–Hay algo que me gustaría saber –dijo–. Me gustaría saber cuándo perdiste la virginidad.

Capítulo 14

Lucas esperaba que Christina contestara que se metiera en sus asuntos. Quería poner distancia entre ellos, alejarse de ella, decirle con la franqueza a la que estaba acostumbrado que él no podía ofrecerle nada. Pero, a pesar de todo, no quería que Christina se marchara. La necesitaba, sentía un fiero deseo de mantenerla a su lado, de retenerla aun a sabiendas de que debía marcharse, regresar al castillo, con su familia, a una vida de la que, en realidad, Christina no formaba parte.

La miró.

Tenía el pelo suelto, cubriendo sus hombros, revuelto e iluminado por el fuego. Era muy bella, con aquel rostro que reflejaba un sereno reposo, los ojos azules, tan sinceros, y aquella piel cremosa que anhelaba poder acariciar de nuevo. Tenía los hombros cubiertos de pecas. Quería besarlas. Quería besarla, sentir la boca de Christina contra sus labios. Se excitó otra vez solo de pensarlo.

–No sé si es un tema de conversación muy apropiado –dijo Christina al final.

Le miró y esbozó una sonrisa tímida y atrevida a la vez. El deseo volvió a golpear con fuerza a Lucas y sintió que el corazón se le henchía de emoción. Apreciaba a Christina. Era demasiado especial, demasiado encantadora como para no apreciarla. Se le hacía extraño, raro, reconocer sus sentimientos. No estaba seguro de lo que sentía, pero tampoco iba a negarlo. Era absurdo engañarse. Quería a Christina, la deseaba y no tenía la más remota idea de qué podía hacer al respecto.

—Tienes razón —dijo Lucas. Le tendió la mano, tiró de Christina para acercarla a él y la besó en el cuello—. Hacer el amor es algo absolutamente apropiado —musitó—, pero no hablaremos de ello.

Christina se rio, pero había una sombra de inseguridad en su risa.

—Lucas...

—¿Sí?

Lucas le acarició los hombros con la lengua. No podía evitarlo. Necesitaba tocarla.

—Esto no está bien, ¿verdad? —se apartó de él, encogió las rodillas y apoyó en ellas la barbilla. Parecía de pronto muy joven y temerosa—. No es correcto que hagamos el amor.

—Pues a mí sí me lo parece —respondió Lucas con sinceridad.

En un impulso, le pasó el brazo por los hombros y la estrechó contra él. Era maravillo sentirla así. Le hacía sentirse bien, satisfecho, completo.

—A mí también —parecía sorprendida. Se inclinó para besarle un poco vacilante, rozándole apenas los labios—. No quiero que esto termine, lo he intentado, de verdad. Y sé que tú también, pero...

—Entonces, será mejor no pensar en ello.

La estrechó contra él y la besó por tercera vez. El deseo volvió a crecer como un fuego incontrolado. Lucas sabía que debería confesarla la verdad sobre su identidad, que tenía que hacerlo antes de que el daño estuviera hecho, pero allí, en el silencio de la Casa Redonda, con el mar chocando contra las rocas y Christina entre sus brazos, sintió por vez primera una paz que no había vuelto a conocer desde la muerte de Peter.

Lo dejaría para otro momento, pensó mientras se entregaba al beso. Más adelante le contaría todo, le confesaría la verdad.

–Me sentía una desvergonzada por desearlo –reconoció Christina suavemente, deslizando la mano bajo su camisa buscando el calor de su piel–, pero ahora pienso que algo que me hace sentirme tan maravillosamente bien no puede estar mal –frunció ligeramente el ceño–. Me pregunto si siempre es tan maravilloso. De alguna manera, lo dudo.

–No –contestó Lucas con sinceridad–, no siempre es así –sonrió ante su seriedad–. De hecho, rara vez es tan placentero.

Christina se echó a reír.

–Pensaba que no tenías mucha práctica.

–En ningún momento he dicho que haya vivido como un monje –Lucas sonrió–. Cuando era joven, era muy curioso, y de sangre caliente.

–Pero ahora que eres mayor –bromeó Christina–, las cosas han cambiado.

Lucas hundió la mano en su pelo y disfrutó de su sedosa suavidad. Christina inclinó la cabeza y Lucas volvió a besarla. Le acarició el labio inferior con la lengua y la hundió después en su boca. No tardó en profundizar el beso y sintió un latigazo de puro deseo. Christina sabía a dulce, a fuego y él no era capaz de pensar en otra cosa que en lo mucho que la deseaba.

–¡Oh! –suspiró Christina–. Sé que no deberíamos hacerlo otra vez, pero me gusta tanto...

Lucas tragó saliva. Aquel sincero reconocimiento de lo mucho que disfrutaba le hizo sentirse capaz de conquistar el mundo.

–Me alegro –confesó–. Me alegro de que te haya gustado –hablaba con voz ligeramente ronca.

Christina le acarició el pecho mientras se besaban. Bajó después la mano por las líneas planas de su estómago y Lucas se estremeció en respuesta. Christina le mordisqueó delicadamente el cuello y el hombro. Él cerró los ojos y se dejó llevar por las emociones que fluían en su interior, sin pensar en nada, sintiendo únicamente. Era maravilloso abandonarse a aquella seducción. Christina le lamió el pecho, saboreándole, explorando su cuerpo con una suerte de atrevida inocencia y un deleite que resultaban intensamente excitantes. Lucas alargó la mano hacia ella, pero Christina descendió por su cuerpo, frustrando sus intentos de abrazarla y desnudándole al mismo tiempo. La ligera torpeza de sus movimientos solo sirvió para que el corazón de Lucas ansiara todavía más y avivó su excitación al mismo tiempo. Danzaron los labios y la lengua de Christina por su estómago y le acarició el muslo con inquisitivo disfrute. Lucas gimió e intentó colocarla bajo él, pero Christina cambió las tornas, se colocó a horcajadas sobre Lucas y se frotó sinuosamente contra él.

Lucas respiraba agitadamente. No podía controlar la respiración, y tampoco la urgencia que le impulsó a acercar la cabeza de Christina a la suya y a enredar la mano en su pelo mientras se besaban. Christina le envolvió con su cuerpo, tan ardiente y tenso que Lucas habría gritado si no hubiera estado besándolo. Jadeó, se arqueó hundiéndose más en ella, excitado más allá de lo que parecía soportable.

Rodó sobre ella para poder tomar lo que quería, para hundirse nuevamente en ella, para llenarse de su calor y arrastrarla junto a él en un torbellino de sentimientos y deseo. Pero de pronto dejó de satisfacerle aquella impaciencia, aquella voracidad. Quería aplacar la pasión que ardía entre ellos y tomarse su tiempo. Aminoró el ritmo de las caricias, comenzó a moverse con un lento placer que hizo suplicar a Christina por la total satisfacción de su deseo. Se movía con una ternura y una delicadeza que también resultaron muy excitantes. La exploraba como siempre había querido hacerlo, aprendiendo cada curva, cada contorno de su cuerpo, cada hoyuelo, cada hueco. Christina se movía con él y contra él y, por primera vez en su vida, Lucas se permitió a sí mismo rendirse por completo y se entregó en cuerpo y alma. Sintió que Christina alcanzaba el éxtasis, arqueándose contra él y gritando su nombre. Él continuó moviéndose con el mismo control, consciente de cómo iba aumentando el ritmo de sus movimientos. Christina brillaba como el oro a la luz del fuego, con la piel sonrosada por la pasión. Lucas la besó, sintió el cuerpo de Christina aprisionando el suyo y aquella vez también él se permitió entregarse a la trémula culminación de aquel placer.

Había sabido en todo momento de que volver a hacer el amor con ella no saciaría el hambre que le provocaba aquella mujer. De hecho, parecía aumentar cada vez que la tocaba. La abrazó, apoyó la mejilla contra la suya y respiró con fuerza.

No supo cuánto tiempo permaneció abrazado. No necesitaba moverse, no necesitaba pensar. Estiró la manta sobre ellos y así permanecieron, abrazados y envueltos en el calor y la luz del fuego. Lucas se habría quedado allí durante el resto de su vida. La sensación de paz se había fortalecido. Y también la sensación de pertenencia. Era como si estuviera unido a aquella mujer y no quisiera dejarla marchar nunca más. Aquello debería haberle asustado, pero no fue así. Se sentía maravillosamente bien.

Cuando abrió los ojos, descubrió a Christina mirándole.

–Antes me has hecho una pregunta –le recordó Christina, apoyando la mano en su pecho–. ¿Quieres conocer la respuesta?

Estaba sonrojada, se mostraba vacilante. No le miraba a los ojos. Lo único que Lucas podía ver era la curva de sus pestañas.

–Sí.

Cambió a Christina de postura para que pudiera acomodarse en la curva de su brazo. Lucas le había preguntado por la pérdida de la virginidad porque, de alguna manera, estaba convencido de que estaba relacionada con algo de lo que Christina nunca le había hablado, con él único tema que eludía: la muerte de su madre, el compromiso roto y el sacrificio de su futuro por su familia y su clan.

—Es cierto que tuve un amante —le dirigió una mirada dulce y avergonzada, pero también llena de determinación—. Pero lo supiste desde la primera vez, ¿no?

—Lo imaginé —contestó Lucas, y le besó la frente.

Christina se sonrojó.

—Nadie espera que un hombre sea virgen. Pero de la hija soltera de un duque... —no terminó la frase.

—La sociedad se rige por una doble moral —confirmó Lucas—, y mantiene expectativas hacia las mujeres que son absolutamente irracionales —se encogió de hombros—. La mitad de la humanidad mantiene relaciones sin contar con la bendición del matrimonio. Nadie lo sabe mejor que yo. Las mujeres tienen necesidades y deseos idénticos a los de los hombres.

Christina inclinó la cabeza y le escrutó con la mirada.

—Esa es una actitud muy tolerante. Especialmente en un hombre.

—No juzgo a los demás —respondió Lucas, y extendió las manos—. ¿Cómo voy a juzgar a nadie? Yo, un bastardo, el hijo de una madre soltera. Además... —sonrió, quería que le comprendiera, que supiera que estaba hablando con absoluta sinceridad—, eso no te convierte en alguien menos especial, Christina. No eres menos tú por haber hecho lo que has hecho. Son nuestras experiencias las que nos convierten en lo que somos. Y tú eres una mujer adorable.

Los ojos de Christina se iluminaron como estrellas y fue tal la intensidad de lo que sintió Lucas que, literalmente, se quedó sin respiración. ¡Diablos! Estaba perdiendo la distancia, se estaba dejando arrastrar por lo que sentía por ella, y ni siquiera estaba seguro de que le importara.

—Gracias —se limitó a decir Christina—. Has dicho que ya lo habías imaginado —añadió—. ¿Cómo supiste que había tenido un amante?

—Supongo que por tu manera de besarme —contestó Lucas–. Respondiste como una mujer que había conocido los besos.

–Besar es una cosa –parecía pesarosa–. Muchas debutantes roban besos a sus enamorados. Pero hacer el amor es algo muy diferente. Se supone que es una línea que no se debe traspasar.

–¿Pero tú la traspasaste?

Christina se sentó, se envolvió en la manta y tiró una ramita al fuego. Lo hacía todo con movimientos serenos, sin precipitación. Lucas comprendió que esa era una de las cosas que le gustaban de ella; la serenidad, la calma. Sí, aquel era uno de los muchos aspectos de su personalidad que le atraían.

–Estaba comprometida –le contó con la misma honestidad con la que le había hablado siempre–. Era joven, curiosa... –se encogió de hombros, como si estuviera deplorando con aquel gesto la impaciencia de su juventud–. Íbamos a casarnos pronto, de modo que pensé que no podría hacerme ningún daño.

Lucas pensó en su madre. Ella también había sido una joven apasionada a la que no le habían preocupado las posibles consecuencias de sus actos. Amaba a su padre, se lo había dicho a él. Y había sido una pena que confiara en él.

–¿Le amabas? –preguntó Lucas.

Una sombra de arrepentimiento oscureció la mirada de Christina. Fue tan nítida que a Lucas le dio un vuelco el corazón.

–Sí –se limitó a decir–. Le amaba con todo mi corazón, con todo mi ser. Era joven y no tenía nada con lo que comparar lo que sentía, nada que pudiera prepararme –se interrumpió–. Era un hombre joven atractivo y le encontraba muy agradable –la luz del fuego iluminó su sonrisa, una sonrisa misteriosa que avivó los celos de Lucas–. Y quería saber lo que era el sexo.

Trazó un dibujo con los dedos sobre la roca, evitando la mirada de Lucas.

–Supongo que, además de enamorarme de él, me enamoré de la pasión que compartíamos –añadió al cabo de un momento–. Nos veíamos siempre que podíamos. Mi madre estaba enferma y era una carabina muy laxa. Ahora me arrepiento de haberme aprovechado de su enfermedad, pero en aquel entonces imaginaba que pronto me casaría –vaciló un instante–. No era capaz de imaginar que algo pudiera alterar mi destino. No era consciente de la facilidad con la que la vida puede cambiar en un instante.

–¿Qué ocurrió? –preguntó Lucas.

Christina cambió de postura y desvió de nuevo la mirada. Por primera vez, Lucas tuvo la sensación de que le estaba ocultando algo doloroso.

–Mi padre decidió poner fin a mi compromiso –contestó Christina con una voz completamente carente de sentimientos–. Mi madre murió y mi padre decidió que necesitaba que le ayudara a ocuparme de mis hermanos. Tenían una institutriz, una niñera, además de sus correspondientes tutores, pero no era suficiente. Necesitaban el amor de una madre.

–Y se lo proporcionaste tú –Lucas sentía crecer su enfado–. ¿Por qué no podía proporcionarles él el amor que necesitaban? –preguntó indignado–. ¿Por qué no volvió a casarse si lo que quería era una esposa y una madre para sus hijos?

Christina hizo un gesto casi imperceptible.

–Mi padre no era capaz de...

–¿De querer a nadie que no fuera él mismo? –terminó Lucas.

–Iba a decir que no era capaz de enfrentarse a la situación. Nunca había cuidado de sí mismo, ni de nadie, por cierto.

–Así que decidió hacer trizas tu sueño –la furia de Lucas era tan violenta que tenía que hacer un esfuerzo consciente para no elevar la voz–. ¿Y tu prometido? ¿Qué hizo tu prometido?

–No luchó por mí, si es eso lo que estás preguntando –su tono se tornó irónico y a Lucas le gustó aquella acidez, aquella falta de autocompasión–. Me dijo que yo tenía que cumplir con los deseos de mi padre, se fue a Londres y se casó con una heredera con sesenta mil libras. Fue entonces cuando comprendí que había desperdiciado mi amor con un hombre que no lo merecía.

–Un sinvergüenza miserable –añadió Lucas.

Quería encontrar a aquel prometido cobarde y dejarle sin dientes. Quería darle un buen puñetazo al canalla que le había hecho perder la virginidad a Christina MacMorlan, pero que, cuando había llegado el momento de la verdad, no había sido suficientemente hombre como para reclamarla como suya.

Reclamarla...

Su cuerpo se tensó con una cegadora oleada de posesión y deseo.

Christina MacMorlan era suya y no estaba dispuesto a dejarla marchar. Iba a reclamarla en todos los sentidos.

Se sentía como si aquella mujer se hubiera apoderado de su corazón.

La sensación era aterradora, pero, al mismo tiempo, instintivamente, en las profundidades de su alma, sabía que aquel era su ineludible y maravilloso destino.

–Lo siento –le dijo.

Christina sonrió, pero la sonrisa no alcanzó su mirada.

–Supongo que no estaba preparada. Ese tipo de cosas hacen más daño cuando una no tiene experiencia para suavizar el golpe. Me enamoré y me entregué sin reservas. Ese fue mi error.

–No –replicó Lucas–. Tu único error fue confiar en un hombre que no te merecía.

Permitió que su mirada vagara sobre ella, sobre sus hombros desnudos y la curva de sus senos, dibujada suavemente en los pliegues de la manta. La deseaba, no solo físicamente, sino de una forma mucho más compleja. Por primera vez desde hacía años, tuvo miedo. Miedo a perder algo infinitamente precioso, algo tan importante para él que su pérdida le llevaría más cerca de derrumbarse de lo que había estado en su vida. Y tenía la sensación de que en eso Christina y él eran muy parecidos.

Christina le miró a los ojos y frunció ligeramente el ceño.

–¿Lucas?

Lucas se acercó a ella y tomó su mano.

–Ambas fueron traiciones abominables –le dijo con tacto–. La de tu padre al romper tu compromiso y la de tu prometido, que no fue capaz de plantarse ante él... Los dos debieron causarte mucho dolor.

Christina se encogió de hombros, pero Lucas sintió que se tensionaba, como si supiera que aquella vez, Lucas estaba dispuesto a llegar hasta el final.

–Los dos me decepcionaron –reconoció con un tono inexpresivo–. McGill se mostró como un hombre débil y mi padre fue muy egoísta, algo que tú ya dijiste hace tiempo –asomó a sus labios una débil sonrisa–. Sé que tienes razón, pero... –se interrumpió.

–Pero no fue eso lo que más te dolió –terminó Lucas por ella.

Christina se tensó. Se sentía como si, de pronto, Lucas la hubiera hecho enfrentarse a la barrera prohibida, una barrera infinitamente sólida, imposible de quebrar, una profunda e inmensa tristeza que jamás se había permitido liberar.

–¿Christina? –le preguntó.

Christina se volvió hacia él y Lucas se sorprendió al reconocer el brillo de las lágrimas en sus ojos. Parecía enfadada y triste al mismo tiempo, era como un ángel furioso, como una niña con el corazón roto.

–Nada de eso habría pasado si ella no me hubiera dejado –se lamentó. Parecía incapaz de contenerse–. Yo la quería, ¡la necesitaba! Solo tenía dieciocho años.

–Estás hablando de tu madre –dedujo Lucas, compadeciendo con tristeza a la joven que Christina había sido–. Necesitabas a tu madre.

–Nunca había pensado que la vida pudiera cambiar hasta ese punto –el brillo de los ojos de Christina se intensificó. Una enorme lágrima cayó sobre su mano–. Yo era feliz. Creía conocer lo que me deparaba el futuro y, de pronto, en un solo instante –se le quebró la voz–, dejé de sentirme segura. Todo había desaparecido.

–Cariño... –dijo Lucas, y la estrechó en sus brazos.

Podía sentirla temblando y oía los sollozos que escapaban de su garganta y sacudían todo su cuerpo.

–Tú has intentado ocupar su lugar. Has intentado cuidar a los demás desde entonces –Lucas la abrazaba con fuerza mientras le acariciaba la melena y sentía las lágrimas empapando su pecho–. Shh, no pasa nada.

Besó sus mejillas empapadas en lágrimas y ella se aferró a él como si fuera lo único que le daba seguridad en su tormentoso mundo.

–Ahora estás a salvo. Seguro que todo saldrá bien.

Christina se estrechó todavía más contra él.

–Estaba muy asustada –susurró Christina–. No había nadie que pudiera ayudarme. Mi padre, McGill...

–Te fallaron –dijo Lucas, apartando el pelo empapado de sus ardientes mejillas–. Y lo siento. Siento que te abandonaran cuando más los necesitabas.

Christina sacudió la cabeza, pero continuaba abrazándole.

–Christina, yo nunca te abandonaré, te lo juro –le prometió Lucas, y lo decía completamente en serio.

Christina se quedó paralizada.

–Lucas... –lo dijo con voz temblorosa. Cuando alzó la mirada, había recelo en sus ojos–. Pero...

–No hay peros, ni reservas –insistió Lucas–. Cásate conmigo, Christina.

Él tenía intención de esperar antes de pedírselo, pero no

fue capaz. Sabía que debería darle tiempo, pero, de pronto, tenía la sensación de que no podía esperar ni un segundo más. Quería contárselo todo, quería exponer la verdad ante sus ojos y, al mismo tiempo, asegurarle que siempre le tendría a su lado.

Christina se quedó callada. Por un instante terrible, Lucas pensó que estaba a punto de rechazarle, y el mundo se convirtió de pronto en un lugar terriblemente vacío.

Christina se sentó y volvió a encoger las rodillas.

–Lucas, ¿estás convencido? –todavía parecía insegura.

–Sí –contestó Lucas–. Estoy plenamente convencido. Te quiero, quiero casarme contigo –sentía una necesidad imperiosa de contarle la verdad–. Aunque hay cosas que debería contarte...

Christina le silenció posando un dedo en sus labios.

–Dentro de un momento –vaciló un instante–. Sabes que será difícil para ti.

Cambió de pronto de tono de voz. Su voz se tornó práctica, enérgica.

–¿Eres consciente de que la gente hablará? –continuó diciendo–. Sufrirás burlas y desprecios. En mis círculos te menospreciarán y tendrás que seguir soportando el estigma de ser un bastardo –parecía de pronto muy desdichada–. No puedo pedirte que vuelvas a convertirte en un marginado por mí.

Todavía estaba pensando en él. En un golpe de lucidez, Lucas se dio cuenta de que estaba anticipando el escándalo. La gente le acusaría de ser un cazafortunas y le destrozarían con su mezquindad. Ni siquiera había pensado en lo que podrían decir de ella. Estaba demasiado preocupada por él. Fue tal la necesidad que sintió de pronto de protegerla que se quedó sin respiración.

–Eres la mujer más dulce y generosa del mundo –le dijo–. Pero sería capaz de caminar descalzo por el mismísimo infierno para casarme contigo. Y cada paso merecería la pena.

–Gracias –susurró–. Me sentiría muy honrada de ser tu esposa.

Permanecieron sentados, abrazados, hasta que Christina se levantó. Lucas se sintió de pronto incompleto sin ella.

–Ahora tengo que irme, de verdad –le dijo Christina–. Hablaremos mañana. Esta noche tengo que ir a la destilería.

Comenzó a recoger sus ropas y a vestirse precipitadamente. Parecía enérgica, eficiente. Pero Lucas no podía dejarla marchar. Era como si temiera no poder recuperar nunca un momento como aquel. Sentía de pronto un miedo que no acertaba a comprender.

–Christina –dijo con repentina impaciencia–, por favor, prométeme que renunciarás al contrabando de whisky.

Vio un brillo fugaz en los ojos de Christina, un asombro al que sabía debía responder en ese mismo momento. La urgencia le atrapó, ahogando todas las otras cosas que pretendía decirle.

–Algún día, será a ti a quien Eyre pretenda arrestar y se olvidará del resto de los miembros de la banda. Vete de aquí antes de que sea demasiado tarde.

Christina le acarició la mejilla.

–Lo haré. Esta será la última remesa. Te lo prometo.

–Eso es lo que tú crees, pero Eyre...

Algo apareció entonces en los ojos de Christina, una sombra de desconcierto y sorpresa. Lucas supo inmediatamente que, al descubrir su temor por ella, se había traicionado. Se había privado de la oportunidad de contarle la verdad de la manera que pretendía.

–Pareces estar muy al tanto de lo que el señor Eyre piensa –señaló Christina con voz queda–. ¿Cómo es posible?

Lucas tomó aire.

–Porque he estado trabajando para lord Sidmouth –confesó–. Yo soy el hombre al que enviaron para acabar con la banda.

Capítulo 15

–No... –susurró Christina.
Pero sabía que era cierto. Veía la culpa reflejada en los ojos de Lucas. Durante un instante terrible, deseó no haber formulado aquella pregunta, deseó haber continuado en la feliz ignorancia. Pero ya era demasiado tarde. La asaltaron de pronto los recuerdos; recordó la noche que los contrabandistas habían capturado a Lucas cuando estaba paseando por los acantilados. Pensó en todas las preguntas que había estado haciendo y de su relación con Eyre.

Lucas no era un sirviente. Jamás en su vida había servido a nadie. No era extraño que no fuera un hombre deferente y servicial. Era un hombre acostumbrado a tomar decisiones, a ordenar, un hombre fuerte y enérgico.

De pronto, todo encajaba, conformando una mentira tan obvia y dolorosa que era asombroso no haberla descubierto antes. Lucas se había escondido actuando a plena luz y ella había sido tan estúpida y estaba tan enamorada que no había sido capaz de darse cuenta.

Sintió frío. Comenzó a temblar y se abrazó a sí misma buscando calor. De pronto, la ropa le parecía demasiado fina, demasiado frágil como para protegerla. Necesitaba algo que la ayudara a defenderse de él y de las terribles imágenes que reproducía su mente. Necesitaba olvidar que se había entregado a Lucas cuando él la estaba engañando.

—Déjame explicártelo... —comenzó a decir Lucas.

Pero Christina negó con la cabeza y se llevó las manos a los oídos. Estaba tan mal que ni siquiera era capaz de mirarle. No quería oír ni una sola más de sus mentiras. Lucas le había dicho que la respetaba, que la quería.

—No digas una sola palabra —le pidió—. Por favor, no me hables.

El asco y la desesperación la invadían, haciéndola temblar con una mezcla de enfado y vergüenza. Y era tal el vértigo que sentía que le dolía el estómago. Aquellos que decían que no había peor tonto que un tonto viejo tenían razón. Se había dejado engañar por las apariencias. Se había enamorado de Lucas cuando, en realidad, todo era una fantasía. Lo que más le dolía era haber sido tan ilusa. Deseaba que fuera verdad, de modo que había decidido creérselo. Se había dejado seducir por una ilusión. Se culpaba a sí misma mucho más de lo que le culpaba a él.

—Supongo que ni siquiera te llamas Lucas Ross —dijo con voz queda—. Y, por supuesto, no has trabajado nunca ni de jardinero ni de lacayo.

El enfado la golpeó con fuerza, pero era mucho mejor que la fría desolación.

—Debería haberme dado cuenta desde el primer momento —se lamentó con frialdad, marcando nuevamente las distancias—. Eres el peor sirviente que he conocido en mi vida, ni siquiera eras capaz de fingir que estabas dispuesto a mantenerte en el lugar que te correspondía. ¡Pero estaba tan enamorada que no era capaz de verlo! —chasqueó la lengua disgustada—. Muy bien, Lucas Ross, o como quiera que te llames, estás despedido. Haz las maletas y sal de Kilmory inmediatamente.

Después, comprendiendo que estaba a punto de vomitar, entró corriendo al edificio, se metió en el cuarto de baño y cerró la puerta tras ella. Llegó justo a tiempo.

Fue vagamente consciente de que Lucas la había seguido. Deseó haber echado el cerrojo, pero ya era demasiado tarde. Lucas humedeció un trapo en el cuenco que había sobre la cómoda y se lo tendió. Como Christina lo rechazó, se arrodilló a su lado y le humedeció la cara como si fuera una niña. Y, aunque odiaba admitirlo, aquello la ayudó a sentirse mejor. Lucas la levantó en brazos, tratándola otra vez como si fuera una niña, la llevó de nuevo a la habitación principal, la dejó en el sofá y se acercó a un arcón, donde estuvo rebuscando entre sus contenidos.

–¡Fuera! –dijo Christina.

Pero Lucas ignoró la orden.

–Estoy buscando un chal.

Christina se levantó del sofá y buscó uno ella misma. Vio el semblante de Lucas ensombrecerse ante su negativa a aceptar su ayuda. Le ignoró y tensó el chal a su alrededor.

–Christina –Lucas volvió a acercarse a ella–, escúchame, por favor. Déjame explicarte por qué estoy aquí.

–No creo que haya ninguna explicación que te permita excusarte –respondió Christina.

Miró a Lucas a los ojos y volvió a ver en ellos la desesperación.

–Supongo que te has divertido mucho engañándome –dijo, intentando esconder el dolor tras el sarcasmo y reconociendo ella misma la falsedad de su tono–. Eres un gran actor, pero supongo que no debe de haber sido fácil llevar tan lejos el papel como para hacer el amor con una vieja solterona. Espero que te paguen bien.

–¡Ya basta! –replicó Lucas.

Parecía enfadado. La agarró por los codos y la acercó a él. Christina intentó resistirse, pero fue en vano. Estaba demasiado cansada, demasiado triste. Y, en cualquier caso, su propio cuerpo la traicionó, reconociendo su contacto y ablandándose bajo su influjo. Todavía le deseaba. Y habría sido capaz de gritar de frustración. El último hombre que quería que la consolara era Lucas y, aun así, anhelaba que volviera a abrazarla y le dijera que la amaba.

–Eso no era así, nunca ha sido así –le aseguró Lucas.

–Ya no importa –dijo Christina con recelo–. Déjame –añadió con voz queda–. Déjame marchar.

Lucas la soltó inmediatamente y ella se sintió peor incluso. Se veía sola y tan abandonada que tenía la sensación de que el corazón se le iba a partir en pedazos.

–Claro que importa –protestó Lucas con fiereza–. Importa más que nada en el mundo. No me arrepiento de nada de lo que ha pasado entre nosotros.

Christina se sentía tentada a creerle. Parecía sincero. Ella se había creído capaz de interpretar su rostro, pero comprendía que no le conocía en absoluto. No había sido capaz de reconocer ni una sola de sus mentiras.

–Has puesto en riesgo todo lo que me importa –le acusó Christina. Sentía surgir dentro de ella una furia protectora–. Has puesto en peligro a la gente a la que amo, al clan que tanto me cuesta proteger –le tembló la voz–. Ellos son mi vida, y pretendías destrozarlos.

Vio que la mirada de Lucas se oscurecía por el enfado. Sabía que estaba haciendo un esfuerzo para contener su genio y, de alguna manera, aquello la enfurecía todavía más porque él no tenía ningún motivo para estar furioso.

–Te he protegido –confesó Lucas con voz queda–. No le hablé a Eyre en ningún momento de la destilería. Si hubiera contado algo te habría detenido hace días.

–¿Y se supone que tengo que estar agradecida? –le espetó Christina–. Estoy segura de que tendrías tus razones.

Vio algo en los ojos de Lucas que la hizo comprender que había dado en el clavo. Volvió a sentirse infinitamente triste.

–¿Cuál era? ¿Cuál era esa razón?

Por un momento, pensó que no iba a contestar. Le vio tensar un músculo de la mejilla y cerrar la boca con fuerza. El perfil de su mandíbula se mantenía duro, inflexible.

–No vine aquí solamente para descubrir a los contrabandistas –hablaba lentamente, como si lo estuviera haciendo con desgana.

Y Christina lo comprendía. Lucas le había hecho ya tanto daño que Christina se estremeció al pensar en que pudiera haber mayor dolor. Lucas alzó la mirada y la miró a los ojos.

—Vine aquí para averiguar qué le había pasado a mi hermano.

Christina lo vio entonces. Reconoció el corte de los pómulos, la forma de la cabeza y la mirada. Lo vio y se preguntó cómo podía haberlo pasado por alto. Peter Galitsin era solo un muchacho y Lucas era un hombre, pero el parecido entre ellos era innegable.

—Peter Galitsin —susurró.

Christina tuvo que apoyarse para no perder el equilibrio. Sintió el frío de la pared contra la palma de la mano. Recordó las preguntas que había hecho Lucas sobre la muerte de Peter. Seguramente creía que los contrabandistas tenían relación con aquella muerte. Volvió a sentir náuseas, pero ya no tenía nada en el estómago que pudiera vomitar.

—¿Cuál es tu verdadero nombre? —le preguntó.

En realidad, era una pregunta trivial, sobre todo cuando tampoco estaba segura de que fuera a decirle la verdad. Su desolación era devastadora. Lucas la había engañado en todos los sentidos.

—Me llamo Lucas Black. Peter y yo éramos hermanos.

Christina sintió una nueva oleada de amargura, tan intensa como una puñalada en el vientre.

—Así que toda esa historia sobre tu bastardía...

—Es cierta —se precipitó a asegurarle Lucas—. Nací fuera del matrimonio, soy hijo de una princesa rusa y un lord escocés.

Christina negó con la cabeza. No sabía cómo iba a poder creerle. Ya no era capaz de distinguir la verdad de la mentira. Recordaba a Lucas hablando de una mísera juventud en las calles. Pensó en la pasión con la que había hablado de las cicatrices de su bastardía. ¿Sería todo mentira? No estaba segura de que importara siquiera. Jamás podría volver a confiar en él.

–Supongo que sospechabas que había sido yo la que había matado a tu hermano –dedujo con un dolor que no fue capaz de disimular–. Entiendo que esa es la razón por la que no me denunciaste. Estabas esperando a averiguar si era culpable.

Lucas cuadró los hombros.

–No puedo negar que fue así como empezó todo. Pensaba que los contrabandistas tenían algo que ver con la muerte de Peter. Y tú los liderabas. De modo que sí, eso fue lo que creí en un primer momento –la miró fijamente a los ojos–. Pero me bastó una semana en tu compañía para comprender que era imposible. Sabía que eras incapaz de hacer algo así.

–Si eso es cierto, ¿por qué me ocultaste la verdad? –exigió Christina.

Pero no había terminado de formular la pregunta cuando ya conocía la respuesta y no esperó a que fuera Lucas el que la diera.

–Tenías miedo de que te despidiera si me enteraba de que me habías engañado. Necesitabas estar en Kilmory. Así que seguiste mintiendo, utilizándome, fingiendo que me apreciabas cuando, durante todo este tiempo, lo único que esperabas era que pudiera conducirte al asesino de tu hermano –descubrió avergonzada que se le quebraba la voz–. ¡Maldita sea, Lucas Black! ¿Por qué no preguntaste abiertamente por Peter? Podría haberte ayudado.

Se alejó de él. No quería que Lucas la viera así, hecha pedazos.

–Tenías razón. Quiero que te vayas de Kilmory.

–No –se negó Lucas, apretando la mandíbula con gesto de determinación–. Christina...

–Por favor –insistió Christina–. Alójate en la posada si quieres continuar con tus investigaciones, no me importa, pero si sientes el mínimo de respeto por mí, te suplico que dejes de molestarme con tus excusas.

Pasó con firmeza por delante de él, salió de la Casa Redonda y fue dando traspiés hasta la playa. Se dio cuenta entonces de que iba descalza, de que había dejado los zapatos y las medias tras ella. Sentía la fría arena entre los dedos de los pies y el frescor de la brisa. El azul de aquel largo anochecer la envolvió, pero, por primera vez en su vida, la inmemorial belleza de Kilmory no la conmovió. Sentía el alma helada y lo poco que quedaba de su corazón estaba roto en mil pedazos. Tenía razón al pensar lo que había pensado durante todo aquel tiempo sobre el amor. Dolía. Una podía entregarse a él y descubrir que, en cuestión de segundos, todo podía cambiar.

¡Maldita fuera! ¡Maldita fuera!

Lucas se pasaba la mano exasperado por el pelo. Aquello no podía haber acabado peor. Habían llegado demasiado lejos y había confesado la verdad demasiado tarde. Lo comprendía en aquel momento, cuando ya estaba hecho el daño. Su misión le había cegado al dolor que podía causar a Christina cuando se descubriera la verdad. Había cometido un terrible error de cálculo y lo único que había conseguido era demostrarle a Christina que no se podía confiar en él.

Estúpido. Había sido un estúpido.

Christina ya había sufrido demasiado. Toda su vida, todas sus certezas, habían desaparecido de un día para otro. Él, inconscientemente, le había hecho lo mismo. Había tomado todas sus certidumbres, se había apoderado de su mundo y lo había hecho pedazos.

Salió y se sentó en una piedra, de cara el mar. La hoguera había quedado reducida a humeantes rescoldos. Un resplandor dorado y rosa iluminaba la línea del horizonte. La brisa era fría. Permaneció durante mucho tiempo allí, pensando.

En su implacable búsqueda de la verdad, había perdido lo único que había llegado a importarle por encima de todo: Christina y la promesa de un futuro a su lado.

Pero Peter también merecía justicia. No podía abandonar la causa de su hermano, no cuando el asesinato de Peter continuaba sin resolver. El desgarro era terrible. No podía marcharse de Kilmory sin descubrir la verdad. Pero para él era más importante todavía demostrarle a Christina que podía creer en él.

«Yo podría haberte ayudado», había dicho Christina. Lucas se preguntó si, incluso después de lo ocurrido, podría persuadirla de que lo hiciera. Christina creía apasionadamente en la justicia. Él tenía que confiar en su bondad, en su generosidad. Sabía que le ayudaría aunque no lo mereciera.

Se levantó lentamente. La necesidad de ir a buscar a Christina, de ignorar todas sus objeciones, era abrumadora, pero también lo era el respeto que sentía por ella. No podía obligarla a ayudarle. En aquella ocasión, tendría que ganarse su confianza. Tendría que volver a conquistar a Christina.

Fue entonces, al salir a la playa, cuando vio a Eyre galopando sobre un caballo escuálido que iba levantando nubes de arena a su paso. Cuando Eyre le vio, tiró de las riendas y se detuvo. No desmontó, se limitó a mirar a Lucas con los ojos entrecerrados desde la altura que le proporcionaba la montura.

—Es tarde para estar fuera, señor Ross.

—He estado nadando —respondió Lucas encogiéndose de hombros—. La jardinería es un trabajo duro.

—Y también el espionaje —respondió Eyre con amabilidad—. He oído decir que habéis estado ocupado seduciendo a la hija del duque como parte de vuestra investigación. Buen trabajo, señor Ross. Espero que haya merecido la pena.

Lucas necesitó de una gran fuerza de voluntad para

mantener la boca cerrada y no estrangular a Eyre. Estaba intentando provocarle y lo sabía, pero le resultaba casi imposible no defender a Christina y darle a aquel hombre la confirmación que buscaba.

–¿Puedo ayudaros en algo, señor Eyre? –le preguntó fríamente.

–En realidad, no –contestó Eyre–. Ahora mismo tengo un informante en el castillo, no necesito vuestra ayuda.

El caballo comenzó a desviarse hacia un lado y Eyre tiró con fuerza de las riendas. Alzó la mirada hacia el acantilado y, tras seguir el curso de su mirada, Lucas vio a otros jinetes en lo más alto del acantilado.

–Ahora nos dirigimos hacia la destilería –le informó Eyre–. Dicen que esta noche podremos atrapar a los contrabandistas.

–Os deseo suerte –respondió Lucas, fingiendo aburrimiento.

El corazón le latía violentamente. Seguramente, pensó, Christina no habría ido directamente a la destilería. Pero tan enfadada, decepcionada y triste como estaba, podría haber querido escapar de las miradas curiosas de la familia. Sintió que la tensión le atenazaba.

Eyre alzó la mano con un saludo burlón y se alejó galopando. Lucas se obligó a encaminarse lentamente hacia el castillo a lo largo de la playa, como si no tuviera la menor preocupación, pero en cuanto supo que Eyre no podía verle, echó a correr.

Había un espía en Kilmory, alguien que había traicionado a Christina y a la banda de contrabandistas. Se preguntó quién podría ser. La gran ironía era que Christina pensaría que era él el traidor. Jamás se creería su proclamación de sinceridad, en el caso de que tuviera oportunidad de volver a verla alguna vez. Pensó en Eyre y su séquito, que se dirigían por el lago hacia la destilería, y aumentó la velocidad de la carrera.

Aporreó la puerta del castillo y tuvo la sensación de que

pasaban horas hasta que Galloway llegó a abrirla con porte señorial.

—¿Señor Ross? —el mayordomo le miró con profunda desaprobación—. Esta es la puerta principal. La entrada de servicio...

—Ya sé dónde está —contestó Lucas secamente—. Necesito ver a lady Christina.

El mayordomo parecía ofendido y receloso. Y, en ese momento, Lucas comprendió que los sirvientes eran plenamente conscientes de su relación con Christina, que Galloway la deploraba profundamente y que jamás, ni en un millón de años, le permitiría ver a Christina ni le transmitiría ningún mensaje de su parte.

—Lady Christina no está en casa —le informó Galloway, y comenzó a cerrar la puerta.

Pero Lucas la bloqueó con la palma de la mano. El mayordomo se sobresaltó.

—¿Ha ido a la destilería de whisky? —preguntó Lucas.

Galloway parpadeó y permaneció en completo silencio.

—¡Maldita sea! —rugió Lucas—. ¡Necesito saberlo!

—¡Señor Ross! —Galloway temblaba de indignación—. ¡Qué insolencia! Haré que os despidan.

—Demasiado tarde, lady Christina ya me ha despedido.

Se volvió. No podía perder el tiempo intentando averiguar si Christina estaba en el castillo. Además, no quería llamar la atención sobre el hecho de que podía haber desaparecido, ni hacer más explícita su relación. Aunque, al parecer, ya era demasiado tarde para eso. Lo único que podía hacer era ir a la destilería y esperar contra toda esperanza que no estuviera allí.

Sabía que si había ido a la destilería, sería ya demasiado tarde. Eyre y sus hombres le llevaban al menos un cuarto de hora de ventaja e iban a caballo. Ya habrían llegado al cobertizo.

Se volvió y echó a correr, consciente de que era demasiado tarde.

Las piedras resbalaban bajo sus botas. El brezo y los helechos le fustigaban las piernas. Cuando rodeó el promontorio que conducía al lago, vio el humo que se elevaba en el todavía azul cielo nocturno. El corazón le dio un vuelco provocado por el miedo. Eyre ya había localizado la destilería.

Lucas subió la loma. Los pulmones parecían a punto de estallarle, pero se obligó a seguir corriendo. No se veía a nadie. La puerta de la destilería estaba abierta de par en par, colgando de las bisagras. Habían destrozado el cerrojo. El interior ardía violentamente. El humo era espeso, asfixiante, y había fragmentos de cristales por todas partes, procedentes del cristal de la ventana.

Lucas apoyó la mano contra el marco de la puerta y tomó una bocanada de aire fresco.

Christina. Tenía que encontrar a Christina.

Oyó entonces los gritos y el retumbar de los cascos. Un miedo renovado se apoderó de él. Se apartó de la puerta y comenzó a correr por el camino. La luna, en lo alto del cielo, iluminaba la cacería que estaba teniendo lugar más abajo. Vio la silueta de una mujer envuelta en una capa y con capucha. La vio correr entre el brezo hasta el borde del lago. Iba descalza, pero no tropezó ni una sola vez. La capa se inflaba como la vela de un barco, negra contra el azul intenso de la noche y el resplandor morado del brezo. Pero por muy rápido que corriera, no iba a salvarse. Lucas era testigo de la trampa que le estaban tendiendo. Tras ella, los oficiales a caballo avanzaban en semicírculo, algunos descendían por la colina, empujándola hacia el agua, y otros avanzaban a lo largo de la orilla.

Muy pronto no tendría hacia dónde correr.

Christina llegó hasta el borde del lago y volvió la cabeza para mirar tras ella. Eyre cabalgaba a su espalda. Los demás gritaban a medida que se acercaban, encendidos por la emoción de la caza. Todos excepto Bryson, que, al parecer, estaba teniendo una agria discusión con Eyre. Eyre alzó la pistola y la respiración de Lucas se agolpó en su garganta convertida en un grito. Vio a Eyre elevar la pistola y oyó un disparo. Christina se detuvo un instante en su precipitada huida por la orilla del lago.

Eyre estaba intentando matarla.

No quería capturarla. No quería hacerla prisionera. ¡Quería matarla!

Un terror puro y atávico atenazaba la garganta de Lucas. Corrió hacia ellos, consciente de que era inútil, de que no podría hacer nada para salvar a Christina, sabiendo que Eyre la mataría antes de que él llegara. Pero podía alcanzar a Eyre y matarle por lo que estaba haciendo, por aquella caza despiadada, por el terror, por aquella ejecución a sangre fría.

Christina había llegado a las piedras de la orilla del lago. Eyre estaba tan cerca de ella que alargó la mano para intentar agarrarla por la capa, pero fracasó. Christina no vaciló. Se metió en el lago. Lucas vio cómo se inflaba la falda y cómo se extendía la parte inferior de la capa sobre el agua.

Al parecer, Christina prefería ahogarse antes de entregarse a aquellos matones.

Y fue entonces cuando Lucas soltó un grito que el viento arrastró. Continuaba corriendo, tropezando con las raíces del brezo, intentando alcanzarla. Sabía en el fondo de su corazón que era ya demasiado tarde, pero no estaba dispuesto a renunciar. No estaba dispuesto a ceder.

Christina avanzaba con firmeza, adentrándose en las aguas del lago. Tenía que ser una ilusión óptica, provocada por la luz de la luna, pero daba la sensación de que estaba caminando sobre las aguas. Eyre había urgido al caballo a seguirla y Lucas observó cómo la bestia se hundía en el agua. Eyre gritó cuando estuvo a punto de caer. Un segundo después, el caballo estaba nadando y Eyre había caído al agua con un sonoro chapuzón y un aullido de rabia, pero Christina continuó avanzando en la oscuridad hasta que la luna se ocultó detrás una nube y la sombra de la capa sobre el agua desapareció. Cuando la luna volvió a salir, no quedaba rastro de Christina. Solo se veía a Eyre chapoteando en la parte menos profunda del lago, empapado y maldiciendo, tirando del caballo mientras el resto de sus subordinados rodeaban la playa absolutamente estupefactos.

Lucas continuaba con la mirada fija en la superficie del lago, ondulada por la brisa. No sabía qué pensar. La esperanza y la desesperación batallaban en su interior. Y entonces recordó, como si fuera un susurro llevado por la brisa, la voz de Christina diciéndole que conocía el mar, los lagos y aquellas tierras tan bien como sus ancestros.

Se estremeció. Sintió que le flaqueaban las rodillas y se sentó en medio del brezo y los helechos, con la cabeza entre las manos. Christina amaba y conocía aquellas tierras como aquellos hombres nunca lo harían. Las comprendía. Y aquella noche, aquel conocimiento seguramente la había salvado. Lucas no sabía cómo. No sabía adónde podía haber ido, pero sintió la fe y la esperanza renaciendo dentro de él.

Eyre y sus hombres todavía no le habían visto. En medio de aquella refriega, ni siquiera se habían fijado en su presencia. Lucas se agachó sobre el brezo, sintiendo la presión de las espinas en la piel, y escuchó con atención.

—¿Adónde ha ido? —oyó que preguntaba Bryson.

—Se ha ahogado —respondió Eyre cortante.

Temblaba como un perro.

—Pero... —uno de los hombres, un joven llamado Austin, continuó presionando—, todos lo hemos visto. Se ha ido caminando sobre las aguas...

Eyre le fulminó con la mirada.

—¿Pero qué piensas que es? ¿Una maldita bruja? ¿Un fantasma? ¡Te he dicho que se ha ahogado! —comenzaba a elevar la voz—. Mañana por la mañana tendremos la confirmación de que ha desaparecido.

—Pero no tenemos nada —se lamentó Bryson—. Ni la destilería, ni ningún detenido... ni siquiera un cadáver.

Eyre se volvió hacia él.

−Tenemos una mujer desaparecida y creo saber quién es... −se interrumpió bruscamente.

Era evidente que la vanidad no le permitía compartir sus sospechas sobre la identidad de aquella dama. De la misma forma que no estaba dispuesto a admitir que Christina había vuelto a engañarle, quería para él el privilegio de dar la noticia de su muerte y de su vida secreta como líder de una banda de contrabandistas.

Lucas se levantó un poco entumecido y comenzó a caminar hacia la pista. Tenía que encontrar a Christina, tenía que ayudarla. Cuando Eyre llegara al castillo Kilmory con intención de comunicar a la familia la muerte de lady Christina, esta tenía que estar viva y salva, esperando a Eyre para refutar todo lo que este pudiera decir.

Los policías cabalgaban a medio galope, rodeando el lago. Parecían asustados y miraban preocupados por encima del hombro. Uno de ellos, un tipo supersticioso, incluso se santiguó. Lucas esperó a que desapareciera hasta el último eco de los cascos de los caballos y se acercó al borde del agua. No estaba seguro de por dónde podría regresar Christina a tierra firme, pero tenía que ser a lo largo de la orilla oeste del lago.

Siguió la orilla hasta llegar a un lugar en el que los abedules se espesaban. La luz de la luna hacía brillar sus troncos lechosos. Y allí, en medio de la maraña formada por las raíces, distinguió un cuerpo inerte entre las sombras.

¡Christina!

Ya había perdido la cuenta de cuántas veces se había rendido a la desesperación aquella noche. Vadeó el agua hasta llegar a aquel cuerpo envuelto en unas ropas empapadas e intentó agarrarla. Christina se mostraba renuente a moverse para marcharse con él, pero Lucas tiró de ella, maldiciendo, hasta que consiguió levantarla.

Christina todavía respiraba. Susurrando una oración de gracias, Lucas comenzó a avanzar hacia la orilla. Christina comenzó a moverse y empezó a resistirse con más fuerza.

—¡Esa es mi chica! —exclamó Lucas.

El alivió fluyó por sus venas con la misma virulencia con la que lo había hecho antes el terror.

—Yo no soy tu chica —respondió Christina con apenas un graznido.

—Ahora no vamos a discutir por eso —respondió Lucas mientras la dejaba en el suelo—. Dame la mano. Tenemos que salir de aquí.

Christina vaciló un momento. Después, se agarró a la mano que Lucas le tendía. Este tiró de ella hacia él. La ropa de Christina estaba empapada, lo que le iba a dificultar la marcha, pero Lucas la agarró del otro brazo y la levantó. Christina se aferraba a él, estaba completamente empapada, pero bajo aquellas capas de tela mojada, Lucas la sentía cálida y viva. La estrechó contra él y sintió también la intensidad con la que Christina le abrazaba. Se sintió aliviado, agradecido, pero también furioso por haber sido sometido a esa dura prueba. El sentimiento era tan intenso que apenas podía respirar.

—¡Te lo advertí! —le dijo con voz dura. Quería sacudirla, quería hacer algo que le permitiera desahogar su furia—. ¡Te dije que era peligroso!

Le bajó la capucha para poder verle la cara. Llevaba la melena desparramada por los hombros. Su tez reflejaba la palidez del agotamiento, sus ojos parecían enormes, asustados, y tenía una mancha en la mejilla. También tenía una mancha de sangre en la manga, Lucas la vio a la luz de la luna. Y el enfado se esfumó a la misma velocidad con la que había aparecido.

—Estás sangrando —le dijo—. Te ha dado la bala.

—Solo es un arañazo —parecía debilitada por el agotamiento—. Debería haberme imaginado que estabas allí —se había liberado de Lucas, se había alejado de él y le miraba con recelo—. ¿Has venido a arrestarme?

—No digas estupideces —le ordenó Lucas cortante—. He venido para avisarte, pero para cuando he llegado, ya era demasiado tarde. Vamos –añadió, intentando animarla a avanzar–. No podemos perder tiempo.

Pero Christina se negaba a obedecer. Lucas perdió entonces la paciencia.

–Mira –le dijo–. Hace un momento, te has abrazado a mí. Has confiado en mí.

Christina se volvió para que no pudiera verle la cara.

–Ha sido por la alegría de saberme a salvo –musitó–. Me he olvidado de todo.

–Deberías confiar en tu intuición –le aconsejó Lucas.

Cristina le dirigió una mirada cargada de desilusión y recelo.

–Hasta ahora, mi intuición no me ha servido de mucho –respondió.

Ignorando la mano que Lucas le tendía, comenzó a subir la loma que conducía al camino.

No hablaron mientras regresaban al castillo. Christina había vuelto a ponerse la capucha y sostenía contra ella la tela empapada de la capa. Lucas la veía temblar. Cuando estaban llegando a las ruinas del castillo, oyeron el contundente repiqueteo de los cascos en el camino. Lucas la agarró entonces con fuerza, la obligó a esconderse tras un murete caído y le tapó la mano con la boca.

–Es Eyre –le susurró al oído–. Vuelve para buscar tu cadáver.

La sintió estremecerse y la abrazó, intentando infundirle una sensación de seguridad y protección. Presionó la mejilla contra su pelo, posó las manos en su espalda y retuvo su cuerpo tembloroso contra él.

–Estás a salvo –susurró–, no tengas miedo.

Christina se alejó lentamente de él.

–No lo comprendo –dijo cuando el sonido de los cascos volvió a desaparecer en medio de la noche–. ¿Por qué no me has traicionado? Pensaba que habías sido tú el que le había dicho a Eyre dónde estaba la destilería.

–Hay un espía en Kilmory, pero no soy yo –respondió

Lucas. La agarró por los hombros–. ¿De verdad crees que sería capaz de traicionarte? Dios mío, Christina...

–No lo sé –respondió Christina lentamente. Intentó separarse de él–. ¿No te das cuenta Lucas? No confío en ti. No puedo confiar en ti. Pensaba que te conocía y has resultado ser una persona completamente diferente.

Lucas la sentía temblar.

–No te he traicionado en ningún momento. En realidad, estaba intentando protegerte –le explicó precipitadamente–. He sido testigo de todo lo que haces para ayudar a la gente de Kilmory y te admiro por ello, aunque no esté de acuerdo con los medios que utilizas. Además, no me gustan los métodos que emplea Eyre –añadió sombrío–. Escribiré a Sidmouth para decírselo.

–¿De verdad? –le escrutaba con la mirada como si quisiera sopesar su honestidad.

Apareció un brillo fugaz en su mirada. Por un instante, se mostró tan esperanzada, tan enamorada y sincera como se había mostrado antes, pero la sombra de la decepción no tardó en nublar su mirada y su expresión se tornó de nuevo distante.

–Gracias por tu ayuda –le dijo–. Pero ahora puedo arreglármelas sola –bostezó.

Era evidente que el agotamiento se estaba cobrando factura. Lucas la levantó en brazos.

–Te llevaré yo.

–No, por favor –había un filo de dureza en su voz–. Puedo arreglármelas sola.

–Tonterías –dijo Lucas con dureza–. Estás a punto de desmayarte. No te muevas.

Pensó que iba a continuar resistiéndose, pero, al final, Christina suspiró y volvió el rostro hacia su cuello. Lucas sentía su respiración en la piel. La tenía tan cerca que tuvo que resistir la tentación de darle un beso. Recordó su sabor, y aquel recuerdo bastó para que se desatara en él una nueva oleada de deseo. Christina parpadeó. Al parecer, ella tampoco era inmune a su cercanía. Saberlo dio alas a la esperanza de Lucas.

Cruzó con ella en brazos el césped que separaba las ruinas del edificio principal. Evidentemente, Eyre se sentía muy seguro. No se le había ocurrido vigilar el castillo. Nada se movía en medio del silencio. Tras los postigos de las ventanas, todavía se filtraba alguna luz.

–¿Cómo has conseguido librarte de ellos? –le preguntó–. Parecía que estuvieras caminando sobre el agua.

–Bueno –Christina curvó los labios en una sonrisa–. Hay caminos a través del lago, justo debajo de la superficie del agua, hay un camino de piedras que no puede verse desde la orilla.

–¡Gracias a Dios! –exclamó Lucas–. Aun así, has estado a punto de ahogarte.

–El lago tenía más profundidad de la habitual a causa de las tormentas del verano –parecía agotada–. Por favor, bájame. Tengo que ir a mi habitación por la escalera de la torre para que nadie se entere de lo que ha pasado esta noche.

–No pienso dejarte sola –dijo Lucas. La dejó con delicadeza en el suelo y se inclinó para quitarle la llave–. Pienso quedarme contigo.

–¡Eso es ridículo! –a pesar de su cansancio, se advertía la altivez en su voz.

Lady Christina, la hija del duque, estaba dando una muestra de dignidad. Pero Lucas no pensaba permitir que se saliera con la suya.

–Estamos prometidos –le recordó–. Hace solo un par de horas, nos hemos comprometido. Tengo derecho a protegerte y no voy a renunciar a ello.

Capítulo 16

−¿Prometidos?

Era tal la indignación de Christina que se olvidó del frío, del cansancio y de la humedad.

−Te pedí que te casaras conmigo y aceptaste −Lucas hablaba en un tono de voz irritantemente razonable.

Había localizado la llave y la estaba deslizando en la cerradura.

−Según la ley escocesa, eso significa que estamos comprometidos.

−Pero eso fue antes de saber quién eras −le recordó Christina−. Retiro mi consentimiento.

−En ese caso, te denunciaré por incumplimiento de contrato −Lucas abrió la puerta y la sostuvo con la cortesía de un caballero que la estuviera ayudando a bajar del carruaje para ir al baile−. Insisto, estamos comprometidos y tengo derecho a protegerte.

−No, no tienes ningún derecho −Christina no podía recordar la última vez que había estado tan enfadada−. Lucas, esto no tiene ninguna gracia.

Le fulminó con la mirada al entrar. Lucas estaba sonriendo. Y bastó esa sonrisa para recordarle todas las cosas que habían pasado en la penumbra de la Casa Redonda, unos recuerdos que la hicieron sentirse molesta y acalorada al mismo tiempo. Definitivamente, estaba a punto de pillar un resfriado.

—No estoy bromeando —Lucas dejó de sonreír—. Quiero casarme contigo, Christina. Eso no ha cambiado.

—No puedes esperar que me case con un hombre que me ha mentido —respondió Christina—. ¿Cómo puedo confiar en ti después de tantas mentiras?

—Yo no mentí —se defendió Lucas. Parecía enfadado—. Admito que oculté algunos datos...

—¡Como tu identidad y los verdaderos motivos por los que estabas en Kilmory! —estalló Christina.

—Y ahora me arrepiento —dijo Lucas con firmeza.

Cerró la puerta tras ellos y Christina fijó frustrada la mirada en sus anchos hombros. Tenía ganas de darle un puñetazo, de demostrarle lo mucho que la había hecho sufrir.

—Pero no pretendía hacerte ningún daño —se volvió tan repentinamente que Christina contuvo la respiración, abrumada por su cercanía—. Al contrario, intenté ocultarte la verdad para protegerte. Ese ha sido mi error.

—Me alegro de que lo reconozcas —replicó Christina muy digna.

Lucas extendió la mano con un gesto de súplica.

—Tenía que encontrar al asesino de mi hermano —le explicó—. Todavía necesito encontrarle. Para mí es algo sagrado. Espero que lo comprendas.

Christina sintió un ligero mareo mientras subía la escalera de caracol. Arrastraba los pies y, a pesar de sí misma, agradecía que Lucas la guiara y la ayudara en el ascenso.

—Supongo que lo entiendo —reconoció Christina al cabo de un momento—. Es decir, entiendo que te sientas obligado a descubrir quién le quitó la vida a tu hermano.

—¿Y me ayudarás a descubrirlo? —preguntó Lucas directamente.

Christina permaneció en silencio. Había tenido tiempo de pensar y podía ver, incluso en medio de la decepción y la traición, que para Lucas era una cuestión de honor conseguir que se hiciera justicia. Pensó en la alegría con la que

Peter había hablado de la reconciliación con su hermano mayor, al que no había visto desde hacía mucho tiempo. Ese hermano era Lucas. Y había sido Lucas el que había recibido la insoportable noticia de la muerte de su hermano. Lucas, cuya esperanza de reconstruir una relación con Peter había muerto en un camino de Kilmory. Le bastaba saberlo para que se le desgarrara el corazón. Sabía que Lucas debía estar sufriendo de una forma terrible.

–Puedes quedarte aquí hasta que aparezca el asesino. Después, quiero que te vayas.

Lucas se hizo a un lado para que entrara en la habitación. No discutió sus palabras, pero su expresión volvía a ser fría y sombría, amenazadora y firme. Christina se estremeció. Sí, Lucas encontraría al asesino de su hermano y haría justicia.

–¿De quién sospechas? –le preguntó–. Pareces convencido de que el culpable está en el pueblo, quizá, incluso, en el castillo. ¿Tienes algún dato que fundamente tus sospechas?

Christina vio algo en su mirada que la hizo pensar que le ocultaba información.

–Tengo algunas ideas, pero nada concluyente –contestó Lucas–. Y no me gustaría acusar a un hombre inocente.

Christina no insistió. En cualquier caso, estaba demasiado cansada para discutir y no quería que Lucas volviera a demostrarle que no estaba dispuesto a confiarle sus secretos.

–Has dicho que eras medio escocés y medio ruso –recordó Christina–. Es una combinación implacable.

Por un momento, el humor volvió a la mirada de Lucas.

–Espero haber sacado lo mejor de los dos.

–¿Por qué te haces llamar Lucas Black? –preguntó Christina.

Una parte de ella se negaba a hablar con Lucas en un momento en el que sus sentimientos hacia él continuaban estando en carne viva, pero también sentía curiosidad por saber quién era realmente aquel hombre.

Lucas se encogió de hombros.

—Utilizo el nombre de Black porque poseo el señorío de Black Strath —le dijo—. Estrictamente hablando, soy el príncipe Lucas Orlov, pero no utilizo el título ruso.

Christina enmudeció por la impresión. Se preguntaba cuántas cosas más desconocía de Lucas. La historia de toda una vida, supuso. Lucas apenas había contado nada sobre sí mismo.

—El señorío de Black Strath... Eso está cerca de Perth, ¿verdad? ¿No es esa una de las propiedades de Sutherland?

—Mi padre era Niall Sutherland —contestó Lucas secamente—. Me dejó Black Strath en herencia, pero no voy nunca allí. Yo no soy un auténtico terrateniente. Soy un hombre de negocios que no sabe nada sobre la gestión de las tierras.

—Pues es una pena. Sobre todo para tus gentes.

Christina vio algo en el rostro de Lucas que podía ser interpretado como culpabilidad.

—Estoy seguro de que están bien atendidos. El administrador de mis tierras se asegura de que no les falte de nada —tomó una astilla del fuego para encender la lámpara.

—Así que la duquesa de Strathspey es tu tía —comprendió Christina—. Ahora lo entiendo todo...

Otra pieza del rompecabezas que encajaba en su lugar. Otra mentira. El corazón le dolía. Repentinamente exhausta, deseó no haberse dejado llevar por la intuición y haber atendido a lo que le decía la razón. El instinto la había traicionado. Le había dicho que podía confiar en Lucas, que su amor era un amor seguro. Pero su instinto se equivocaba. Había vuelto a perder. Los cimientos de su relación habían demostrado ser de arenas movedizas. Y no pensaba darle a Lucas una segunda oportunidad tras haber descubierto que todo lo que creía saber de él era completamente falso.

—Tienes que quitarte esa ropa empapada.

Lucas había avivado el fuego y se dirigía de nuevo hacia ella. Christina sentía el martilleo del corazón en el pecho. Se agarró la capa empapada a la altura del cuello en un absurdo gesto de pudor.

—Puedo desnudarme sola —respondió.

Pero los dedos le temblaban de tal manera que ni siquiera podía desatar los lazos de la capa.

—Déjame —le pidió Lucas.

—¡No! —se alejó bruscamente de él—. No quiero que me veas desnuda.

—Pero si te he visto desnuda hace unas horas...

Tomó la capa, se la quitó y la extendió en el respaldo de una de las butacas. Escrutó el rostro de Cristina y frunció el ceño.

—¿No quieres que envíe a buscar a una de tus doncellas?

—Puedo arreglármelas sola —le aseguró Christina.

—En ese caso, te ayudaré yo.

—He dicho que puedo arreglármelas sola, así que ya puedes marcharte.

Lucas sonrió.

—Alguien tendrá que quedarse contigo por si enfermas. Es muy posible que hayas atrapado un buen resfriado después de lo que ha pasado esta noche, o que se te inflame la herida de la bala. Podrías tener fiebre.

La hizo girar delicadamente y Christina sintió sus dedos en los botones del vestido.

—Ahora que sé que eres un príncipe, no me extraña que seas tan autoritario —comentó Christina, temblando mientras Lucas le quitaba el vestido—. Qué ascenso social tan rápido, señor Black —bromeó—, de jardinero a noble. ¿O debería llamarte Alteza?

Lucas se echó a reír.

—Puedes llamarme como quieras.

—No me tientes —le advirtió Christina.

—Como ya te he dicho, no uso nunca el título.

Lucas la giró para mirarla, posando sus manos cálidas en los brazos gélidos de Christina. Deslizó la mirada por su cuerpo, haciéndola repentinamente consciente de la fina tela que se pegaba contra su cuerpo sin dejar nada a la imaginación. Christina vio tensarse un músculo en la mandíbula de Lucas. Su mirada intensa y ardiente despertaba en ella un deseo palpitante que vibraba en todo su cuerpo. Pero de pronto, Lucas se volvió.

–Será mejor que termines de desnudarte sola –dijo cortante.

Cruzó la habitación y regresó al lado de Christina con la bata que Annie había dejado junto a la chimenea.

A Christina le temblaban las manos mientras intentaba deshacer los lazos de la combinación. Lucas había vuelto junto a la chimenea y estaba echando otro leño al fuego, ostentosamente de espaldas a ella.

–¿Cómo es posible que seas príncipe si eres hijo ilegítimo? –le preguntó mientras seguía luchando contra las enaguas.

–Mi abuelo le pidió a la zarina Catherine que legitimaran mi nacimiento –Lucas hablaba en un tono neutral, pero Christina se preguntaba cuánto dolor, cuántas humillaciones se escondían detrás de sus palabras–. Lo hizo por el bien de mi madre. Pensaba que eso supondría alguna mejora en la situación.

–¿Y fue así?

–No –respondió sombrío–. De hecho, creo que fue incluso peor. Continuaba siendo un bastardo por nacimiento y la mayor parte de la gente no me permitía olvidarlo –cambió de postura y se estiró–. Pero en cuanto fui suficientemente fuerte como para luchar, las burlas cesaron.

No tenía que haber sido fácil, pensó Christina. Seguro que había sufrido cientos de burlas y desprecios, miles. Y no solo él, sino también su madre. Había insultos que eran imposibles de olvidar.

Lucas volvió la cabeza. La miró a los ojos y Christina sintió que se le aceleraba el corazón. Se sentía muy vulnerable bajo su mirada. Se sentía como si se hubiera forjado entre ellos un frágil vínculo, un lazo que la asustaba y que no deseaba.

—Acuéstate —le ordenó Lucas—. Necesitas descansar.

Minutos antes, Christina le había pedido que se marchara, pero, de pronto, no quería estar sola, y estaba demasiado cansada como para preguntarse por qué. Ahogó un bostezo mientras metía las piernas bajo el edredón y se recostaba contra los almohadones.

—Háblame de Peter —le pidió—. Háblame de tu hermano.

Lucas suavizó la expresión. Se acercó a la cama y Christina sintió cómo se hundía el colchón bajo su peso. Se le cerraron los párpados. Lucas comenzó a hablarle entonces del matrimonio de su madre con el príncipe Paul Galitsin, del nacimiento de Peter, de su infancia en el palacio. Fue describiendo nítidamente los detalles de su vida anterior a la muerte de su madre, al momento en el que le habían echado de casa de su padrastro y le habían enviado a miles de kilómetros de allí, a Escocia. Hablaba con voz queda mientras le acariciaba la mejilla y el pelo. Christina perdió el hilo de la conversación, superada por el cansancio y una fiebre incipiente. Tenía calor, estaba sedienta. Lucas le llevó un vaso de agua y lo sostuvo contra sus labios. Después, continuó hablándole de la vida en las calles de Edimburgo, y su voz fue fundiéndose con el sonido del mar y del viento entre las agujas de los pinos, hasta que se quedó dormida.

Se despertó tiempo después, todavía acalorada y confusa por culpa de los sueños que continuaban fundiéndose con la realidad. Se veía corriendo en el lago, con el agua empapando las faldas del vestido. Eyre alargaba la mano para agarrar la capa. Todo estaba oscuro y ella estaba aterrada. Caía al lago con la contundencia de una roca y sentía el agua cerrarse sobre su cabeza. No veía nada, no podía respirar.

Abrió los ojos. La lámpara se había apagado y todo estaba en sombras. Por un momento, miró confundida a su alrededor, pero no tardó en reconocer los familiares contornos del mobiliario de su habitación. La chimenea, la cómoda junto a la ventana y la butaca sobre la que descansaba su ropa. Sintió un inmenso alivio al saberse a salvo. Amainó la velocidad de los latidos de su corazón y comenzó a ser consciente de algo que el miedo la había hecho ignorar. La presencia de un cuerpo cálido y tranquilizador a su lado, la fuerza de los brazos que la envolvían.

Lucas.

Fue tal la impresión, que intentó sentarse. La cabeza comenzó a darle vueltas y continuó tumbada, dejando que el intenso dolor fuera cediendo hasta convertirse en una sorda molestia, permitiendo que Lucas la estrechara contra él mientras musitaba palabras ininteligibles en medio de su sueño y posaba los labios en su pelo.

Los recuerdos fluyeron entonces.

Christina sintió que el calor abandonaba su cuerpo al recordar cómo Lucas le había salvado la vida. Volvió ligeramente la cabeza y respiró la esencia de su piel. Era un olor maravilloso, familiar y, al mismo tiempo, excitante. Hundió la mano en su pelo, suave y sedoso bajo la yema de los dedos. Lucas se movió, pero no se despertó. Por un momento, Christina pensó que se le iba a romper el corazón con una mezcla explosiva de amor y dolor. Eran muchas las veces que había deseado estar así tumbada junto a Lucas. Antes de que discutieran, había anhelado poder compartir aquel amor, aquella intimidad. Pero después de todo lo ocurrido, no sabía qué hacer, no sabía qué pensar. Lucas la había hecho sufrir, la había engañado, pero el instinto continuaba diciéndole que era un hombre honrado, que todo lo había hecho por su hermano, que a pesar de las mentiras y la decepción sufrida, continuaba conociendo al hombre que verdaderamente era.

La razón le decía que eso eran sensiblerías. Había confiado en Lucas y él le había roto el corazón. Había estado dispuesta a casarse con Lucas Ross sin dejar que las barreras del estatus, la edad o el dinero se interpusieran en su camino. Pero ella no conocía a Lucas Black, al príncipe Lucas Orlov, señor de Black Strath.

No sabía a quién creer, si a su corazón o a su cabeza. Permaneció despierta durante horas. Se preguntaba si Eyre sabría realmente su identidad, si se presentaría al día siguiente en el castillo para confirmar su muerte o para arrestarla. Y se preguntó después quién la habría traicionado. Poco a poco, la presencia de Lucas y el sonido rítmico de su respiración fueron ayudándola a relajarse. Había conseguido entrar en calor y estaba a salvo. Todo lo demás podía esperar hasta el día siguiente.

Lucas se despertó con la clara impresión de que algo andaba mal. Después, oyó que corrían las cortinas de la cama y la alegre voz de Annie.

—Buenos días, mi señora. He pensado que os gustaría desayunar aquí y disfrutar de un poco de paz antes de comenzar el día...

Las palabras terminaron en un grito, rápidamente reprimido. Lucas dio media vuelta en la cama y descubrió a la doncella mirándole fijamente, con una mano en el corazón y otra en la boca, con un inmemorial gesto de espanto. Gracias a Dios, Lucas estaba vestido, o la impresión habría sido mucho mayor, y también el grito. Y, afortunadamente también, Annie ya había dejado la bandeja del desayuno.

—Señora —dijo Annie—. ¡Señor Ross!

Lucas oyó un apresurado sonido de sábanas a su lado cuando Christina se despertó. Su grito ahogado fue un eco del de Annie. Lucas alargó la mano y la agarró, consciente de que estaba a punto de salir huyendo.

—No te vayas —le dijo con amabilidad—, estás en tu habitación.

Christina estaba mirándole con expresión somnolienta y confundida al mismo tiempo. Tenía el pelo revuelto y estaba absolutamente adorable a ojos de Lucas, con el rostro tan pálido y aquellos enormes ojos azules.

–¿Qué...? –comenzó a decir.

–Por favor, no me preguntes qué estoy haciendo aquí –le pidió Lucas–. A no ser que hayas perdido la memoria.

El color bañó su rostro mientras abría los ojos, completamente despierta para entonces. Volvía a parecer la altiva hija del duque que Lucas había conocido, pero tras aquella rígida fachada, Lucas vislumbró su miedo. Se había mostrado vulnerable la noche anterior. Le había permitido ayudarla. En aquel momento se estaba arrepintiendo, pero Lucas no tenía intención de permitir que se alejara de él después de la intimidad que habían compartido.

–¿Cómo estás? ¿Ha desaparecido la fiebre?

–Estoy muy bien, gracias –respondió Christina cortante.

–Señora –empezó Annie otra vez, en un tono casi suplicante, mirándolos alternativamente–. ¡Oh, señora!

–Tranquila, Annie –respondió Christina, alargando la mano hacia la bata que Lucas le había pasado la noche anterior, una práctica prenda de seda falsa–. El señor Ross...

–Es el prometido de lady Christina –terminó Lucas por ella.

–Iba a decir que estaba a punto de marcharse –le corrigió Christina.

–No me pienso ir a ninguna parte –replicó Lucas.

Miró a Christina a los ojos, y volvió a distinguir en su mirada un brillo de vulnerabilidad tras su evidente confusión.

–Christina –insistió Lucas con vehemencia–, no me voy a esconder. No pienso fingir que no ha pasado nada entre nosotros. Estamos prometidos y no voy a dejarte.

Volvieron a mirarse a los ojos.

–Tienes que irte –le ordenó Christina, pero Lucas percibió el miedo en su voz.

–Deja de alejarme de tu lado –dijo Lucas–. Sí, te mentí y lo siento, pero no lo utilices como excusa para huir de mí. Confiaste en mí y ahora puedes volver a hacerlo, te lo juro.

—Perdón, mi señora. Señor Ross...

La voz nerviosa de Annie pareció cortar directamente la tensión. Había corrido las cortinas de la ventana, dejando que la luz entrara en la habitación. Y entró también el sonido de las ruedas de un carruaje sobre la grava, el ruido de portazos y voces.

—Han llegado ya vuestras hermanas, mi señora —Annie miró a Christina por el rabillo del ojo.

En aquella ocasión, Christina saltó directamente de la cama. Lucas apenas pudo distinguir su cremosa piel antes de que se atara la bata con manos temblorosas.

—Se suponía que no tenían que llegar hasta está tarde —parecía seriamente afectada—. ¿Cómo voy a...? —miró a Lucas y desvió de nuevo la mirada—. Lucas, de verdad, tienes que marcharte —le hizo un gesto para que se levantara—. Ya hablaremos más tarde. Si bajas por las escaleras de la torre...

—Apareceré directamente delante de tus hermanas, que vendrán directamente por la escalera que conduce a tu dormitorio. Sí, podría estar bien —respondió Lucas.

Christina apretó los labios ante su sarcasmo.

—En ese caso, baja por la escalera principal.

—¿Y arriesgarme a que Galloway piense que soy un ladrón que quiere robar la cubertería de la familia? No, gracias.

Lucas se levantó y agarró la chaqueta. Le habría gustado poder presentarse con algo más elegante para hacer su presentación delante de la familia de Christina, pero no era posible.

—Acéptalo, Christina. Soy tu prometido y voy a bajar las escaleras contigo para conocer a tus hermanas. Y no pienso continuar merodeando por el castillo fingiendo que soy un jardinero.

Christina dejó escapar un suspiro.

—Annie —dijo, ignorándole—, ¿podrías traerme el vestido de muselina de color crema con los lazos de color carmesí? —se volvió hacia Lucas—. Estoy segura de que conocéis las normas que la etiqueta exige para este tipo de ocasiones, Alteza —añadió con ironía—. Y la costumbre dice que un caballero debe abandonar la habitación de una dama mientras esta se viste.

—¿Alteza? —gritó Annie. Parecía a punto de desmayarse—. ¡Oh, mi señor!

—No —dijo Christina—, es un príncipe. El vestido de color crema —le recordó.

—Sí, señora, ahora mismo —Annie le dirigió a Lucas una mirada cargada de dudas mientras corría hacia la cómoda—. ¡Un príncipe! —la oyó susurrar Lucas.

—Te esperaré en la salita —dijo Lucas—. Y, Christina —le acarició suavemente la muñeca—, estamos comprometidos.

—Para salvar mi reputación —respondió Christina con frialdad—. Sí, comprendo que debemos mantener esa mentira en público, al menos, durante una temporada.

—¡Y un infierno!

Lucas inclinó la cabeza y tomó su boca en un duro beso, permitiéndose mostrar sus sentimientos: la frustración y el deseo que le invadían. La sintió vacilar un instante y, después, devolverle el beso con la misma turbulenta pasión. Podía sentir en ella el enfado. De hecho, le mordió el labio inferior como si quisiera hacerle daño, aunque también hubo deseo en aquel gesto. Lucas la besó con más voracidad, y ella respondió con una pasión que borró de la mente de Lucas cualquier otro pensamiento. Posó las manos en los hombros de Christina, y estaba a punto de tumbarla de nuevo en la cama y abrirle la bata cuando Annie se aclaró la garganta, haciéndole recuperar la cordura. Respiró hondo, soltó a Christina y retrocedió. Christina tenía los ojos brillantes y oscurecidos por el deseo y los labios henchidos, mostrando la huella de sus besos. Fue tal el deseo que invadió a Lucas que soltó una maldición.

Annie cerró la puerta de la salita con un elocuente gesto tras él y Lucas se sentó a esperar en una butaca. Oía los susurros de Christina y de la doncella a través de la puerta, pero no era capaz de distinguir lo que decían. Suspiró, consciente de cómo iba creciendo la tensión dentro de él. Iba a utilizar todo los medios que tuviera a su alcance para ganarse de nuevo a Christina. Lucharía por lo que quería. Había llegado a temer que no tendría una segunda oportunidad. Una vez la había conseguido, no iba a desperdiciarla.

Capítulo 17

Christina bajó las escaleras, consciente en todo momento de la alta figura de Lucas a su lado. No había querido aceptar su ayuda. De hecho, quería mantenerlo lejos de ella porque tenía miedo. Pero Lucas se negaba a marcharse.

Aquella mañana se había despertado temprano y se había descubierto en sus brazos, con la cabeza apoyada en su pecho y los fuertes y firmes latidos de su corazón al oído.

Se había sentido maravillosamente, a pesar de todo lo que había ocurrido. Christina no estaba acostumbrada a que la cuidaran. Quería abrir su corazón a aquella sensación, entregarse a ella, y por eso tenía tanto miedo. Porque abrir de nuevo su corazón a Lucas, arriesgarse a quererle, confiar en él, era demasiado peligroso. Había visto desmoronarse su mundo en dos ocasiones. Era más seguro no volver a correr riesgos. Pero, aun así, tenía la sensación de estar librando una batalla que podía perder. Todavía sentía los besos de Lucas y sus manos ansiosas recorriendo su cuerpo. Se estremeció de anhelo.

En el salón se había organizado un auténtico tumulto. Gertrude le gritaba a un agobiadísimo Galloway mientras Thomas, el lacayo, corría de un lado a otro, confundiendo los equipajes de todo el mundo. Angus no hacía nada, como era habitual. Las hermanas del Christina, Lucy y

Mairi, hablaban con el duque, al que, evidentemente, el ruido había hecho abandonar sus estudios. Richard Bryson hablaba alterado con Allegra, que estaba muy pálida y seria.

–¡Tina! –Mairi giró al ver a su hermana. Agarró a Christina y la abrazó contra su abultado vientre–. ¡Estás aquí! Empezábamos a pensar que no íbamos a verte.

–¿Dónde estabas, Christina? –preguntó Gertrude imperiosa–. ¡Hay cientos de cosas que hacer! No esperarás que organice todo esto yo sola. ¿Cómo estás, Mairi? –añadió, mirando el vientre de su cuñada con desaprobación–. No entiendo cómo has podido pensar que podías viajar en ese estado. ¡Podría haberte pasado cualquier cosa!

–Cuánto me alegro de verte, Gertrude –contestó Mairi–. Sigues siendo la misma de siempre.

Desvió la mirada hacia Lucas y se quedó mirándole de hito en hito. También Lucy, que se había acercado a saludar a su hermana. Christina sabía que eran muchas las mujeres que no eran capaces de apartar la mirada de Lucas cuando le conocían, pero advirtió que el interés de sus hermanas era de otro tipo. Mairi parecía sorprendida y Lucy abiertamente interesada.

–¡Ah, Ross! –se precipitó a decir Gertrude antes de que nadie hubiera dicho nada–. Ayuda a Thomas con el equipaje, ¿quieres? –desvió la mirada hacia Richard Bryson–. ¿Qué está haciendo él aquí?

–¡Vaya! –exclamó Maire–. Sé que sois un hombre de creencias democráticas, príncipe Lucas, pero creo que Gertrude se ha excedido en su petición.

–Buenos días, lady Mairi –la saludó Lucas, sonriendo mientras le tomaba la mano–. Es un placer volver a veros –se volvió hacia Lucy–. Buenos días, señora. Vos debéis de ser lady Methven. Os pido disculpas por la falta de formalidad de mi presentación.

–Te presento al príncipe Lucas Orlov –dijo entonces Christina con firmeza–, o el señor Black, como prefiere ser llamado.

Tuvo que disimular de nuevo su sorpresa al darse cuenta de que Mairi y Lucas se conocían. Eso significaba que Jack y Lucas también se conocían, e incluso quizá eran amigos. No sabía qué pensar al respecto, excepto que le resultaba difícil decidir a quién dispararía primero.

—¿Cómo estáis? —le preguntó Lucy con una encantadora sonrisa—. Robert nos había hablado de vos. Jack y él se reunirán con nosotros más tarde —añadió—. Estará encantado de volver a veros.

—¡Robert también le conoce! —estalló Christina—. ¡Qué maravilla! Toda la familia conoce a Lucas, excepto yo.

—Creo que tú me conoces bastante bien —la contradijo Lucas con una sonrisa que la ruborizó—. Lady Christina y yo nos hemos comprometido —añadió—. Espero que eso sea un motivo de alegría para todos.

Mairi soltó un grito de alegría.

—¡Christina, querida! —miró a su hermana con un brillo de interés y especulación en los ojos—. Eres una mujer de lo más hermética. ¡Ni siquiera sabía que conocías a Lucas!

—¿Ha dicho que están comprometidos? —la voz de Gertrude cortó bruscamente las conversaciones. Gertrude cruzó el salón con los ojos brillantes de emoción ante el inminente escándalo—. ¿Lo he entendido bien? —le preguntó a Mairi—. ¿Christina se ha prometido con el jardinero?

—¿Te encuentras bien, Gertrude? —preguntó Mairi—. Es posible que Lucas prefiera no utilizar su título, pero, desde luego, no es jardinero. ¿De dónde has sacado esa idea?

—Probablemente del hecho de que Lucas haya estado trabajando como jardinero para Kilmory durante las últimas seis semanas —le aclaró Christina.

—Me llamo Lucas Black, lady Semple —se presentó entonces Lucas—, y soy....

—Un príncipe ruso —terminó Mairi con evidente malicie—. Así que no tienes que preocuparte de que el escudo de la familia vaya a verse mancillado. El rango de príncipe es superior a cualquiera de los nuestros.

—¿Ruso? —repitió Gertrude, arrugando la nariz como si Lucas acabara de anunciar algo desagradable—. Un príncipe estaría bien, pero no siendo portador de un título extranjero. Esos títulos no cuentan.

—No creo que Lucas necesite dar cuenta ante ti de sus antecedentes —intervino Christina.

Había salido en defensa de Lucas sin pensárselo siquiera. Su mente estaba adelantando ya todas las vulgaridades de las que su cuñada sería capaz cuando supiera que Lucas era un hijo bastardo. Vio que Lucas la estaba observando. El calor que transmitía su mirada parecía haberse profundizado. Tomó la mano de Christina otra vez.

—Gracias —fue lo único que dijo.

Pero bastaron el contacto de su mano y su sonrisa para encender a Christina.

—¿Alguien podría tomarse la molestia de explicarme lo que está pasando aquí? —pidió el duque quejoso—. ¿Un príncipe ruso trabajando en mi jardín?

—Os suplico que perdonéis esta farsa, Excelencia —se disculpó Lucas con afabilidad—. Deseaba pasar de incógnito durante una temporada y esta me pareció la manera más fácil. Espero no haber lastimado vuestras magníficas rosas.

—Estoy encantado con vuestro trabajo, viejo amigo —respondió el duque.

Christina se preguntó irritada si su padre estaba tan absorto en sus estudios que ni siquiera era capaz de prestar verdadera atención a lo que acababan de decirle.

—Desde luego, el trabajo en la gruta ha sido maravilloso —continuó diciendo el duque—. Supongo que son los beneficios de una educación clásica en... ¿En Eton? ¿En Oxford, quizá?

—No, Excelencia —respondió Lucas—. En las calles de Edimburgo. Y el hecho de ser ahora poseedor de un importante negocio lo atribuyo a todo lo que aprendí en las calles.

Christina advirtió entonces que Gertrude apretaba los labios con fuerza.

–¡Un comerciante! –sorbió por la nariz–. Bueno, es posible que sea una boda adecuada para la edad de Christina, pero para mi Allegra no pienso conformarme con nada que esté por debajo de un príncipe inglés.

Allegra dio un paso adelante. Estaba muy seria. Pálida, pero decidida. Le dio la mano a Richard Bryson.

–En realidad, mamá, ya estoy casada. Richard... –tiró de Bryson–, es mi marido.

Gertrude se desmayó, cayendo al suelo con un ruido sordo.

–Mi querido amigo –le dijo el duque a Lucas–. ¿Qué puedo hacer por vos? ¿Venís a pedirme permiso para casaros con mi hija?

–Sí, Excelencia –contestó Lucas.

En realidad, eran otras muchas cosas las que quería preguntar al padre de Christina, pero decidió empezar por lo más fácil. Estaban en la biblioteca del duque. Alice Parmenter les había servido allí el café. Jack Rutherford y su cuñado, Robert Methven, estaban también allí. Habían llegado a primera hora de la tarde. Jack, al enterarse de lo que había pasado entre Lucas y Christina, parecía dispuesto a darle un buen puñetazo, pero, afortunadamente, Robert, que era un hombre de cabeza fría, había conseguido convencerle de que no lo hiciera. Lucas les había hablado entonces a sus futuros cuñados de sus sospechas sobre la implicación del duque en la muerte de Peter y ambos habían aceptado apoyarle durante su encuentro con el duque. Lucas no quería más mentiras ni secretos. Quería que la cuestión se resolviera cuanto antes.

–Bueno –dijo el duque, con la mirada fija en el café–, la cuestión es un tanto difícil. No estoy seguro de que pueda dar mi permiso.

–¿Perdón, señor?

Lucas, que estaba pensando ya en la manera de abordar la pregunta sobre Peter, regresó bruscamente al presente.

—Es una cuestión complicada —el duque parecía fascinado con el café y ni siquiera alzaba la mirada—. Veréis, necesito a Christina a mi lado. Son muchas las cosas que hay que hacer en Kilmory, como llevar la propiedad, la casa, todo... —señaló vagamente a su alrededor—. Sin ella estaría perdido.

—Tenéis un administrador de fincas, un ama de llaves y un ejército de sirvientes, señor —respondió Lucas, haciendo un gran esfuerzo para contenerse.

Se preguntaba si habría sido eso lo que había pasado cuando el duque había hecho romper a Christina su compromiso con Douglas McGill. Pero él no era McGill y no estaba dispuesto a renunciar.

—No es lo mismo en absoluto —se lamentó el duque—. Así que ya veis —extendió las manos—, me temo que no puedo permitirlo. Y no hay nada más que decir.

—Supongo que sois consciente, Excelencia —intervino rápidamente Robert Methven, dirigiéndole a Lucas una mirada de advertencia cuando vio que estaba a punto de levantarse—, de que el señor Black no necesita vuestro permiso para casarse con lady Christina. Os lo está pidiendo por cortesía. Christina es una mujer adulta que puede tomar sus propias decisiones.

—Bueno, ya veremos —respondió el duque con tranquilidad—. No creo que Christina quiera dejarme. Es una mujer de costumbres muy arraigadas. Ya veremos.

A Lucas estaba empezando a disgustarle el duque de Forres mucho más que en ocasiones anteriores. Aquel hombre vivía centrado en sí mismo hasta un punto que resultaba ofensivo. Le entraban ganas de agarrarle por el cuello y sacudirle. Miró a Jack a los ojos. Parecía estar a punto de intervenir, pero Lucas sacudió la cabeza ligeramente. Ya libraría aquella batalla más adelante, y la libraría hasta el final. Pero en aquel momento era otra la cuestión que quería abordar.

—Hay otra cuestión que me gustaría discutir con vos

—dijo Lucas. Sintió que Jack y Robert se acercaban. La tensión se mascaba en el aire–. ¿Cuál es la procedencia del broche de plata y amatistas que le regalasteis a vuestra hija el día de su cumpleaños?

Por un momento, el duque pareció no entender nada, pero después, se aclaró su expresión.

—¡Ah, por Júpiter! ¡Ahora me acuerdo! Una pieza elegante. La encontré en una tienda de Edimburgo. Y fue allí donde compré también el icono –se levantó, fue a buscar el icono y se lo tendió a Lucas–. Es espléndido, ¿verdad? –sonrió satisfecho–. No me podía creer mi suerte cuando lo encontré.

—Una tienda de Edimburgo —respondió Lucas con voz ligeramente temblorosa–. ¿Qué clase de tienda?

El duque se movió, parecía ligeramente incómodo.

—Una casa de empeños —admitió–. Me gusta comprar regalos a buen precio, pero no quiero que Christina lo sepa.

Lucas bajó el icono lentamente. Las palabras del duque parecían sinceras. Aquel hombre era completamente inocente. Podía ser un hombre que se aferrara a su fortuna, pero no era un asesino. Aquello tenía que ser una coincidencia. Miró a Robert, que estaba frunciendo el ceño.

—¿Cuándo hicisteis ese viaje a Edimburgo, señor? —preguntó Robert.

El duque se frotó la cabeza con aire ausente.

—Veamos... ¿Fue en noviembre? No, en diciembre. ¡En Navidad! —parecía estar esperando una recompensa por aquella hazaña de su memoria–. Pasamos la Navidad en Edimburgo —repitió–. ¿No os acordáis, Methven, Rutherford? —miró a Jack–. Estuvimos todos reunidos.

Jack asintió.

—Sí, es cierto.

Diciembre. No había pasado ni un mes de la muerte de Peter. Lucas se estremeció, como si el fantasma del pasado acabara de rozarle. ¿Podría haber sido alguien de Kilmory el que había robado y matado a Peter? A lo mejor había contemplado la posibilidad de viajar a Edimburgo para deshacerse de los objetos robados, incapaz de adivinar la terrible coincidencia que haría que el duque terminara comprando en esa misma tienda.

–¿Fue alguien con vos? –preguntó Lucas.

–Me llevé a mi ayuda de cámara –contestó el duque, frotándose la barbilla–. No necesito llevarme a otros sirvientes. En la casa de Charlotte Square tenemos suficientes empleados. Christina también vino, por supuesto –añadió al recordarlo–. Pero no vino nadie más.

Christina.

Lucas jamás, ni por un momento, habría considerado culpable a Christina. Sencillamente, era imposible.

–Creo que os acompañó alguien más, ¿no es cierto, Excelencia?

El duque se sonrojó.

–No –contestó rápidamente–. No vino nadie más.

–Alice Parmenter –le desmintió Lucas–. Ella es vuestra amante.

Oyó, más que vio, que tanto Jack como Robert cambiaban de postura.

–Sospecho que la señora Parmenter no viajó con vos –continuó–. Desde luego, no creo que se alojara en vuestra casa, pero creo que ella también estuvo en Edimburgo. ¿La instalasteis en una casa cercana a la vuestra, Excelencia? ¿En algún lugar en el que os resultara fácil visitarla?

El duque parecía receloso.

–¿Y qué si fue así? No hay ninguna ley que prohíba a un hombre tener una amante. Todos somos hombres de mundo.

Miró a Jack y a Robert, parecía a punto de hacer algún comentario poco afortunado sobre la posibilidad de tener una amante, pero pareció pensárselo mejor.

–Pero esto no tiene ningún sentido –añadió de mal humor–. ¿Y qué si Alicie estaba allí? No entiendo por qué voy a tener que dar cuentas a nadie.

—Vos no, Excelencia –respondió Lucas, levantándose–. Pero sí la señora Parmenter. Ella tendrá que dar cuentas por el asesinato de mi hermano.

Christina permanecía en la puerta del gran salón. Lo habían decorado para la cena y el baile posterior y estaba deslumbrante. La profusión de jarrones llenos de flores frescas era impresionante. De las vigas del techo colgaban estandartes verdes y dorados con el escudo de armas de los MacMorlan. La luz de las velas destellaba en la cubertería. Por todas partes había damas de la Sociedad de Damas Ilustradas de las Tierras Altas. Revoloteaban y se mezclaban con el resto de los invitados como una bandada de pájaros exóticos.

El único problema era que nadie tenía muchas ganas de fiesta. La noticia de la detención de Alice Parmenter por robo, asesinato y tráfico de objetos robados había sacudido a toda la casa. Alice había sido trasladada a la cárcel de Fort William, quejándose a gritos de que la muerte de Peter Galitsin había sido un accidente. Le había visto en el castillo y le había considerado un joven rico, joven e ingenuo, un objetivo fácil para un robo. Le había seguido aquella noche a los acantilados y le había hecho llegar un mensaje para que se encontrara con ella en el camino de los acantilados. Decía que el único motivo por el que llevaba una navaja era el de persuadirle de que compartiera su dinero. Había terminado dándole un navajazo en medio de la refriega porque Peter había intentado detenerla cuando le había quitado el icono. En su declaración, había añadido amargamente que si el duque hubiera sido un poco más generoso, no habría tenido necesidad de robar, pero era un hombre mezquino, un hombre mezquino y pésimo en la cama.

Galloway había estado a punto de sufrir un síncope al enterarse de la noticia. Gertrude también se había mostrado muy afectada, aunque más por el hecho de que el duque hubiera caído tan bajo que por la noticia de que el ama de llaves fuera una asesina.

—¡El ama de llaves! —repetía constantemente—. ¡Cómo ha podido hacer algo así!

—Tranquilízate, Gertrude —le había dicho Lucy—. Podía haber sido mucho peor. He oído decir que Alicie estaba intentando convencer a mi padre para que se casara con él. ¡Imagínatela como duquesa de Forres!

Gertrude, más horrorizada todavía, había salido corriendo, quizá, como había dicho Mairi con malicie, al encuentro de Angus con la esperanza de que no fuera demasiado tare para concebir un heredero. La noticia de que el duque podría estar considerando la posibilidad de volver a casarse también parecía haber espoleado a Lachlan, que había decidido regresar a su casa para reconciliarse con Dulcibella.

—Veremos cuánto duran —había dicho Lucy sombría.

Christina habría preferido cancelar el baile, pero las damas de la Sociedad de Damas Ilustradas de las Tierras Altas ya estaban llegando y Lucas le había asegurado que quería que se celebrara. Incluso le había llevado las flores y había prometido decorar el salón. Había llevado ramos enormes de rosas, jazmines, anémonas y fragantes piñas.

—Está siendo todo un éxito, Christina —la tranquilizó Lucy, palmeándole el brazo—. Por supuesto, Gertrude se atribuirá todo el mérito, pero todos sabemos quién ha hecho el trabajo duro.

Mairi se dejó caer en una butaca con un sentido suspiro. A pesar de estar embarazada de siete meses, advirtió Christina, continuaba pareciendo una de las ilustraciones de la revista *La Belle Assemblée*.

—Me siento como una ballena —se quejó—. Me temo que para mí esta noche no va a haber baile.

—Por lo menos, no debería haberlo, Mairi —le dijo Gertrude a su cuñada en su tono más autoritario y desaprobador. Llevaba en la cabeza un turbante morado con plumas de faisán–. ¡No estás en condiciones de aparecer en público! ¡No acierto a imaginar en qué estabas pensando para exhibirte en ese estado!

–Gracias, Gertrude –contestó Mairi–. No creo que tenga que esconderme por el hecho de estar embarazada. Lo considero algo perfectamente natural. Por cierto, Allegra está muy guapa esta noche.

Señaló con la cabeza a su sobrina, vestida con un sencillo vestido color crema y radiante mientras hablaba con su marido y con un par de damas de la sociedad.

–El matrimonio le sienta muy bien. Está resplandeciente –añadió–. A lo mejor también ella está embarazada.

Gertrude emitió un sonido similar al resoplar de un caballo y cruzó la habitación para abordar a la feliz pareja.

–Mairi –la regañó Christina, intentando disimular una sonrisa–, eres terrible.

–Bueno, es perfectamente posible –respondió Mairi, sentándose cómodamente en su asiento–. Al parecer, llevan más de un mes casados y Angus y Gertrude no tenían la menor idea.

–No me sorprende –dijo Christina–. Solo están pendientes de sí mismos.

–Tú tampoco te enteraste –señaló su hermana.

–Me preguntaba si serían amantes –le contó Christina–, pero a pesar de todos sus aires de mujer sofisticada, Allegra es muy joven, de modo que pensaba que eran imaginaciones mías.

–Por lo menos, al estar ocupada con el matrimonio de Allegra, no te está dando a ti la perorata sobre el tuyo, Christina –se congratuló Lucy entre risas–. Creo que con el tiempo llegará a tomarse bastante bien eso de tener a un príncipe ruso de cuñado. Esta tarde estaba presumiendo delante de lady Dorney, diciéndole que Lucas es pariente de un zar.

–Lucas no lo soportará –comentó Mairi–. Ya sabes que rehúye su linaje aristocrático –se interrumpió al ver que

Lucas se acercaba–. ¡Dios mío, Christina! –dijo, abanicándose–. Eres una mujer con suerte.

Lucas iba flanqueado por Jack y por Robert, pero no parecía un hombre que necesitara ninguna clase de apoyo. De hecho, los tres parecían lo que realmente eran: hombres de impactante atractivo y ligeramente peligrosos, lo suficiente al menos como para provocar desvanecimientos entre las mujeres de la Sociedad de Damas Ilustradas. Christina fue entonces consciente de que nunca había visto a Lucas vestido de manera tan formal. Le había visto con librea y con ropa de trabajo, pero en aquel momento, vestido de negro y blanco, estaba magnífico. Y miraba a su alrededor como si estuviera buscándola.

No habían tenido oportunidad de hablar desde aquella mañana y a Christina le dio un vuelco el corazón al pensar en lo que podría suceder a continuación. Le había dicho a Lucas que podía quedarse en Kilmory hasta que se hubiera resuelto el misterio de la muerte de Peter. Una vez arrestada Alice, el misterio estaba resuelto. Se preguntaba si se marcharía después de aquello. No sabía qué contestar a ninguna de las preguntas y eso la hacía sentirse impotente y confundida.

Sentía la respiración presionándole en el pecho. Lo que más la asustaba no era la forma en la que Lucas parecía dominar la situación, ni su aspecto espectacular, que tenía pendientes a todas las damas del salón, sino su manera de hacerla olvidar toda razón.

Había en sus ojos un brillo peligrosamente sensual que la hizo encoger los dedos de los pies dentro de los zapatos de satén. Deseaba a Lucas Black, pero no estaba segura de si podía confiar en sí misma y volver a entregarle su amor, o si podía confiar en que no la traicionaría.

Lucas parecía tener la intención de cruzar el salón para reunirse con ella, pero fue interceptado por varias damas que reclamaban serle presentadas.

–Lucas es un hombre increíblemente atractivo –dijo

Lucy entre risas– Si lady Dorney se acerca más a él, terminará echándoselo encima. Esa mujer siempre ha pensado que una causa no está perdida hasta que no hay un matrimonio de por medio.

–Y, a veces, ni siquiera entonces –añadió Mairi.

–Si fuera mi prometido, no le perdería de vista –le advirtió Lucy.

–Os estáis olvidando de lo más importante –señaló Christina rápidamente.

Había pasado parte de la tarde explicándoles a Lucy y a Mairi el engaño de Lucas y la enfurecía que parecieran haber olvidado todo lo que les había dicho.

–Lucas llegó aquí fingiendo ser un sirviente...

–Me habría encantado verle con la librea –la interrumpió Mairi.

Christina la ignoró.

–Nos engañó a todos. Me acosté con él y...

Las dos hermanas suspiraron al unísono en tono soñador.

–¿Os casaríais con un hombre en el que no podéis confiar? –les preguntó Christina indignada.

Mairi apretó los labios.

–Si tuviera el aspecto de Lucas, probablemente, sí. ¡Soy así de superficial!

Lucy posó la mano en su brazo.

–Te comprendo, Tina, de verdad. Ya sabes que Robert intentó comprometerse conmigo porque tenía que hacerlo por el bien de su clan. Antepuso las necesidades de los suyos porque su honor le obligaba a hacerlo.

–Supongo que quieres decir que Lucas estaba obligado por su honor a hacer justicia por el asesinato de su hermano –dedujo Christina.

–Sí –contestó Lucy–. Y creo que, en realidad, eso ya lo sabes. Lucas es un hombre de honor. Hizo lo que tenía que hacer.

–Además –añadió Mairi–, estabas enamorada de él. No desprecies ese sentimiento.

—Sí, estaba enamorada de él —admitió Christina—, pero ahora ni siquiera estoy segura de conocerle.

La idea de entregar su corazón a Lucas por segunda vez la aterraba. La situación no se parecía a la que había sufrido cuando McGill se había negado a luchar por ella, cuando había sido incapaz de enfrentarse a la voluntad de su padre. Aquello la había hecho sufrir enormemente. Había querido a McGill con la pasión de una jovencita enamorada y no contaba entonces con la experiencia que pudiera ayudarla a suavizar el golpe. En aquel momento, contaba con la experiencia, pero el sufrimiento era mucho mayor porque lo que había sentido por Lucas había sido mucho más intenso que cualquier otra cosa que hubiera vivido hasta el momento. Y tenía la seguridad de que no podría sobrevivir por segunda vez a la traición.

—Sigue siendo el mismo hombre —le recordó Lucy—. Y, en el fondo de tu corazón, lo sabes.

Galloway tocó en ese momento el gong para anunciar la cena.

—¡Oh, Dios mío! —exclamó Mairi—. Has colocado a Lucas al lado de Gertrude durante la cena —abrió sus enormes ojos azules como platos—. A lo mejor es que no le quieres tanto. Es la primera vez que veo utilizar la disposición de una mesa como castigo.

—Lucas es el invitado de más alto rango —se justificó Christina, pero sintió una punzada de culpa. Había pensado, si no exactamente castigar a Lucas, sí ponerle a prueba—. Le corresponde a él hacer de acompañante de Gertrude —aclaró a modo de excusa—. Ella es la invitada de más alto rango.

—Yo también soy marquesa —se quejó Lucy—. ¡Podrías haberle sentado conmigo!

Jack apareció en ese momento para acompañarla a la mesa. En otras circunstancias, Christina habría encontrado amena su compañía, pero aquella noche, estuvo en todo momento pendiente del extremo de la mesa en el que estaba sentado Lucas. Le fastidió en cierto modo ver lo bien que estaba manejando la situación. Dedicaba a Gertrude todas sus atenciones y para cuando terminaron el primer plato, su cuñada estaba definitivamente encantada y Christina cada vez más enfadada.

–Puedes confiar en que Lucas será capaz de manejar cualquier cosa que le pongas por delante –le susurró Jack al oído.

Christina observó a Gertrude inclinarse hacia Lucas y tocarle el dorso de la mano para enfatizar lo que estaba diciendo. Lucas sonrió y asintió y Gertrude contestó con una sonrisa radiante.

–¿Le estaba mirando muy fijamente? –preguntó Christina–. La verdad es que me cuesta creer que sea tan encantador con Gertrude –añadió.

Su tono de voz la traicionó y Jack se echó a reír.

–Ahora lo entiendo. Lo que querías era verle fracasar.

Christina se mordió el labio.

–Supongo que todavía estoy enfadada con él –admitió.

–Por supuesto –respondió Jack–. Pero Lucas jamás te pondría en una situación comprometida, de modo que quizá deberías cambiar de táctica.

Christina miró de nuevo a Lucas. Le descubrió observándola. Había un brillo en sus ojos que podría ser definido como ardiente y posesivo.

–Lucas está haciendo todo esto por ti –añadió Jack–. Él odia los títulos, jamás los utiliza. ¿No te has preguntado nunca por qué no habías oído hablar de él? Es porque, hasta ahora, nunca ha querido formar parte de los círculos de la alta sociedad. Cuando llegó a Escocia, los administradores de la hacienda de su padre se negaron a entregársela. Le echaron de allí y tuvo que luchar para rescatar sus tierras –al ver que Christina se le había quedado mirando de hito en hito, le preguntó–: ¿No te lo ha contado?

–No –respondió Christina. Se aclaró la garganta–. Bueno, en realidad me ha dicho en alguna ocasión que la aristocracia no le interesa, pero no pensaba... –se interrumpió.

Debería haberse dado cuenta, pensó. Debería haber sabido que, como hijo ilegítimo que era, había sufrido el rechazo de la alta sociedad. Que no quería formar parte de una cultura que había condenado a su madre y le había dado la espalda a causa de su bastardía.

De pronto, la invadió la emoción. Tomó de nuevo el tenedor y el cuchillo y fingió comer, pero ni siquiera sabía qué se estaba metiendo en la boca. Se sentía demasiado confundida, demasiado inquieta.

La cena fue larga. Lucas tenía al otro lado a lady Bellingham y durante el segundo plato, fue a ella a quien dedicó todas sus atenciones. Gertrude permanecía sombría, pero volvió a mostrarse radiante cuando sirvieron el postre y Lucas se volvió de nuevo hacia ella. Sin embargo, en cuanto terminó la cena y comenzó el baile, Lucas fue directo a reclamar la mano de Christina.

–¡Por fin! –exclamó al llegar a su lado.

–Se supone que tienes que abrir el baile con la condesa de Cromarty –le dijo Christina.

–Le pediré disculpas más adelante. Ahora quiero bailar contigo.

Gertrude estaba bailando con Richard Bryson, y parecía estar disfrutándolo. La sorpresa de Christina fue tal que estuvo a punto de perder el paso.

–Creo que eso ha sido cosa tuya –alzó la mirada. Lucas estaba mirando a la pareja y le bailaba una sonrisa en la comisura de los labios–. ¿Cómo has conseguido convencer a Gertrude de que le diera a Richard una oportunidad?

–Lo único que he hecho ha sido decirle que me parecía un joven con talento y lo estaba malgastando trabajando como recaudador de impuestos. Le he sugerido que podría tener interés en que dirigiera alguno de mis negocios.

–Jamás se me había ocurrido pensar que Gertrude quisiera un yerno que trabajara –comentó Christina.

Lucas sonrió.

—Por supuesto, no es la situación ideal. Pero he insinuado que Bryson tenía algún tipo de parentesco con los Sutherland, mi familia paterna. Y puesto que mi tía es la duquesa de Strathspey, eso le confiere al trabajo una dimensión muy diferente.

—¿Y eso es cierto? —preguntó Christina—. ¿Bryson tiene algún tipo de parentesco contigo?

Lucas se encogió de hombros.

—No me sorprendería. Si nos remontamos al pasado, la familia de mi padre está emparentada con media Escocia.

Había un punto de reserva en su voz que le hizo recordar a Christina las palabras de Jack.

—Ha sido muy amable por tu parte sacar a relucir ese parentesco para ayudar a Richard —dijo en un impulso—. Debe de ser duro para ti hablar de tu padre y... —vaciló un instante—, y que la gente hable de tu nacimiento, de la reputación de tu madre y de tu historia.

Lucas apretó con fuerza la mandíbula.

—Nadie se atrevería a mencionar que soy un hijo ilegítimo en este momento —había cierta ironía en su voz—. Pero no puedo decir lo mismo de cuando era niño.

Y, pensó Christina, en cierto modo, aquel niño continuaba todavía allí. El niño que lo había perdido todo y al que habían humillado continuaba allí y Christina sufría por él. Miró alrededor del salón de baile y comprendió, por primera vez, que Jack tenía razón. Lucas estaba haciendo todo aquello por ella. Se había adentrado en un mundo que había rechazado quince años atrás para poder estar con ella. Lo estaba haciendo porque la quería. La única pregunta que quedaba ya por resolver era si ella se atrevería a quererle a él.

La música cambió, comenzaron a sonar los acordes de un vals. Pero Lucas continuó bailando con ella.

—¿No tenías que bailar con lady Dorney? —preguntó Christina.

–¿Con quién? –preguntó Lucas. La sostuvo con fuerza contra él–. Christina, tengo algo que pedirte.

Cuando Christina inclinó la cabeza para mirarle, le preguntó:

–¿Te casarás conmigo? –lo hizo de una forma muy formal, un poco severa incluso–. No habrá más secretos, más mentiras, ni más compromisos forzados para salvar tu reputación –le rozó el oído con los labios, haciéndola estremecerse–. Quiero estar siempre contigo, Christina, siempre.

La música continuaba sonando en un remolino de notas que parecía un eco del torbellino de los pensamientos de Christina. Sintió un nudo en la garganta, porque las palabras de Lucas la hacían sentirse peor, más asustada. Se sabía al borde del peligro y no estaba preparada para dar el paso. Comprendió entonces que el problema era ella, no Lucas. El problema era saber si era capaz de confiar en sí misma para volver a querer. Si estaba preparada para asumir ese riesgo.

Lucas acercó su boca a la suya.

–Te amo –musitó con los ojos rebosantes de ternura y deseo–. Jamás dejaré de amarte. No puedo prometer que no vaya a morir antes, pero no tengo intención de dejarte durante mucho, mucho tiempo.

Christina estuvo a punto de perderse por completo, atrapada en la fuerza de su mirada. El corazón le latía con fuerza y el resto del mundo pareció desaparecer cuando la estrechó entre sus brazos. Alguien chocó en aquel momento con ellos y se disculpó. Christina se dio cuenta entonces de que el vals continuaba sonando y de que la gente les miraba con atención. Posó la mano en el pecho de Lucas.

–Estamos escandalizando a todo el salón –susurró.

–Ahora mismo –dijo Lucas–, me importa muy poco lo que pueda decir nadie.

Y antes de que Christina fuera consciente de lo que estaba a punto de hacer, cruzó con ella las puertas del salón de baile para dirigirse al salón. Allí todo estaba tranquilo, el ruido y las conversaciones del baile parecían haber enmudecido. Lucas la condujo detrás de un grupo de estatuas y la besó. No hubo delicadeza ni vacilación ninguna en aquel beso. No hubo nada, salvo una pasión pura y explosiva, tan fiera y peligrosa que comenzó a darle vueltas la cabeza. Sin dejar de besarla, Lucas comenzó a subir con ella las escaleras. En medio de su precipitación tropezaron. Christina oyó que Lucas musitaba una expresión de impaciencia contra su boca. Casi inmediatamente, la levantó en brazos y comenzó a subir los escalones de dos en dos. Una vez en la puerta del dormitorio, la dejó en el suelo y volvió a besarla con voracidad, con desesperación. Después, cruzaron la puerta, que Lucas cerró inmediatamente tras ellos.

–Te he asignado una habitación en el ala este –le recordó Christina cuando por fin dejó de besarla.

–En este preciso momento, ni siquiera me acuerdo de dónde está, y tampoco me importa –respondió Lucas.

La tumbó en la cama y Christina alargó los brazos hacia él. Todo lo que había sentido durante aquellos días, el dolor, el enfado, la confusión y el anhelo, se fundió en un estallido de deseo. Lo había sentido también aquella mañana, cuando se habían besado.

Envuelta en aquella pasión, se deshizo de la chaqueta y de aquellas prendas formales que había admirado horas antes, desgarrándolas en el proceso. Se dio cuenta entonces de que ni siquiera eran de Lucas.

–¡Acabo de destrozar la ropa que te ha prestado Jack! –exclamó mientras deslizaba las manos por los hombros y el pecho de Lucas, regodeándose al sentir el calor de su piel.

–Solo era su segundo mejor traje –murmuró Lucas mientras le besaba la base del cuello–. Le compraré uno nuevo.

Estaba ya desabrochándole el vestido, luchando con los botones y los lazos.

–¡Maldita sea! ¿Por qué hace falta ponerse tanta ropa?

Con un gemido de frustración, le fue quitando anárquicamente las prendas y las tiró al suelo, dejando a Christina completamente desnuda.

Y entonces, todo cambió, todo adquirió un ritmo lento, sosegado. Lucas deslizó la mano por el cuerpo de Christina con delicioso placer y ella alzó la cabeza buscando sus labios. Se entregó a él sin ninguna reserva y comenzaron a besarse. Lo hacían con delicadeza, pero había un punto febril, como si en cualquier momento pudieran perder el control. Lucas inclinó la cabeza para apoderarse de su seno y Christina se arqueó contra él, sintiendo el aliento entrecortado de Lucas. El deseo era cada vez más intenso. Lucas le acarició el pezón con la lengua, haciéndola gemir.

–Confía en mí –susurró Lucas contra su piel–. Entrégate a mí.

Volvió a acariciar con la lengua las sensibles puntas de sus senos y ella se retorció con impotencia bajo sus caricias. Sentía un placer profundo dentro de ella, era como una ola que parecía limpiarla y buscar su liberación. Lucas presionó los labios contra su vientre y ella jadeó mientras alargaba las manos hacia él, pero Lucas se las agarró para que no le quedara otra opción que permanecer quieta.

Christina cerró los ojos. Veía una luz danzando tras sus párpados. La fantasía y el placer se fundían mientras se concentraba en las sensaciones que ascendían por su cuerpo. Lucas trazó un camino de besos de cadera a cadera con los labios y la lengua. Christina, sintiendo un delicioso cosquilleo en la piel, alzó las caderas en una súplica desesperada. Casi inmediatamente, Lucas deslizó la mano entre sus piernas, buscó con los dedos y no tardó en encontrar lo que buscaba para empezar a acariciarla con tal habilidad que la hizo gritar de placer. El cuerpo de Christina comenzó a tensarse, pero al sentir la respuesta, Lucas retrocedió, dejándola al borde del orgasmo.

–No, todavía no.

Christina soltó un gemido de súplica y frustración. Lucas se echó a reír, se colocó sobre ella y se deslizó entre sus piernas. Christina podía sentir la intensidad de su erección e intentó arrastrarlo dentro de ella, pero Lucas se resistió. Continuó abrazándola y volvió a besarla otra vez. Fueron besos profundos y demandantes que solo sirvieron para elevar la pasión y la temperatura de aquel encuentro. Lucas se apartó ligeramente y le apartó de la cara el pelo empapado en sudor.

–Confía en mí –era tal la intensidad de las emociones que reflejaban sus ojos que la embriagaba–. No te dejaré caer.

Volvió a besarla. Fue un beso carnal, sensual, tanto que Christina ardía de deseo y cambió de postura en otro intento vano de acercarlo más a ella. Pero Lucas guardaba las distancias. Christina vio su sonrisa mientras Lucas inclinaba de nuevo la cabeza hacia su seno, convirtiendo el roce de su incipiente barba contra su piel en un exquisito tormento.

–Sé lo que estás haciendo –jadeó Christina–. Quieres...

–Lo quiero todo –volvió a acariciarla hasta hacerla temblar–. Quiero que te entregues a mí sin reservas.

La hizo abrir los muslos y se deslizó dentro de ella. Christina estuvo a punto de soltar un grito de alivio. Lucas la agarró por las caderas, se retiró ligeramente y volvió a hundirse en su interior. Christina se alzaba para encontrarse con él en cada embestida. Fue un encuentro intenso, apasionante, glorioso. Christina se sintió como si estuviera abandonando algo de ella misma y, al mismo tiempo, como si estuviera encontrando algo que ni siquiera había sido capaz de imaginar. El miedo que había guiado sus pasos, el miedo a confiar, fue destruido para siempre al calor de aquellas emociones. Quería entregar su corazón libremente. Quería compartir su vida con Lucas.

–Te amo –confesó–. Lucas...

El mundo pareció desintegrarse en miles de fragmentos diminutos y resplandecientes. Se aferró a él, le oyó decir su nombre y le sintió temblar como lo estaba haciendo ella. Lucas la abrazó y Christina se acurrucó a su lado, demasiado cansada para pensar, deslumbrada por lo ocurrido. Y dejó después que la arrastrara delicadamente el sueño, con el cuerpo y el alma fundidos con los de Lucas.

Capítulo 18

Lucas se despertó con una sensación de calor y satisfacción. Christina estaba tumbada a su lado, acurrucada contra él. Su melena se derramaba sobre su pecho, haciéndole cosquillas en la nariz y en la barbilla. Sonreía mientras dormía. Parecía como si fuera aquel el lugar al que realmente pertenecía, allí, en sus brazos, descansando junto a su corazón.

Como si estuvieran destinados a estar juntos.

Era extraño, después de tantos años de negarse cualquier vínculo o sensación de pertenencia, que se sintiera como si hubiera vuelto al hogar. Pero aquel hogar no era un lugar, sino una persona, Christina, la otra mitad de su alma.

Se oyó abrirse una puerta, después, oyó que alguien corría las cortinas de la cama, pero en aquella segunda ocasión, no hubo gritos.

–¡Vos otra vez! –exclamó Annie alegremente–. Será mejor que vayáis a la iglesia. Esto no puede continuar así.

Christina se estiró y bostezó con los ojos somnolientos y rebosantes de tanto amor que a Lucas le dio un vuelco el corazón.

–Una buena idea –musitó Christina, sonriéndole.

–Hablaré con el señor MacPherson esta misma mañana –le prometió Lucas.

—Pero mi padre... —dijo Christina, repentinamente incómoda.

—No se interpondrá en nuestro camino —le aseguró Lucas—. Y si lo hace... —la besó—, nos fugaremos.

—Me gustaba más la idea de fugarme con el jardinero —repuso Christina—. Pero antes, me aseguraré de que desayunes.

Sin saber muy bien cómo, Lucas consiguió encontrar el camino de vuelta hacia el dormitorio del ala este que Christina había dispuesto para él la noche anterior. El ayuda de cámara de Jack había tenido la consideración de prepararle una nueva muda de ropa. Lucas se prometió tener más cuidado con aquella. Se lavó, se vistió y bajó las escaleras. Ya había un buen número de invitados reunidos en la mesa del desayuno, pero antes de que se hubiera sentado a desayunar, llamaron bruscamente a la puerta. Cuando Galloway la abrió, fue apartado del medio mientras entraba una patrulla de soldados con Eyre a la cabeza.

Lucas sintió un frío helado en la boca del estómago. Como Eyre no les había molestado el día anterior, albergaba la esperanza de que se hubiera enterado de que Christina estaba sana y salva y, al carecer de pruebas contra ella, no pudiera hacerle nada. Pero en ese momento comprendió hasta qué punto le había subestimado. Lo único que había hecho Eyre había sido esperar su momento.

—¡Lady Christina! —gritó.

Lucas se volvió y vio que Christina acababa de bajar la ancha escalera que conducía al vestíbulo. Eyre caminó hacia ella, inflado como un pavo.

—¿Qué demonios es esto? —exigió Lucas.

Los soldados permanecían en una desgarbada posición de firmes, eran media docena de hombres bajo las órdenes de un capitán que todavía parecía tener edad para llevar pantalones cortos.

Lucas miró a Christina. Estaba al pie de la escalera, erguida y muy pálida. Se miraron un instante y Lucas reconoció en ella el miedo y el enfado, y sintió el odio corriendo por su piel. Aquel hombre había intentado matarla. Vio que Christina entrelazaba los dedos para impedir que le temblaran y experimentó una necesidad tan fiera de protegerla que estuvo a punto de acabar con Eyre allí mismo.

—Quizá debiéramos hablar en privado, señor Eyre —dijo Christina con voz muy firme. Lucas estaba orgulloso de ella—. Como podéis ver —miró a los estupefactos invitados reunidos en el salón—, estamos celebrando una fiesta. No considero apropiado hablar de negocios delante de todo el mundo.

Eyre soltó un bufido de desprecio. Lucas era capaz de ver aquel contexto con la mirada de Eyre: aquella casa tan aristocrática, la opulencia, las flores, los privilegios... todo aquello que Eyre odiaba con todas sus fuerzas. Hasta su sobrino había sido aceptado en aquel mundo en el que él nunca sería bienvenido. Lucas sabía que Eyre no retrocedería. Al contrario. Aquello le ofrecía la posibilidad de humillar y destrozar a Christina delante de testigos. Lo veía en el brillo furioso y triunfal de sus ojos. Sabía que estaba disfrutando de la situación. Que estaba saboreando cada segundo.

—Estoy seguro de que no guardáis secreto alguno para vuestra familia y vuestros amigos, mi señora —respondió Eyre—. Estoy plenamente convencido de que todos están al tanto de vuestras actividades delictivas. Pero si no es así —abrió las piernas y se inclinó ligeramente hacia atrás, adoptando una postura de marcada prepotencia—, permitidme que sea yo el que les informe de ellas.

Lucas advirtió que Lucy y Mairi intercambiaban una mirada de auténtica incredulidad. Gertrude estaba boquiabierta. En otras circunstancias, Lucas habría encontrado incluso divertido que Christina hubiera dado tamaña sorpresa a sus familiares, pero aquel no era un asunto de risa. Eyre pretendía destruirla.

—Hace un par de noches —continuó Eyre—, a raíz de una información conseguida a través de uno de nuestros informadores, emprendimos la búsqueda de una destilería de whisky que sabíamos estaba funcionando de manear ilegal en el estado de Kilmory. Descubrimos un cobertizo en el lago Gyle que creemos había sido utilizado recientemente para destilar whisky.

Robert Methven le dirigió a Lucas una elocuente mirada. Lucas sabía que estaba diciéndole que mantuviera la boca cerrada, que él podría encargarse de todo. Lucas comprendía que tenía sentido, puesto que él era el prometido de Christina y no podía considerarse imparcial, pero necesitaba defenderla.

—¿Tenéis alguna prueba, señor Eyre? —preguntó Robert educadamente—. ¿Habéis recuperado el instrumental de la destilería?

Eyre le dirigió una mirada de intenso desagrado.

—No, mi señor —admitió—. Pero contamos con la palabra de un informante que fue el que señaló el lugar en el que se encontraba la destilería.

Jack se encogió de hombros.

—Los informantes están dispuestos a decir cualquier cosa si creen que eso puede reportarles algún beneficio económico —contestó—. Por cierto, ¿vuestra informante era la señora Parmenter? Creo que es justo decir que guarda un gran resentimiento contra esta familia y que estaría dispuesta a decir cualquier cosa para perjudicarla.

—El informante —anunció Eyre con solemnidad— era lord Lachlan MacMorlan. También fue él el que nos informó de que lady Christina lideraba una banda de contrabandistas de whisky en Kilmory.

Al ver que Christina se tambaleaba, Lucas corrió a su lado y deslizó la mano por su cintura.

—¿Lachlan? —susurró Christina—. ¿Lachlan era el espía? —parecía desolada—. ¿Pero por qué iba a hacer Lachlan una cosa así?

—Por dinero, imagino —dijo Robert, apretando los labios en una dura línea.

El salón bullía. Gertrude parecía a punto de sufrir un

desmayo. Allegra estaba llorando. Richard le pasaba el brazo por los hombros intentando consolarla y juraba que él no sabía nada. Lucy y Mairi estaba completamente sobrecogidas. Mairi se acercó a una silla y se dejó caer en ella. Jack le tomó la mano.

—Lachlan —dijo Mairi—, ese mísero y despreciable gusano. Siempre pensé que sería capaz de vender a su familia por dinero y ahora lo ha demostrado.

Eyre, advirtió Lucas sombrío, sonreía, encantado con haber organizado aquel caos.

—Posiblemente os interese saber —dijo, volviéndose hacia Lucas—, que sospecho que lord Lachlan participó también en la muerte de vuestro hermano. Alice Parmenter y él eran amantes. Participaron ambos en el asesinato.

Lucas sintió temblar la mano de Christina, que le miró con expresión agonizante.

—No —musitó—. ¡Oh, no, Lucas...!

Lachlan, pensó Lucas. Un borracho, un estúpido al que nadie tenía en cuenta porque creían que vivía envuelto en los vapores del alcohol. Estaba mareado por la impresión y se sentía estúpido por no haberse dado cuenta antes. Recordó la mirada que le había dirigido Lachlan aquel día en los establos, una mirada dura y especulativa. Recordaba al duque diciendo que toda la familia se había reunido en Edimburgo por Navidad. Y también a Alicie anunciando que quería un amante más joven. Lo que no sabía Lucas era que lo había encontrado en el hijo del duque, un criminal convicto disfrazado de borrachín.

—Pero Alicie era...

—Excelencia —le interrumpió Robert rápidamente, y el duque se sumió en un obediente silencio.

Eyre continuaba hablando y Lucas abandonó el rumbo de sus pensamientos al oír la exclamación de Christina. Ella era lo único que importaba en aquel momento. Christina necesitaba que la protegiera. Lo demás podía esperar hasta más tarde.

—Vos sois la mujer a la que perseguimos en el lago Gyle la noche que fuimos a destruir la destilería —estaba diciendo Eyre—. Sois vos la que dirigís a los contrabandistas, como nos informó vuestro hermano. Tendréis que pagar por ello. Tendréis que pagar por vuestro delito.

Había un silencio absoluto en la habitación. Un silencio en el que vibraba la hostilidad. Lucas lo sintió y, con él, también experimentó un fiero orgullo. Ni un solo miembro de la familia MacMorlan, ni Gertrude, ni Richard Bryson ni el duque iban a ponerle las cosas fáciles a Eyre.

—Pensaba que no teníais ninguna prueba, señor Eyre —intervino Jack—. No podéis arrestar a lady Christina si lo único que tenéis en su contra es la palabra de su hermano, un hombre que bien podría ser un asesino.

Lucas vio que Eyre enrojecía de enfado ante aquel desafío. Pero continuaba siendo peligroso. Lucas sabía que no había terminado todavía. Christina continuaba siendo su obsesión. Los soldados permanecían en posición de firmes, con el semblante inexpresivo, esperando que les dieran la orden de detención.

—Creo que podré persuadir a lady Christina de que confiese, señor —dijo Eyre con suma confianza en sí mismo—. Lord Lachlan nos proporcionó los nombres de todos y cada uno de los miembros de la banda. Ahora están bajo custodia, y sus familias con ellos. Si lady Christina colabora, estoy dispuesto a ser generoso y liberarlos. En caso contrario —se encogió de hombros—, tendrán que soportar el debido castigo por su delito.

Christina se puso blanca como el papel.

—¡Eso es perverso, Eyre! —le reprochó Lucas, incapaz de continuar en silencio—. No es más que un sucio chantaje.

—Lo único que pretendo es persuadirla —miró a Lucas con desdén—. Y estoy seguro de que lady Christina lo comprende.

Lucas miró a Christina a los ojos y tomó aire. Sabía lo

que estaba a punto de hacer. Lo supo con una sensación de certeza que le hizo sentirse enfermo y frío por dentro. Christina no era la clase de mujer que permitía que fueran otros los que asumieran la responsabilidad de sus actos. Aceptaría aquel acuerdo con Eyre porque sentía que no tenía otra opción, y Lucas, a pesar de su profunda desesperación, la amaba fieramente por ello.

—Christina, por favor, no... —comenzó a decir.

Se miraron a los ojos y Christina sonrió, a pesar de que Lucas reconoció el brillo de las lágrimas bajo sus pestañas.

—Lo siento —dijo Christina, hablándole directamente a él, como si no hubiera nadie presente—. Lo siento, Lucas, te quiero mucho.

Se volvió después hacia Eyre.

—Estáis en lo cierto, señor Eyre —le dijo con voz firme y glacial—. Yo soy la mujer a la que perseguisteis en el lago. Soy la mujer a la que disparatéis, la mujer a la que intentasteis matar. Hay muchos hombres que fueron testigos de lo ocurrido, entre ellos el señor Bryson y el señor Black.

Inclinó la cabeza hacia Richard, que asintió muy serio en respuesta. Estaba mirando a su tío sin disimular su desprecio. Lucas percibió la incomodidad de los soldados.

—Habéis aprisionado a niños inocentes y habéis quemado las propiedades de la gente del pueblo —continuó Christina. Se volvió después hacia el capitán—. Debéis arrestarme por contrabando, capitán, lo comprendo. Pero acuso al señor Eyre de asesinato, así que también debéis arrestarle a él.

—Señora... —el capitán estaba completamente desconcertado.

—Estoy dispuesta a irme con vos —dijo Christina—. Pero debéis respetar mi acuerdo con el señor Eyre y liberar a todos aquellos que están bajo custodia. Asumo la responsabilidad de todo lo ocurrido. Y, ahora, podéis llevarme.

Lucas observó a los soldados que la escoltaban hasta el carruaje que esperaba en la puerta. Y se sintió como si estuvieran arrancándole una parte de sí mismo.

La había perdido antes de que hubiera podido comenzar siquiera su relación.

Jack le agarró del brazo y le dijo algo, pero sus palabras rodaron sobre Lucas como si fueran sonidos sin sentido alguno. Observó alejarse el carruaje hasta que lo perdió de vista. Los soldados se volvieron hacia Eyre. Este protestó y gritó, pero el joven capitán se mantuvo firme. Un segundo después, le habían esposado y se lo llevaban también a él.

—¿Vas a ir a buscar a Lachlan MacMorlan? —preguntó Jack—. Lo más importante para ti siempre ha sido hacer justicia a la muerte de Peter.

—Lo era —respondió Lucas lentamente.

Sabía que Jack tenía razón. Minutos antes, ni siquiera habría vacilado.

—Sí —añadió.

Y mientras lo decía, sintió que algo se abría dentro de él y volaba libremente. Fue como si por fin hubiera sido capaz de llorar el recuerdo de Peter y hubiera dejado de guiarse por la necesidad de venganza.

—Pero no ahora —continuó diciendo—. Ahora tengo algo más importante que hacer.

Vio que Jack sonreía mientras se dirigía a los establos pidiendo a gritos un caballo.

Christina permanecía sentada en la casa del magistrado en Fort William. Llevaba cerca de seis semanas alojada con sir Anthony y lady Medway. Mantenían ambos la ficción de que era su invitada, pero todo el mundo sabía que permanecería bajo arresto en aquella casa hasta que las autoridades decidieran qué querían hacer con ella.

No era una prisión incómoda, por lo menos por lo que se refería a las condiciones físicas. Estaba recluida en aquella casa, pero podía utilizar la biblioteca y pasear por el jardín. Lo que le resultaba más incómodo era haberse convertido en una visita no deseada en casa de unos desconocidos. Lady Medway había enviado fuera a sus hijas, aparentemente, a visitar a unos parientes. Pero Christina estaba segura de que las había sacado de casa porque la consideraba una mala influencia. La esposa del magistrado la trataba con mucha educación, pero Christina la descubría con mucha frecuencia mirándola por el rabillo del ojo, como si la considerara una especie de animal impredecible capaz de hacer en cualquier momento algo escandaloso. Suponía que no era sorprendente. Las historias sobre sus hazañas y sobre las proezas de la banda de contrabandistas de Kilmory habían corrido como la pólvora en la pequeña comunidad de las Tierras Altas. Había llegado a hacerse famosa.

Durante aquellos largos y calurosos días de agosto, Christina estuvo reflexionando sobre si podría haber hecho las cosas de forma diferente, pero siempre llegaba a la misma conclusión. No podía haber fingido no saber nada y haber dejado que los otros miembros de la banda se enfrentaran solos a la ley, no podía haberlos abandonado a su destino. No habría sido algo propio de ella. De manera que no había tenido más opción que la de asumir su responsabilidad.

Y, al hacerlo, pensó, había sacrificado su propia felicidad y había hecho sufrir a Lucas. Pensaba en él cada segundo. Le parecía una cruel ironía del destino el haber llegado a amar y confiar en Lucas y haber tenido que abandonarle después para salvar a todos cuantos dependían de ella. Había sido la decisión más dura de su vida e, incluso después del tiempo pasado, se deprimía al pensar en lo que había hecho. Pero las cosas no podrían haber sido de otra manera.

No había sabido nada de Lucas. Las cartas estaban prohibidas y tampoco sabía si Lucas le escribiría en el caso de que pudiera comunicarse con ella. Lachlan la había traicionado y había matado a Peter. Era terrible. No había tenido oportunidad de hablar con Lucas sobre ello, pero sabía que no podría culparle en el caso de que Lucas decidiera alejarse para siempre de su familia.

Soñaba con Lucas todas las noches y se despertaba por las mañanas con el dolor sordo de la decepción al darse cuenta de que el hombre que la había acompañado en sueños era un fantasma que ya no estaba a su lado. Sabía que la gente decía que el tiempo mitigaba el dolor, pero a ella le estaba ocurriendo todo lo contrario.

Una de aquellas mañanas, entró lady Medway en el salón en el que Christina estaba jugando un solitario con las cartas. El tiempo se había tornado frío y gris, no era apropiado para sentarse en el jardín, y Christina se sentía encerrada y deprimida.

–Hay un caballero que quiere verla, mi señora –anunció.

A Christina le dio un vuelco el corazón, pero se le cayó el alma a los pies en cuanto vio que el caballero en cuestión no era Lucas. Era un hombre mayor, grueso y rubio. Parecía un poco maltrecho por el viaje mientras le tendía la capa a la impresionada doncella.

–Lady Christina, soy Sidmouth –dijo el caballero, observándola con sus agudos ojos grises–. Y no estoy en absoluto complacido de conoceros.

Entró en la habitación y se acercó al fuego a grandes zancadas para calentarse las manos. El ama de llaves de lady Medway entró con una bandeja con el té y los bizcochos. Estaba claro que la propia lady Medway pretendía estar presente en la conversación, pero lord Sidmouth la despachó con una cortés inclinación de cabeza y las gracias.

–Es un honor conoceros, mi señor –dijo Christina cuando se quedaron a solas.

El corazón le latía con fuerza. Jamás habría imaginado que Sidmouth se ocuparía personalmente de su caso y, menos todavía, que se desplazaría hasta Escocia para ello.

–¿Queréis tomar asiento?

–Gracias, pero prefiero estar de pie –respondió Sidmouth con impaciencia–. Llevo varios días sentado –apoyó el brazo en la repisa de la chimenea–. Me habéis causado muchos problemas –le dijo–. No me gusta verme obligado a abandonar Londres para tener que venir corriendo a las Tierras Altas de esta manera. No puedo decir que Escocia sea mi lugar favorito.

–Lo lamento, mi señor –dijo Christina educadamente.

–En fin.... –Sidmouth bebió un largo trago de té y seleccionó uno de los bizcochos de la bandeja–. Pero era la única manera de encontrar algo de paz. Supongo que antes de todo debería deciros –suspiró–, que vuestro hermano Lachlan ha escapado de la justicia y ha huido al extranjero. Al menos, ese problema ya no es responsabilidad mía –la miró por debajo de sus pobladas cejas–. Es una pena que no pueda decir lo mismo de vos, pero supongo que por lo menos un miembro de la familia ha demostrado tener agallas.

Aquello era lo más cercano a un cumplido que iba a oír en los labios de lord Sidmouth, pensó Christina.

–Tenéis amigos muy poderosos, señora –continuó Sidmouth–, y no estaban dispuestos a concederme ni un minuto de descanso. Methven y Rutherford –suspiró–, han estado demandando constantemente vuestro perdón. Puedo aseguraros que han llegado a ser particularmente molestos.

Christina sintió una punzada de alegría.

–¡Bien por ellos! –exclamó.

No tenía ninguna información al respecto. Había sido extraño y desconcertante el estar aislada de su familia y sus amigos, pero en ese momento comprendió que durante todo aquel tiempo, habían estado trabajando para ayudarla.

–En cuanto a vuestras hermanas... –Sidmouth frunció el ceño–, creo que es difícil encontrar dos mujeres más decididas que ellas. ¿Sabéis lo que hicieron? Me enviaron una botella del whisky de vuestra destilería, señora. Y me dijeron que el delito no era destilar ese whisky, sino que intentara prohibirlo.

Christina disimuló una sonrisa. Aquello era muy propio de Lucy y Mairi.

—¿Y lo probasteis, señor? —le preguntó.

Sidmouth la fulminó con la mirada.

—Desde luego. El whisky no es mi bebida preferida, pero tengo que admitir que estaba condenadamente bueno —suspiró otra vez—. Pero eso no tiene ninguna importancia en este caso. Me estáis causando muchos problemas, señora. Quería que la detención de la banda de Kilmory sirviera de ejemplo, pero no puedo encarcelar a la hija del duque y vos no me permitiréis detener al resto de la banda si quedáis libre. Así que... —su mirada se tornó más feroz incluso—, parece que tendré que liberar a todos los detenidos, lo cual es de lo más insatisfactorio. Pero el señor Black nos ha asegurado que velará por vuestra buena conducta. Será él el que pague las multas en el caso de que incumpláis vuestra promesa. Y también las del resto de la banda.

—¿Perdón? —dijo Christina.

Le temblaba la mano mientras volvía a llenar las tazas y le tendía una a Sidmouth. La cucharilla repiqueteó en el plato.

—¿El señor Black habéis dicho?

—Sí, Lucas Black —repitió Sidmouth con impaciencia—. ¡Ha sido peor que todos los demás juntos! Vino hasta Londres para justificar vuestra conducta y amenazó con contar a la prensa todo lo que había hecho Eyre si no os liberaba. Estuve a punto de detenerle por chantaje.

—Eso ha sido una estupidez por su parte —dijo Christina débilmente.

—En fin, no hay peor tonto que un hombre enamorado —sentenció Sidmouth en un tono repentina e inesperadamente sentimental. Metió la mano en la chaqueta y sacó una carta—. Me ha pedido que os entregue esto —le sonrió—. En la puerta hay un carruaje esperándoos para llevaros a casa en cuanto estéis preparada, lady Christina —la miró abiertamente—. Y me gustaría tener la certeza de que en el futuro aprovecharéis vuestro talento en un ámbito más doméstico. No quiero tener que volver a arrestaros.

–Por supuesto, mi señor. No volveré a daros la oportunidad de arrestarme.

Sidmouth soltó una carcajada y le besó la mano, sorprendiéndose tanto como ella de aquel gesto de caballerosidad.

Cuando Sidmouth se fue, Christina miró la carta que tan inocentemente descansaba sobre la mesa. De pronto, tuvo miedo a abrirla y cuando la levantó, le temblaba la mano. Abrió el sello y la desdobló.

Mi queridísima Christina..., leyó con un nudo en la garganta.

A estas alturas, supongo que Sidmouth ya te habrá informado de que si vuelves a destilar whisky, te encerrará y tirará la llave. He tenido que avalar tu buena conducta, pero tendrás que pagar un precio por mi ayuda.

Como bien sabes, soy un hombre de negocios. Y como tal, considero que sería un auténtico desperdicio no utilizar el indudable talento que tienes para destilar whisky en el futuro. Por lo tanto, me aseguraré de que dispongas de una suma de dinero que te permita montar tu propia destilería. Pequeña, quizá, para empezar, pero una en la que puedas desplegar legalmente tu talento y destilar el mejor whisky de Escocia. Cuando llegue el momento, podrás devolverme el préstamo. Con intereses, por supuesto.

Christina soltó una risa ahogada que podría haber desembocado en llanto. Estaba absolutamente conmocionada. Recordaba haberle dicho a Lucas que su sueño sería tener una destilería en propiedad. Él le estaba entregando los medios para convertir su sueño en realidad. Tenía fe en ella, había puesto el mundo en sus manos.

Pero ese nuevo mundo sería un lugar muy solitario si Lucas no formaba parte de él. Se levantó con el corazón palpitante y corrió hacia la puerta. Tenía que encontrar a Lucas tanto si estaba en Edimburgo como si estaba en Londres o en Rusia. Iría hasta el fin del mundo a buscarle. Tenía que encontrarle y casarse con él. Y, después, montaría una destilería que sería la mejor de Escocia, de eso estaba segura.

Fue vagamente consciente de la expresión sorprendida de lady Medway cuando la vio correr hacia la puerta.

–Lady Christina –la llamó–, os dejáis vuestro equipaje, la capa...

–Por favor, haced que me las envíen –pidió Christina–. Aunque no sé exactamente a dónde voy.

Se interrumpió, dio media vuelta y abrazó con fuerza a la sorprendida dama.

–Gracias. Habéis sido muy amable al acogerme en vuestra casa. Nunca olvidaré vuestra amabilidad.

–¡Oh! –lady Medway le devolvió el abrazo con los ojos llenos de lágrimas–. ¡Oh, lady Christina, no sois la delincuente que yo imaginaba!

Afuera, en la calle, había dos carruajes esperando y la que parecía ser una enorme multitud. Christina se detuvo y parpadeó. Delante del primer carruaje había una alta figura que reconoció al instante.

–¡Lucas! –se arrojó a sus brazos.

Lucas la abrazó y todos los miedos de Christina, toda la tristeza, se fundieron como la niebla bajo el sol. Lucas era sólido, y real, y la abrazaba como si no estuviera dispuesto a dejarla marchar.

–No sabía que habías venido –musitó con voz temblorosa–. ¡Oh, Lucas! Después de lo que hizo Lachlan, tenía miedo de que no quisieras volver a verme nunca...

Lucas la silenció con un beso.

–Esto no tiene nada que ver con Lachlan –dijo contra sus labios–. Esto solo tiene que ver contigo y conmigo –podía sentir la sonrisa de Christina–. Tu familia te envía todo su amor –añadió.

Se separó ligeramente de ella, pero continuaba manteniéndola en el círculo de sus brazos.

–Querían estar aquí para ser testigos de nuestra boda, pero Mairi acaba de dar a luz a una hija preciosa e incluso ella es consciente de que no sería prudente viajar tan pronto. Además, quizá me haya equivocado, pero quería tenerte para mí solo –volvió a darle un beso cargado de amor, dulzura y promesas–. Así que ahora que lord Sidmouth ha aceptado, sir Anthony y lady Medway serán nuestros testigos. Espero que estés de acuerdo.

–¡Una sobrina! –exclamó Christina. Estaba abrumada, sobrecogida, con el corazón a punto de estallarle de felicidad–. ¿Mairi está bien?

–Perfectamente –dijo Lucas–. Te envía su amor. Y Jack es el padre más entregado que imaginarte puedas. ¿Pero qué me dices de la boda?

Y entonces, cuando Christina asintió y le dirigió una sonrisa radiante, Lucas la agarró del brazo y se dirigió con ella hacia la iglesia.

–Debería decirte que tu padre negó su consentimiento, pero ya le dije que no hay poder alguno sobre la tierra que pueda hacerme renunciar a ti, así que tendría que acostumbrarse a la idea.

Christina sintió que el calor se desplegaba dentro de ella como una flor abriéndose al sol.

–Gracias, estoy encantada de poder fugarme contigo.

Lucas se echó a reír.

–Contando con la bendición de un ministro y de la iglesia.

Cuando llegaron a la puerta de la iglesia, Lucas se detuvo y la hizo acercarse a él para que los demás no pudieran MacMorlan oírle.

–Después de la boda –vaciló un instante–, me pregunto si podríamos ir a Black Strath –le acarició la mejilla con delicadeza–. Es algo que te debo a ti, Christina. Yo pensaba que no necesitaba a nadie, que no necesitaba ningún lugar que pudiera considerar mi hogar –tenía los ojos clavados en ella–. Odiaba el legado de mi padre e intenté ignorarlo, pero después de ver cómo has transformado Kilmory, cómo te has esforzado para que los demás lo sintieran como su hogar, me he dado cuenta de que yo también quiero algo así –tragó con fuerza.

Christina era consciente de lo difícil que era aquello para él. Se estaba enfrentando a su pasado y le resultaba terriblemente doloroso.

–Intenté renunciar a mi linaje –continuó diciendo Lucas–. Intenté también alejarme de ti, pero ya era demasiado tarde. Te quería y quería que fundáramos juntos un hogar –le enmarcó el rostro entre las manos–. Todavía no sé cómo manejar el sentimiento de pertenencia, pero te amo y creo que seremos capaces de convertir Black Strath en nuestro hogar.

–Estoy convencida de que juntos lo conseguiremos –se mostró de acuerdo Christina, y le besó–. Siempre y cuando tengamos espacio suficiente para mi destilería –añadió.

Lucas soltó una carcajada.

–Hay un arroyo, y un cobertizo...

–En ese caso, será el lugar ideal –confirmó Christina. Sentía el júbilo crecer dentro de ella, pero lo contuvo mientras le apretaba la mano a Lucas–. ¿Vamos?

La puerta de la iglesia se abrió. Lady Medway le tendió a Christina un ramo de rosas blancas antes de que Christina y Lucas caminaron juntos hacia el futuro.

ÚLTIMOS TÍTULOS PUBLICADOS EN HQN

Después de la tormenta de Brenda Novak

Noche de amor furtivo de Nicola Cornick

Cálido amor de verano de Susan Andersen

El maestro y sus musas de Amanda McIntyre

No reclames al amor de Carla Crespo

Secretos prohibidos de Kasey Michaels

Noche de luciérnagas de Sherryl Woods

Viaje al pasado de Megan Hart

Placeres robados de Brenda Novak

El escándalo perfecto de Delilah Marvelle

Dos almas gemelas de Susan Mallery

Ángel sin alas de Gena Showalter

El señor del castillo de Margaret Moore

Siete razones para no enamorarse de J. de la Rosa

Cuando florecen las azaleas de Sherryl Woods

Hombres de honor de Suzanne Brockmann

www.ingramcontent.com/pod-product-compliance
Lightning Source LLC
LaVergne TN
LVHW031221080526
838199LV00091B/6368